설이

설이

심윤경 장편소설

한겨레출판

이 세상의 모든 아이들과 한때 아이였던 사람들에게

1

동요가 흘러나온다. 숲속에는 빨간 집 초록 집 알록달록한 집이 있고 그 안에는 세모 가족 네모 가족 동글이 가족이 산다는 내용이다.

우리는 노래를 부르며 넓은 방을 돌기 시작한다. 아이들은 힘껏 달리기도 하고, 깡충깡충 뛰기도 하고, 몸을 기우뚱하며 우스꽝스러운 표정을 짓기도 한다. 나도 그렇게 한다.

은밀한 긴장이 흐르고 있다. 이리저리 왔다 갔다 하고 어지럽게 춤을 추면서 아이들은 모두 선생님을, 그리고 서로서로를 흘끔흘끔 쳐다보고 있다. 목구멍 안쪽이나 배 속, 겨드랑이 같은 곳들에 서늘함이 느껴진다. 피부가 아닌 몸속에서 소름이 끼친다.

우리는 지금 짝짓기 놀이를 하고 있다. 선생님이 세 명, 네 명, 혹은 다섯 명이라고 말하면 우리는 춤과 노래를 멈추고 선생님이 말한 숫자대로 뭉친다. 모두들 흥분해서 저도 모르게 꺅꺅 소리를 지르게 된다. 아이들이 서로서로 끌어안고 또 밀쳐내기도 한다. 세 명, 네 명, 혹은 다섯 명이 되기 위해서.

맹렬한 시선들이 이리저리 엇갈린다. 얘랑 뭉칠까? 나는 그대로 얼어붙는다. 시선은 내게 오래 머물지 않고 다른 아이를 향한다. 모두 마음이 급하지만 아무나 선택하지 않는다. 서로 끌어당기고 밀어내는 팔뚝들은 날쌔고 완강하다. 발을 동동 구르며 아직 짝을 찾는 아이들이 보인다. 나도 아직 짝을 찾지 못했다. 그쪽으로 달려가야 하지만 내 팔과 다리는 물에 빠진 휴지처럼 힘이 없다.

선생님이 손뼉을 치면 짝짓기 놀이가 끝난다. 아무하고도 짝을 짓지 못한 사람은 놀이를 끝내야 한다. 짝을 지은 아이들은 서로 껴안고 기뻐하는데 나는 아무에게도 속하지 못했다. 지난번에도, 이번에도 그랬고, 앞으로도 아마 계속 그럴 것이다.

무리에 속하는 것을 포기하고 그 자리에 멈추어 선다. 가랑이 사이로 뜨거운 물이 줄줄 흘러내린다. 아이들이 동작을 멈추고 나를 쳐다본다. 멈추고 싶지만 어쩔 수 없다. 나는 짝짓기 놀이를 하다가 방 한가운데에서 오줌을 싸고 만다.

"착한 사람들인 줄 알았어요. 이번엔 잘될 줄 알았는데…."

이모 목소리가 먼 곳에서 밀려오는 파도처럼 아득했다. 감은 눈꺼풀 안쪽으로 어지러운 영상들이 흔들렸다. 물 위에 떠 있는 것처럼 감각이 일렁일렁했다. 가슴을 쥐어짜는 통증이 나를 흔들어 꿈에서 깨웠다. 짝짓기 놀이는 꿈이었지만 가랑이 사이로 새어 나오는 뜨거운 오줌은 꿈이 아니었다. 이모를 부르고 싶었지만 아무 소리도 나오지 않았다.

"계속 자요. 날이 밝으면 다시 병원에 데려가야 할까요? 아무것도 모르겠어요."

오래된 수화기를 내려놓는 소리가 들렸다. 나는 또 한 번 실패해 이모의 집에 돌아온 거였다. 세 번째 파양은 어쩌면 국내 기록쯤은 될지도 모른다.

나도 모르게 등뼈가 뒤틀리며 진땀이 났다. 터져 나오지 못하는 신음이 가슴속을 맴돌다가 뜨겁고 쓴 물이 되어 목 안에서 솟구쳤다. 입가로 흘러넘친 쓴 물에 베개가 뜨끈하게 젖어 들었다. 갑작스럽게 오싹한 한기가 느껴졌다. 나는 질척하고 퀴퀴한 것들을 베고 누워 차라리 죽어서 아무것도 몰랐으면 좋겠다고 생각했다.

"어쩌면 좋아!"

문을 열고 방을 들여다본 이모가 탄식했다. 나는 너무 창피해서 눈을 감고 의식이 없는 척했다. 이모가 달려들자 이모 냄새가 풍겼다. 이모는 늙으니 부끄럽게 노린내가 난다고 했지만 내가 느끼기엔 언제나 시큼했다. 이모는 급한 나머지 손으로 내 입가를 닦아주려다가 내 손발을 만져보고는 더욱 허둥거렸다.

"어떡해. 설아, 추워? 어쩌면 좋아."

이모가 이불을 들치자 무서운 추위가 몰려왔다. 그리고 한층 부끄러운 가랑이의 축축함. 이모가 다급히 달려 나가자 잠시 나는 세상에서 아득하게 버려진 느낌을 받았다. 하지만 이모는 곧 돌아왔다. 더운물에 적신 낡은 수건은 내가 필요로 하는 것을 모두 주었다.

따뜻함, 깨끗해짐, 돌봄, 함께 있음…. 이모는 내 얼굴의 토한 것을 닦아낸 후 가랑이와 엉덩이도 꼼꼼하게 닦아주었다. 나는 발버둥치려는 노력을 멈추었다. 아픔과 부끄러움에 몸을 맡기고 그냥 숨을 쉬기로 했다.

위장이 화염으로 타는 것 같던 통증은 며칠이나 계속되었다. 통증이 잦아들자 무감한 어지러움이 찾아왔다. 한 가지 의심스럽던 일이 사실로 밝혀졌는데, 내가 키우던 개 아코가 사라졌다. 앤더슨 가족은 개털 알레르기가 있기 때문에 아코를 데려갈 수 없다고 했다. 나는 진짜 가족과 살기 위해 아코와 헤어져야 하는 것을 받아들였다. 이제 나는 돌아왔는데 아코는 돌아오지 못했다.

"시골에 보냈어. 키우겠다는 사람이 있어서."

늘 아코가 엎드려 있던 빈자리를 바라보는 나에게 이모가 떨리는 목소리로 말했다. 그렇게 된 거였다.

"넓은 마당이 있어서 뛰어놀고, 잘 지낸대. 개한테는 시골에서 사는 게 더 좋아."

아코는 내가 주워온 임자 없는 개였다. 어릴 때 물린 적이 있어서 개를 무서워한다고, 아코를 처음 본 날 이모는 떨리는 목소리로 말했다. 18개월쯤 함께 산 동안 아코는 물기는커녕 짖는 소리조차 내본 적 없이, 이따금 끙끙거리는 것이 전부인 순한 개였다. 그래도 개를 무서워하는 이모는 내가 떠나자 넓은 마당이 있다는 시골로 아코를 보냈다.

겨우 휘청휘청 걸음을 떼놓을 만해지자 우리는 곽은태 소아청소년과 병원으로 향했다. 병약한 일곱 살 꼬마였던 나를 위탁보육의 형태로 처음 행복아파트에 데려왔을 때부터, 두려움으로 가득 찼던 이모의 마음에 든든히 의지가 되어주었던 분이 곽은태 선생님이었다.

선생님은 나와 이모를 보더니 놀란 기색을 재빨리 감추었다. 내가 미국인 가정으로 입양 가게 되었다고, 지난번에 우리는 눈물이 글썽해서 작별 인사를 다 했기 때문이다. 선생님은 의자에서 튕기듯 벌떡 일어났다. 두 팔을 벌리고 선 곽은태 선생님은 불곰처럼 덩치가 컸다. 손등에도 털이 많아 정말 곰 같기도 했다. 선생님은 나를 살짝 끌어안으며 등을 토닥였다.

"우리 설이가… 어디가 아픈가요?"

아픈 아이들이 병원에 오면 늘 던지는 그 질문이었다. 아무 일 없는 듯 편안하기도 하고, 특별히 사랑받은 듯 기쁘기도 했다. 나도 곽은태 선생님을 좋아했다. 곽은태라는 이름부터 좋았다. 왠지 마음이 편안해지는 이름이라고 생각했다. 곽은태 선생님의 진료실은 딱딱한 병원 침대와 주사기가 놓인 금속성 접시만 덩그러니 있는 차가운 곳이 아니었다. 그곳은 아늑한 서재 같았다. 따뜻한 질감의 블라인드 틈새로 항상 햇빛이 새어 들어오는 창가엔 초록 잎이 싱그러운 화분이 여러 개, 책상과 책장 여기저기엔 오래된 가족사진들, 고양이의 둥근 엉덩이 모양 시계라든지 낡았지만 깨끗한 봉제 인형처럼 마음이 포근해지는 사물들이 오밀조밀 놓여 있었다.

"애가… 말을 안 해요."

나는 깜짝 놀랐다. 내가 말을 안 했던가?

"예전에 어릴 때 함묵증… 그랬던 적도 있고, 어떡해야 할지 몰라서…."

다섯 살 때, 내가 두 번째 파양된 후 한동안 함묵증을 겪었다고 한다. 나는 사실 함묵증이 뭔지 잘 몰랐다. 요즘 내가 말없이 지낸 것도 함묵증이었나?

사실 요즘 너무 지쳐서, 생각이란 것을 거의 하지 않고 지냈다. 내가 어디 있는지 무얼 하는지조차 생각하지 않았다. 이모가 먹을 것을 들이밀면 조금 먹고, TV를 보거나, 잠을 자거나, 잠도 오지 않으면 예전에 보았던 TV 프로그램을 멍하니 떠올렸다. 감정과 생각을 모두 두꺼운 담요에 뚤뚤 말아서 땅속 깊은 곳에 파묻어버린 것과 비슷했다. 소리가 들리지 않는 흑백 화면을 보는 것처럼 무심하게 일상을 흘려보냈다.

"설이가 말을 안 한 지 얼마나 된 것 같아요?"

"저도 잘 모르겠어요. 처음엔 저도 정신이 없어서 애가 말을 했는지 안 했는지. 근데 사흘 전부터는 눈여겨봤는데 계속 아무 말도…."

"사흘. 사흘 동안 말을 안 한 거군요. 그런데 함묵증은 흔한 증세는 아닌데."

"설이는… 설이는… 이전에도 그렇게…."

곽은태 선생님은 두 눈썹 끝을 바짝 모으고 입술을 꾹 다물었다. 낯빛도 어두워졌다. 내가 앤더슨 대령 집으로 입양되어 간다는 소식을 들었을 때처럼 말이다.

"설아, 어디 아픈 데가 있니? 배가 아프다든지 목이 아프다든지?"

나는 잠시 고민했다. 곽은태 선생님의 병원에 들어선 순간, 내가 좋아하는 오밀조밀한 사물들과 따뜻한 곽은태 선생님을 보는 순간 그동안 나를 두르고 있던 두터운 무감함의 담요가 갑자기 엷어졌다. 사물이 또렷하게 보였고 선생님의 말이 귀에 잘 들렸고, 나는 이렇게 생각을 하고 있다. 이렇게 정신이 맑은 상태가 된 것은 참 오랜만이었다. 마음만 먹는다면 대답도 잘할 수 있을 것 같았다.

하지만 대답하고 싶지 않았다. 흔치 않은 병을 앓는 특별한 아이이고 싶었다. 보육원에서 자란 유기아동이라는 이유로 특별한 관심과 사랑을 받은 데다 함묵증까지 보태서 곽은태 선생님이 밤잠을 설치며 내 걱정을 하게 되면 얼마나 좋을까, 상상만으로도 짜릿해서 입이 열리지 않았다.

곽은태 선생님은 나에게 굳이 말하려 애쓰지 말라는 눈짓을 보냈다.

"그러니까 설이가 이모님 댁에 돌아온 거죠? 입양은 없던 일이 된 거죠?"

"또 그럴 줄은… 그 사람들은 좋은 사람들인 줄 알았는데…."

겨우 막아두었던 이모의 슬픔이 결국 터졌다.

미국 사람들은 한국 사람들보다 입양을 잘하고 남의 자식도 자기 자식과 똑같이 잘 키운다고 해서 그렇게 믿었다. 그 사람들은 미군 부대에서도 높은 자리에 있고 곧 미국으로 돌아갈 거라고 했다. 설이를 미국에 데려가서 좋은 교육을 시키고 훌륭하게 키워줄 줄 알았다. 원장님도 설이가 드디어 좋은 가정에서 자라게 되었다고 기뻐하셨다. 설이가 아프다고 겨우 3주 만에 돌려보낼 줄은 꿈에도 몰랐다. 원장님을 봐서라도 그러면 안 되는데, 무책임한 사람들이었다.

두 손에 얼굴을 파묻고 흐느끼며 한 이야기라 말은 중간중간 끊기고 불분명했다. 하지만 하나는 분명했다. 이모가 그들을 '안다스탠' 가족이라고 알고 있다는 것. 안다스탠 대령과 그 가족은 이모의 슬픔과 원망 속에 여러 번 등장했다. 그 사실을 깨닫고 왠지 피가 머리 꼭대기로 치솟았다. 땅으로 꺼져버리고 싶었다. 아이들의 유치한 농담에 가끔 등장하는 그 안다스탠 모른다스탠을 진짜로 말하는 사람이 있다니. 더구나 우리가 가장 깊은 비탄에 빠진 순간에 난데없이 뛰쳐나온 안다스탠 대령은, 정말이지 웃을 수도 울 수도 없었다.

곽은태 선생님도 당황한 것 같았다. 눈길을 피하며 자꾸 잔기침을 했다. 나는 자꾸 안다스탠 대령을 들먹이는 이모가 미워서 우는 입을 틀어막고 싶었다.

안다스탠 대령이 아니더라도, 앤더슨 가족이 욕을 먹는 것도 불편했다. 그들은 모두 친절하고 좋은 사람들이었다. 내가 적응하지 못하고 죽을 듯이 아팠던 것은 그들의 잘못이 아니었다. 앤더슨 가족의 집에는 어딘지 외국 느낌을 주는 체리 향기 같은 것이 감돌았는데, 현관문을 처음 여는 순간부터 그 달콤한 냄새에 속이 뒤집혀 버렸다. 그들의 따뜻한 환영과 다정한 스킨십, 그리고 인내심 있는 기다림의 눈길조차도 그 냄새를 없앨 수는 없었다. 그들은 무엇이 잘못된 것인지 알지 못하고 그들이 좋다고 생각한 이것저것을 나에게 권하며 당황했다. 당신들의 그 냄새가 싫다는 말은 차마 하지 못하고, 나는 속절없이 토하고 고열이 오르고 시체처럼 널브러져 앓다가 결국 이모의 집으로 돌아오고 말았는데 그 과정에 앤더슨 가족의 잘못이 크다고는 말할 수 없다. 그들은 내가 죽을까 봐 진심으로 겁이 났고, 의사도 돌아가는 게 좋겠다고 조언했을 뿐이다.

"네, 알겠습니다. 설이랑 이모님이 많이 힘드셨겠네요."

"어떡하죠 선생님, 진짜로 함묵증이면… 고치려면…."

곽은태 선생님은 고개를 끄덕이며 내 이마에 손가락 두 개를 구부려 갖다 대었다. 문을 노크할 때처럼 검지와 중지를 네모나게 구부려 그 가운데 마디를 내 이마에 대는 것이 곽은태 선생님이 열을 재는 방법이었다. 물론 선생님은 귀에 넣으면 삐 소리가 난 후 숫자로 체온을 알려주는 멋진 디지털 체온계를 가지고 있었지만 자기 손가락이 디지털 체온계보다 더 정확하다고 늘 자랑했다. 어린 환자가 원하면 먼저 손가락으로 열을 잰 후 디지털 체온계로 확인해주는 서비스를 무한 제공했는데 늘 소수점 첫 번째 자리까지 정확하게 맞았다. 선생님의 손가락은 단 한 번도 틀린 적이 없었다.

"다행히 열이 높지 않아요. 사람의 시선을 피하지도 않고요."

선생님은 보란 듯이 나와 눈을 맞추었다. 시선을 피할 겨를도 없이, 도장을 꾹 눌러 찍듯이 빠르고 힘 있게.

"시선을 피했더라면… 힘들 뻔했죠."

선생님은 무궁화꽃이 피었습니다 놀이에서 방금 내 등짝을 친 어린애처럼 자랑스러운 표정이었다. 장난기를 담뿍 머금은 그 눈웃음

15

은 내가 파양이든 함묵증이든 뭐든지 다 이겨낼 거라는 확신과 암시를 담고 있었다. 선생님의 응원은 내 발가락을 간지럽히는 전류처럼 찌르르하게 전달되었다.

"그러니까 일단 지켜보기로 하죠. 곧 다 괜찮아질 거예요."

"다른 치료를 하지 않아도 될까요?"

"네. 감기도 그렇잖아요. 어떤 감기는 입원까지 하기도 하고, 어떨 때는 그냥 잘 쉬면 낫기도 하니까요. 무엇이 필요한지는 설이가 가장 잘 알 거예요. 쉬고 싶으면 쉬고, 하고 싶은 게 생기면 하고. 설이가 하고 싶은 대로 두시면 돼요."

간호사가 살그머니 진료실 문을 열고 힌트가 담긴 헛기침을 했다. 대기실엔 열이 나고 기침을 하는 어린아이들이 한가득인데 우리는 20분째 치료를 받는 중이었다. 우리는 얼른 의자에서 엉덩이를 떼었다.

"알았지 설아? 언제나 네가 제일 좋아하는 것, 제일 하고 싶은 것을 해라. 아이들은 그렇게 자라야 몸도 마음도 튼튼해. 좋아하는 일을 하다 보면 힘든 줄도 모르고 아픈 것도 이겨내거든. 좋은 약을 먹는 것보다 더 중요한 건 자기가 제일 좋아하는 일을 하는 거란다. 알겠지?"

곽은태 선생님은 우리가 진료실의 손잡이를 잡을 때까지, 마지막 순간까지 응원과 당부를 멈추지 않았다.

"이모님, 설이가 정말 똑똑하다고 제가 말씀드렸죠? 설이처럼 지능이 높은 아이들은 여러 가지 어려움에도 더 잘 대응한다는 게 연구 결과로도 밝혀졌습니다. 논문에도 나와 있다니까요. 아무 걱정 마시고 지켜보세요. 궁금한 게 있으면 언제든지 찾아오시고요. 설아, 오고 싶을 때 아무 때나 찾아와도 된다. 기다릴 필요도 없어. 저기 간호사 선생님한테 조그맣게 '곽은태 선생님을 보고 싶어요'라고 말하기만 하면 되는 거야. 알고 있지?"

진료실의 문이 닫히는 마지막 순간에 곽은태 선생님은 응원단장처럼 귀여운 엉덩이춤을 추고 있었다.

우리가 오래 진료실을 차지했던 탓에 대기실은 짜증으로 부글부글 끓어올랐다. 우리는 처방전을 기다리며 그곳에 좀 더 머물러야 했다.

우리가 있는 공간에는 어디에나 눈에 보이지 않는 파장들이 지나간다고 한다. 라디오 파장, TV 파장, 휴대폰 파장, 인공위성에서 날아오는 GPS 파장까지. 마치 우리가 성긴 솜사탕 무더기나 흰 구름인 것처럼 파장들은 우리를 쑥쑥 통과해 마음대로 지나다니고 있다는 거였다.

아픈 어린애들과 젊은 엄마들이 모여 있는 소아과 대기실은 언제나 껄끄러운 파장으로 나를 뚫고 지나갔다. 일부러 그러는 게 아닌데, 내 살갗에는 그런 종류의 파장을 감지하는 감각기관이 유난히 촘촘하게 박혀 있었다.

얼마나 더 기다려야 하냐고 칭얼거리는 아이, 무심하게 아이에게 휴대폰을 쥐여주는 엄마, 아픈 틈을 타서 모처럼 휴대폰을 받아 들고 기뻐하는 아이. 나는 방심한 얼굴로 창밖을 내다보는 척하면서 그들이 방출하는 평범한 관계의 감촉을 세세히 느꼈다. 나로서는 그런 평범한 가족 간의 감정이 어떤 것인지 짐작조차 할 수 없었다. 그들은 지금 뜨겁게 사랑하고 있을까? 지친 얼굴로 시선을 TV에 걸쳐둔 젊은 여자의 가슴속에는 지금 엄마의 사랑이란 것이 끓어오르고 있는 것일까? 나는 그게 과연 어떤 것인지 짐작조차 할 수 없었고 영원히 짐작조차 하기 힘들 것이었다. 태어날 때부터 박탈된 어떤 감정은 나를 언제나 몹시 불안하고 서먹하게 만들었다.

간호사 데스크에서는 영수증을 내밀며 작은 소리로 진료비를 받지 않겠다고 했다. 오히려 영양제 샘플을 이것저것 한 보따리나 챙겨주었다. 곽은태 선생님은 우리에게 거의 늘 그런 혜택을 주곤 했다. 병원을 나서려는데 이모 또래로 보이는 나이 든 여자가 이모에게 다가와 말을 걸었다.

"이 아이 동생이 있소? 아이가 이만큼 커도 보모를 두오?"

"나는 보모가 아니라 이모예요."

"우리 아이들도 나를 이모라고 부르오. 여기는 다 이모라고 부르데."

"…"

"이 애 엄마가 낼로는 목욕탕을 따로 다니라고 하는데, 이 동네는 목욕값이 어찌 비싸오? 어디 눅은 데가 있소?"

"목욕탕이… 저기 재래시장 쪽에 왕궁탕이 있는데…."

진료실을 나오자 사는 것은 또다시 재미가 없어졌다. 나는 무감함의 뿌연 안개 속으로 다시 빠져들었다. 아무것도 생각하지 않고 느끼지 않는 것, 그것이 지금은 제일 편안했다.

　우리가 탄 마을버스는 오래된 미용실과 떡집, 철물점 들이 늘어선 좁은 골목에서 멈추어 섰다. 그곳에서 담요는 다시 엷어졌다. 내가 아코를 처음 만났던 곳이었다. 다시 안개 속으로 숨으려 했지만 생각에 사로잡히고 말았다. 이모가 아코를 데리고 문밖으로 나섰을 때, 아코는 무슨 생각을 했을까? 끌려 나가지 않으려고 네 발로 버텼을까? 나에게 데려다주는 줄 알고 기뻐하며 따라나섰을까? 산책을 나서면 기분 좋아서 내 무릎으로 기어오르던 아코의 까만 발톱과 부숭부숭 폭신한 털의 감촉이 곁에 있는 것처럼 느껴졌다. 오늘처럼 습한 날이면 아코에게서 느껴지던 비릿한 털 냄새까지도.

　아코는 혈통이랄 것도 없이 마구 뒤섞인 흔한 잡종 개였는데, 많은 조상들 중에 비글이 한 마리쯤 있었을 거라고 생각한다. 비글 특유의 얼굴 무늬가 선명했는데, 몸통과 주둥이의 털이 약간 길었다. 나이는 잘 모르지만 동물병원에서는 겁먹은 아코의 주둥이를 열어 이빨을 살펴보더니 일고여덟 살쯤 되었을 거라고 했다.

　작년 봄, 학교에서 돌아오다가 골목 어귀에 처량 맞게 쭈그리고 있는 아코를 처음 보았다. 꾀죄죄한 행색이 한눈에 보아도 버림받은 개였다. 이모가 내 간식으로 사놓은 식빵을 먹다가 한 장 들고 골목으로 다시 와보았더니 개는 그대로 거기 있었다. 개는 정신없이 식빵을 먹어치웠다.

　이틀 동안 나는 개에게 먹을 것을 갖다 주었다. 목걸이에 아코라는 이름이 적혀 있었다. 그사이 아코는 골목을 더럽힌다고 사람들에게 욕을 먹고 다른 곳으로 조금씩 자리를 옮겼다. 나는 점점 더 후미지고 지저분한 곳에서 아코를 발견했다. 내가 가면 기뻐했지만 먹이를 더 달라고 보채거나 나를 따라오는 법도 없었다. 아코는 굶어 죽을 각오가 되어 있는 것처럼 체념한 눈으로 내 뒷모습만 바라보았다.

사흘째 되던 날, 나는 숨을 참고 그 냄새나는 털 뭉치를 안아 들었다. 아코는 아무 소리 않고 내 팔에 몸을 맡겼다. 아코의 심장이 콩닥콩닥 뛰는 게 느껴졌다. 내 심장은 아예 입 밖으로 튀어나올 것 같았다. 나는 아코를 집으로 데려와서 목욕을 시켰다. 아코는 부들부들 떨고 오줌을 쌌지만 아주 얌전했다. 샴푸를 절반 가까이 썼고 목욕탕은 온통 개털로 엉망이 되었다. 하지만 잘 씻겨놓으니 좋은 냄새가 났고 눈부시게 예뻐졌다.

식당 일을 마치고 밤늦게 돌아온 이모는 아코를 보고 깜짝 놀랐다.

"이게 뭐니?"

"저기, 버스 정류장 앞 골목에 있었어요….."

"네가 데려온 거야?"

나는 이모가 아코를 당장 내보내라고 할까 봐 무서워서 속으로 벌벌 떨었다. 하지만 이모는 아무 말도 하지 않았다. 심지어 주인 없는 개냐고 묻지도 않았다. 그냥 놀란 눈으로 개와 나를 번갈아 보다가 엉망이 된 욕실을 정리했다. 지금 생각하면 이모는 도무지 어떻게 해야 할 지 몰랐던 것 같다. 이모의 우유부단한 성품 덕분에 아코는 내 개가 되었다.

내 가족도 없는 주제에 개를 키우다니, 겁 없는 짓을 했던 거였다. 아코를 데려온 지 1년 남짓 되었을 때 앤더슨 가족에게 나를 입양 보내는 이야기가 나왔고, 아코는 함께 갈 수 없었다. 3주 동안 앤더슨 가족과 지내고 돌아와보니 아코는 사라졌다. 마당이 넓은 시골집에서 뛰노는 것이 아코에게는 더 행복한 삶이라고 이모는 말했다. 그 말이 사실일지 곰곰 생각하기엔 내가 너무 아파서, 그냥 아코의 행복을 빌어주는 수밖에 없었다.

곽은태 선생님이 나을 거라고 장담한 걸 믿고 우리는 그냥 조용히 지냈다. 다행히 방학이라 거의 집 밖에 나갈 일이 없었고 이모와 함께 사는 것에는 별로 말이 필요 없었다. *끄덕끄덕, 도리도리*, 또는 TV 소리. 그걸로도 충분했다. 오래된 이불처럼 포근하고 눅눅한 침묵이었다.

더위가 살풋 가신 저녁 무렵, 나는 이모와 함께 가까운 슈퍼마켓에 가서 간단하게 장을 보았다. 내 시선은 특별 할인을 한다는 반조리제품 물냉면에 꽂혔다. 여름에 우리가 제일 좋아하는 음식이었다. 하지만 이모가 작년 여름에 풀잎보육원 원장님에게 그 이야기를 했다가 호되게 한 소리를 듣고 말았다. 원장님은 장이 약한 나에게 자꾸 찬 음식을 먹이면 안 된다며 날이 더울수록 더욱 따뜻한 음식을 지어 먹이라고 했다. 그 이후로 간편한 저녁 식사가 되어주던 물냉면을 더 이상 먹지 못했고 올여름에는 입양과 파양 소동을 거치는 사이에 물냉면 한 그릇 먹을 틈 없이 여름이 훌쩍 지나가버렸다.

내가 물냉면에 눈독을 들이자 이모는 깊은 갈등에 빠졌다.

"찬 걸 먹으면 안 될 것 같은데… 요새 많이 아팠잖아."

하지만 우리가 슈퍼마켓을 한 바퀴 돌며 애호박이나 감자 같은 것들을 사고 난 뒤에도 할인판매 매대의 물냉면들은 여전히 그 자리에 있었다.

"애가 입맛이 없어서… 뭘 신통하게 먹지를 않으니…."

이모는 물냉면 판매원에게 허락이라도 구하듯 필요 없는 설명을 덧붙였다. 결국 물냉면 한 봉지를 바구니에 넣기는 했다. 일단 사두기는 하지만 몸이 좀 더 회복되면 먹자는 소리도 잊지 않았다. 이모는 원장님 말씀은 꼭 지켜야 한다고 생각했다.

물냉면 한 봉지를 산 것만으로도 기분이 퍽 좋아졌다. 결국 우리는 몸이 더 나아질 때까지 기다리지 못하고 서둘러 오이를 채 썰고 계란을 삶았다. 둘 다 물냉면 국물까지 한 방울도 남기지 않았다. 이모는 덥다면서 요리용으로 냉장고에 넣어두었던 소주를 두 잔 따라 마셨다. 모처럼 이모 얼굴이 말갛게 폈다.

이모는 지난 한 달간 거의 울면서 지냈다. 원장님은 뭐든 이모 잘못이라고 화를 냈기 때문에 이번 파양도 자기 잘못이라고 생각할 것이 뻔했다. 이모가 속을 끓이는 함묵증 걱정이라도 덜어주려면 이럴 때 아무렇지 않은 듯, '여름엔 물냉면이 최고야 그치?' 그런 말을 하면 좋을 것 같았다. 하지만 어찌 된 일인지 입이 떨어지지 않았다.

냉면을 먹어치우고 설거지를 마칠 무렵 초인종이 울렸다. 우리 집에는 찾아오는 사람이 거의 없어서 뜻밖이라고 생각했다. 문을 열자 풀잎보육원의 복지사님이 서 있었다. 그리고 복지사님 뒤로 성큼하게 키가 큰 앤더슨 부인이 보였다.

"설이가 쓰던 물건들을 주신다고 오셨어요. 미국으로 가기 전에 마지막으로 설이한테 인사도 하고 싶다고."

앤더슨 부인은 커다란 짐가방을 네 개나 들여놓았다. 나를 맞이 하려고 부인이 준비해놓았던 물건들이었다. 새 옷과 신발, 새 침구, 인형과 장난감과 책들….

"설, 얼굴이 좋아져서 다행이다. 아픈 것이 다 나은 것 같구나."

나는 서둘러 뿌연 솜구름 속으로 들어가려 했지만 발톱에 빨간 페디큐어가 칠해진 앤더슨 부인의 커다란 발에 시선을 붙잡히고 말았다. 선명하게 새빨간 발톱에 눈길을 붙잡혀, 눈도 귀도 닫히지 않았다.

"우리는 네가 떠난 후로도 네 이야기를 많이 한다. 네가 우리 가족이 될 수 있었다면 얼마나 좋았을까. 모두들 아쉽게 생각한다. 우리는 곧 미국으로 돌아가지만 너를 영원히 잊지 않을 것이다. 짧은 시간이었지만 우리는 진짜 가족이었다, 설. 기도와 의논 끝에 너를 위해 가장 좋은 길을 선택한 거야."

앤더슨 부인은 쏘올, 하는 식으로 내 이름을 어렵게 발음했다. 그 녀가 한 걸음 다가오자 두려움이 밀려왔다. 다시 배가 아플까 봐 나도 모르게 다리를 꼬았다.

"너는 정말 놀라운 아이야. 행복하게 살아라, 설."

앤더슨 부인이 내 얼굴을 감싸 쥐고 이마에 키스했다. 부인의 연

갈색 눈동자와 얼굴의 보송보송한 솜털이 시야에 와락 밀려들어왔다. 그녀를 따라온 역한 체리 향에 다시 구역질이 치밀었다. 미안한 일이었다. 앤더슨 부인과 그 가족은 모두 좋은 사람들이었는데 내 몸은 그 냄새에 극렬한 거부반응을 보였다.

"손대지 마요!"

이모가 소리를 질렀다.

우리는 깜짝 놀랐다. 복지사님도 놀라 어쩔 줄 몰랐다. 이모가 소리를 지르는 건 태어나서 처음 보았다. 앤더슨 부인은 한국말을 몰랐지만 이모가 무슨 소리를 하는지는 느낌으로 다 알아들었다. 내가 다시 구역질을 하는 바람에 이모는 믿을 수 없을 만큼 화가 났다.

"애를 이렇게 만들어놓고, 무슨 낯으로 여길 왔대요? 당장 가라고 해요!"

"그러지 마세요, 이모님. 이분들도 속상해하고 있다고요"

"자기들도 속이 상하대요? 애를 이렇게 반쪽을 만들어놓고? 어이구! 천벌 받을 줄 알아라!"

이모는 복지사님의 만류조차 귀에 들어오지 않는 듯했다. 늘 조용한 이모가 이렇게 격렬한 말을 하는 것은 드문 일이었다. 앤더슨 부인은 이모를 이해한다는 듯 고개를 끄덕이고 안타까운 표정을 지으며 무어라 위로하려 했지만 부인의 몸짓이 이모의 분노에 오히려 기름을 끼얹었었다. 이모 눈에는 지금 앤더슨 부인이 무엇을 하든지 모두 나쁘게만 보였다.

"세상에, 웃어? 저런, 세상에!"

나는 지금 이곳에서 일어나는 일은 내 일이 아니니까 어딘가 먼 곳, 아주 먼 곳으로 떠나는 것이 좋겠다고 생각했다. 그저 먼 곳, 갈 수 있는 한 가장 먼 곳으로 급히 떠나려다 보니 잘못 가고 말았다. 아차 여기가 아닌데 싶은 순간엔 이미 늦었다. 나는 이미 그곳에 돌아가 있었다.

　머리 위 까만 어둠이 동그란 빛으로 열리던 날.

　한 번도 본 적 없는 나의 생모는 방금 태어난 아기를 보육원 문 앞에 버리기로 결심했지만, 그래도 새해 선물처럼 보이도록 예쁜 옷을 입혀 과일 바구니에 담아야겠다고 생각했다. 하지만 마지막 순간에 풀잎보육원 문 앞까지 갈 용기를 잃어서 골목 어귀에 놓인 커다란 음식물 쓰레기통에 바구니를 처넣고 도망가버렸다. 내 엄마가 나를 버린 종잡을 수 없는 방식은 사람들의 기억에 오래 남아 전설이 되었다. 돌아선 그녀가 새벽어둠 속으로 종종걸음을 하던 그때, 질척한 어둠 속에 누운 나는 바로 지금처럼 팔다리에 힘이 빠지고 차라리 가루가 되어 공기 속으로 흔적 없이 날아가버리기를 소망했다.

　나는 어둠과 악취 속에서 곰곰이 생각에 잠겨 있다. 바구니 밑에서는 썩은 물이 스며들기 시작했을 것이다. 이대로 조용히, 조금만 더 견딜까? 그러면 내가 이 세상에 왔었다는 사실은 백과사전 속의 작은 쉼표만큼도 자국을 남기지 않고 잊힐 것이다. 더 이상 부끄러울 필요가 없다는 게 가장 좋은 점이었다.

　하지만 어쩐 일인지 나는 울기로 결심했다. 나에게는 어릴 때부터 살아남기 위해 부끄러움을 이기는 독한 기질이 있었다. 내 기억이 돌아간 곳은 바로 그 지점이었다. 내가 발버둥 치며 독하게 빽빽 울자 머리 위의 검은 어둠이 동그랗게 열렸다. 새해 첫날 새벽예배를 보고 돌아오던 길, 새끼 고양이가 음식물 쓰레기통에 갇힌 줄 알고 꺼내주려던 풀잎보육원 원장님은 바구니에 누운 갓난아이를 보고 기겁했다. 나는 그렇게 살아남아서 이 피곤한 부끄러움을 이어갔다.

그때 내가 왜 울었을까? 그때 침묵했다면 지금쯤은 별이나 바람이나 흙이나 꽃 같은, 지금과는 전혀 다른 존재가 되어 있을 것이다. 무엇이 되었건 지금보다는 나았을 것이다. 침묵이 아닌 좀 더 시끄러운 쪽을 선택한 바람에 지금 나는 그 결과를 감당하는 중이었다. 하얗게 바랬던 눈앞에 조금씩 색채가 돌아오기 시작했다. 주저앉아 머리를 감싸 쥔 앤더슨 부인과, 앤더슨 부인의 머리채를 노리고 달려드는 이모와, 이모를 말리는 복지사님과, 덜덜 떨면서 이 난장판을 바라보는 나까지 하나의 시야에 들어왔다.

하나 마나 한 생각이었지만 나는 조금 더 옛 기억에 집착했다. 원장님이 아기의 울음소리를 듣고 음식물 쓰레기통에서 나를 꺼낸 그일에는 사람들이 잘 알아차리지 못하는 중요한 지점이 있었다. 그때 내가 운 덕분에 반대로 세상은 부끄러움을 조금 덜었다는 점이다. 예쁜 옷을 입은 아기가 음식물 쓰레기통 속에서 얼어 죽은 채 발견되었다면 이 세상은 지금보다 좀 더 부끄러운 곳이 되었을 것이다. 나는 예쁘고 아무 생각 없는 별이 되는 대신 피곤하고 부끄러운 유기아동이 되어서 세상의 몫이 되어야 마땅할 창피함을 대신 짊어졌다. 과연 이 바보 같은 세상은 그런 생각을 해보기나 했을까? 자기들이 나에게 얼마나 큰 빚을 지고 있는지 알기나 하려는지.

세상이 나에게 그 빚을 갚을 리 없다는 걸 뻔히 알면서, 나는 또다시 그때와 똑같은 일을 해야만 한다는 것을 깨달았다. 말을 듣지 않으려는 목구멍을 재촉해 소리를 쥐어짜내야 했다. 두터운 무감각의 장막을 뚫고 지겨운 세상을 향해 소리를 질러야 하는 것이다. 창피함은 또 내 몫이 될 것이다. 그래도 해야만 했다. 오랫동안 쓰지 않았던 목구멍에서는 사람의 말소리가 아니라 헉헉거리는 거친 숨소리만, 그것도 겨우겨우 조금씩 나올 뿐이었다. 이럴 때는 목이 아니라 몸으로 소리를 내야 한다는 오래된 깨달음이 차츰 찾아왔다. 가위 눌림에서 깨어날 때처럼 나는 내 몸의 끝부분부터 조금씩 힘을 주기 시작했다. 손가락에 힘을 주어 주먹을 쥐고, 무너질 듯 휘청이려는 무릎을 추스르고, 가슴에 공기를 가득 채워 배 속까지 단단하게 부풀렸다. 머리 꼭대기와 귓바퀴에서 지글지글 타는 것 같은 뜨거운 기운이 느껴졌다. 나는 어떻게든 굳어버린 입과 혀를 다시 움직이려 몸부림쳤다. 말보다는 꺽꺽거리는 울음이 먼저 나왔다. 그거라도 다행이었다.

이모는 내가 팔꿈치에 매달린 감각을 느끼지도 못했을 것이다. 눈이 뒤집힌 이모는 나를 간단하게 날려버렸고, 다음 순간 나는 큰대자로 마루에 누워 있었다. 복지사님이 소리를 지르며 달려와 나를 안아 일으켰다. 나는 허수아비처럼 허우적거리며 일어서 이모에게 다시 매달렸다. 곽은태 선생님은 내가 지능이 아주 높기 때문에 큰 어려움도 소화해낼 수 있다고 했다. 남들 같으면 극복하지 못할 수도 있는 힘든 일을 겪었지만 나라면 파양도 함묵증도 다 극복할 수 있다는 것이다. 곽은태 선생님의 말이 맞을 것이다. 지능이건 목구멍이건, 어디를 쥐어짜서라도 힘을 내야만 했다.

"이모… 이모….'

이모의 꿈틀거리던 등짝이 멈췄다.

"이모… 하지 마… 이모….'

앤더슨 부인이 이모를 밀치고 나를 껴안으려 했다.

"Oh! Listen! She talks!"

앤더슨 부인의 체리 냄새가 덮쳐오자 또다시 욕지기가 치밀었다. 앤더슨 부인에게 정말로 미안하고 고마웠고 그녀를 꽤 좋아하기도 했지만, 앤더슨 가족의 정체 모를 그 달큼한 냄새만은 도저히 참을 수가 없었다. 나는 저녁에 맛있게 먹었던 물냉면을 모두 토해버리고 말았다.

이모는 앤더슨 부인을 사납게 떠밀었다.

"우리 설이한테 손대지 말란 말이야!"

그러더니 나를 껴안고 그대로 바닥에 주저앉아서 넋이 빠진 사람처럼 통곡했다. 앤더슨 부인은 세상에 이게 무슨 일인가 하는 한탄을 중얼거리며 봉변을 당한 머리칼을 추슬렀다. 복지사님은 앤더슨 부인에게 한없이 사과하며 그녀를 밖으로 데리고 나갔다.

나는 앤더슨 부인에게 따로 인사를 하지는 않았다. 우리의 이별은 이미 너무 길고 험난했다. 너무 미안해서 그냥 엉엉 우는 수밖에 없었다. 예나 지금이나 내가 할 수 있는 일이란 겨우 그 정도뿐이었다.

2

그때 원장님은 58세였고 풀잎보육원 원장이 된 지도 20년이 넘어, 버림받는 아이들에 대해서는 더 이상 놀라거나 가슴 아플 일이 없을 것 같다고 생각하고 있었다. 하지만 새해 첫날 눈 오는 새벽에 음식물 쓰레기통에서 나를 꺼내고는 다시 한 번 놀라 허둥거리고 말았다.

"몇 발짝만 더 오면 되는데 거기서 멈추다니. 옷은 예쁘게도 입혔네. 아기 엄마가 얼마나 고민이 많았으면."

음식물 쓰레기로 뒤범벅이 된 예쁜 옷을 벗기고 따뜻한 물로 나를 씻기는 원장님의 얼굴엔 빗금이 셀 수 없이 많았다.

그때 원장님의 그 모습을 내가 지금까지 기억하고 있다고 하면 모두 거짓말이라고 할 것이다. 실은 나도 믿어지지 않는다. 만들어 낸 기억일지도 모른다. 하지만 나는 분명히 그 모습을 기억하고 있다. 원장님은 검은색 모직 코트에 남색과 금색이 엇갈린 스카프를 두르고 있었다. 나이가 좀 든 것을 제외하면 스튜어디스라고 해도 믿을 만큼 날씬하고 멋을 부린 모습이었다. 눈발이 흩날리는 새해 첫날 음식물 쓰레기통에서 꺼낸 아기에게 원장님은 '설'이라는 이름을 붙여주었다.

내가 기억하는 한 원장님은 항상 멋쟁이였다. 한평생 군살이라곤 붙은 적이 없었고 머리는 항상 잘 어울리는 쇼트커트 스타일로 단정하게 유지했는데 아주 힘 있고 명석해 보였다. 공공기관이나 후원회 사람들과 이야기할 때면 복잡한 숫자와 법규들이 나와도 한 번도 막히는 법이 없었다.

음식물 쓰레기통에서 발견된 덕분에 좋은 점도 하나 있었다. 원장님이 나를 특별히 아꼈던 것이다. 어린 나도 그걸 분명히 느낄 수 있었다. 나는 원장실에서 노는 것이 허용된 유일한 아이였다. 나는 소란을 떨거나 원장님을 귀찮게 하지 않으며 원장실에서 시간을 보내는 방법을 금방 터득했다. 책을 보는 게 서로에게 가장 좋았다. 원장님은 바쁘게 일하다가도 내가 기특하다며 눈을 맞추고 환하게 웃었고 원장실에 새로운 책들이 떨어지지 않도록 신경을 썼다.

뇌졸중으로 쓰러져 요양원에 입원한 뒤로도 원장님은 나를 세심하게 챙겼다. 이모 집에서도 책을 많이 읽으라고 했고 어떻게든 좋은 가정으로 입양을 보내려고 애를 썼다. 앤더슨 가족에게 입양을 주선한 것도, 앤더슨 가족에게서 돌아온 후 전학 이야기를 꺼낸 것도 원장님이었다.

"설이 전학을 알아봐라, 더 좋은 학교로. 나이가 들수록 입양은 점점 더 어려워질 텐데, 설이가 잘살려면 더 좋은 학교에 가서 공부를 더 잘하는 수밖에 없다. 꼭 전학을 보내라."

뇌졸중 이후 원장님의 얼굴 반쪽은 가면처럼 굳어져 움직이지 않았다. 알아듣기 힘든 어눌한 발음으로 원장님은 이모에게 여러 번 강조했다. 이모는 원장님의 말이라면 못 알아들은 적이 없었다. 한 번 흘긋 쳐다보기만 해도 원장님 생각을 재깍 알아차렸다.

꼭 전학을 가야 한다는 원장님의 말씀에 우리는 큰 혼란에 빠졌다. 친구들을 다시 만나 응, 나 돌아왔어, 입양은? 잘 안 됐어, 같은 민망한 대화를 하지 않게 된 것이 다행스럽긴 했지만 이제 졸업하기까지 겨우 한 학기 남았는데 굳이 전학을 가야 하는가 싶었다. 지금도 나는 온곡초등학교에서 공부를 꽤 잘하는 아이로 소문나 있었는데, 더 좋은 학교에서 더 공부를 잘하면 과연 내 인생에 그렇게나 큰 도움이 될지 미심쩍기도 했다. 하지만 이모는 원장님의 말씀이라면 무조건 시행이었다. 이모는 위탁모로 나를 키울 수 있는 몇 가지 조건들을 만족하지 못했는데, 정말 잘 키우겠다고 몇 번이나 약속하고 겨우 원장님의 도움을 받아 나를 데려왔기 때문이다. 실은 나도 이모와 비슷했다. 원장님이 뭐라고 말씀하시면 이모와 나는 그분 말씀대로 다 해야 한다는 생각밖에 들지 않았다.

생각보다 전학이 쉬운 일이 아니라서 이모는 사방팔방 애를 썼던 것 같다. 전학을 가려면 이사를 갔다거나 왕따를 당했다는 그런 이유가 있어야 했는데 입양 실패는 사람들이 한 번도 들어본 적 없는 이유였다.

이모가 백방으로 알아본 끝에 찾아낸 방법은 조금 멀지만 우상 초등학교에 전학을 가는 것이었다. 그곳은 사립 초등학교라서 이사나 왕따 같은 이유가 없어도 전학을 갈 수 있다고 했다. 원장님이 말한 '좋은 학교'의 기준에 딱 맞는 것 같기도 했다. 학비가 없는 온곡 초등학교와 달리 등록금을 따로 내야 하는 것이 흠이었다. 이모는 식당에서 일해 돈을 벌었고 나를 맡아 키우는 대가로 나라에서 얼마 안 되는 보조금을 받았다. 식당에서 일하는 게 알려졌다간 위탁모 자격을 빼앗기기 때문에 비밀이었다. 다 합쳐봤자 뻔하게 가난한 살림이었다. 비싼 등록금을 내야 하는 사립 초등학교에 다니게 되었다는 소리에 나는 마음이 무거워졌다. 하지만 이모는 하염없이 기뻐했다.

"우리 설이가 참 운이 좋아. 단골 중에 그 학교 선생님이 있더라고."

이모는 돼지불고기백반을 파는 통백식당에서 일했다. 네 명씩 앉을 수 있는 식탁이 몇 개 있는 작은 식당이었다. 원래는 주인 할머니의 고향인 통백골에서 가져온 이름이었는데 인기 메뉴인 돼지불고기백반과 식당 이름이 잘 어울렸다. 사람들이 등받이 없는 둥근 의자에 엉덩이를 내려놓으며 "통배기 두 개요"라고 말하면 이모는 빨간 양념이 잘 밴 두툼하고 실한 고기를 무쇠 프라이팬에 자글자글 볶아주었다.

오래된 서민 아파트 입구 납작한 상가의 볼품 없는 가게였지만 아이들과 알차게 한 끼를 해결하는 가족 손님들과 퇴근 후 소주 한 병 걸치는 술손님들이 조화롭게 섞여서 장사가 쏠쏠하게 잘됐다. 가까운 번화가의 직장인 사이에 소문이 나서 와이셔츠 입은 손님들도 많았는데, 그중에 우상초등학교 교감선생님이 있었던 거였다.

통백식당 할머니는 몇 년 전에 식당을 큰딸에게 물려주고 고향인 통백리에 내려가서 텃밭을 가꾸며 지냈다. 가끔씩만 통백식당에 얼굴을 비추고 양념 맛이 여전한지, 오래된 단골들이 만족하는지 확인했는데 이모가 내 전학 문제로 한숨을 내쉬고 있을 때 마침 할머니가 서울에 올라온 거였다. 이모의 한탄을 듣는지 마는지 아무 표정이 없었는데, 웬일인지 이번엔 오래 식당에 머문다 싶더니 우상초등학교 교감선생님이 나타나자 다짜고짜 서비스 소주 한 병을 내밀면서 6학년짜리 똑똑한 여자아이 한 명을 받아줄 수 있는지 물었다. 교감선생님은 처음엔 졸업이 너무 임박해서 안 된다고 했다가 졸업이 임박했는데 그까짓 며칠 다니게 해줄 수도 있지 않느냐고 할머니가 되묻자 잠시 생각하더니 나에 대해 몇 가지를 물어보고 마음을 돌이켜 받아주기로 했다는 거였다.

이모는 몇 달 만에 처음으로 환하게 웃었다. 원장님께 전화하는 목소리에 모처럼 자신감이 넘쳤다.

"부잣집 아이들도 많이 다닌대요. 우리 설이가 그렇게 좋은 학교에 다니게 됐다고요."

인터넷으로 우상초등학교를 검색해봤더니 재벌 손자와 연예인 자녀의 학교폭력 은폐 의혹에 관한 수백 개의 똑같은 기사들이 나왔다. 겁이 났지만 어느 곳에나 나쁜 아이들은 있으니까, 온곡초등학교에도 못된 아이들이 꽤 있긴 했지, 하고 애써 대수롭지 않게 여기기로 했다. 6개월만 버티면 된다고 속으로 혼잣말을 했다. 낯선 얼굴들에 익숙해질 필요조차 없이 그림자처럼 눈에 띄지 않게 몇 달만 숨어 지내다가 졸업해버리면 그만인 것이다.

개학 첫날, 이모와 나는 마을버스와 일반 버스를 갈아타며 우상초등학교로 향했다. 이모는 아침까지 마냥 기뻐하다가 출근 시간의 만원 버스에 시달려보고는 낯빛이 흐려졌다. 그동안 출퇴근 시간에 대중교통을 이용할 일이 별로 없었기 때문에 그런 줄 몰랐다. 멀미와 싸우며 도착한 우상초에서는 골목길을 가득 메운 고급 자동차의 행렬에 깜짝 놀랐다. 아이들이 차에서 내려 교문을 통과하면 선글라스를 쓴 엄마들은 무표정하게 핸들을 꺾어 그곳을 떠났다.

우상초의 상징이라는 커다란 아치 모양 황금빛 교문은 홈페이지에서 본 사진만큼 번쩍이지는 않았다. 인조잔디 운동장과 빨간 트랙의 선명한 대비가 예뻤다. 개학 날이라고는 해도 학교에 유난히 학부모들이 많은 것도 눈에 들어왔다.

사람의 손목시계, 선글라스, 가방뿐만 아니라 피부와 헤어스타일, 자세와 표정까지 모든 것이 합쳐져 어떤 특유한 빛을 만들어낼 수 있다는 사실을 깨닫고 놀랐다. 엄마들은 하나같이 광택이 없는 무채색 계열의 옷을 입고 있었는데, 눈부신 광선이라기보다는 커튼 뒤에서 스며 나오는 은은한 윤기 같은 것이 그들을 감싸고 함께 움직였다. 그동안 내가 살아온 풀잎보육원과 온곡초등학교와 통백식당 범위 안에서는 본 적이 없는 빛이었다. 그 곱고 윤택한 빛은 낯설고 무서우면서도 나를 매혹시켰다.

음악학교도 아닌데 절반쯤 되는 아이들은 커다란 악기 가방을 들고 다녔다. 아이의 악기를 들고 함께 가는 엄마들도 많았다. 하나같이 자신들은 모르는 그들만의 고유한 파장을 뿜어내고 있었다. 우리에겐 그 빛이 없었다.

수많은 아이들 속에 섞여 있는데도 나는 전혀 숨겨지지 않았다. 사람들은 벌써 나에게 흘긋거리는 눈길을 보내고 있었다. 아이들의 흥미로운 시선은 내 땋은 머리를 향하는 것 같았다. 우상초등학교는 공립초와 다르다. 보육원 출신이라도 신경 써서 곱게 키운 아이라는 인상을 주어야 한다는 원장님의 잔소리를 듣고 이모는 궁리 끝에 내 긴 머리를 양 갈래로 곱게 땋고 굵은 빨간 방울로 끝을 묶어주었다. 땋은 머리는 요새 유행이 전혀 아니었고 게다가 6학년이나 되어서 그런 별난 머리를 하는 아이는 아무도 없었지만 나는 이모에게 차마 그 말을 하지 못했다. 아무렇지 않은 척 무표정하게 걸었지만 속으로는 사람들의 시선이 무척 신경 쓰였다.

개학 날 아침의 교무실은 무척 부산했다. 동백식당 할머니와의 안면 때문에 나를 받아주었다는 교감선생님은 젊고 잘생긴 남자였다. 교감선생님이면 나이가 지긋할 줄 알았는데 뜻밖이었다.

"윤설! 반갑다. 우리 잘해보자. 6학년 2반으로 가라. 선생님이 아주 반갑게 맞이해주실 거야."

인사도 밝고 활기찼다. 교감선생님이 온곡초등학교보다 비교할 수 없이 멋있는 걸 보니 좋은 학교가 맞는가 보다 했다.

쭈뼛쭈뼛 6학년 2반 교실에 들어서자 담임선생님이 정말로 나만 기다리고 있었다는 듯 벌떡 일어섰다. 설마 했는데 두 팔을 벌리고 달려와 나를 덥석 끌어안았다.

"설아!"

어수선하던 개학 날 아침 교실이 단숨에 조용해졌다. 헤어진 엄마라면 모를까 이런 포옹은 전학 첫날의 인사로는 어울리지 않는데, 나는 나무막대기처럼 굳어진 채로 담임선생님의 두 팔에 몸을 내맡기고 서 있었다.

"우리 설이가 한 가족이 되다니! 선생님은 너무나 기쁘단다. 자, 6학년 2반 친구들, 남은 한 해를 함께할 새 친구, 윤설이 왔어요."

선생님의 목소리가 곧 울 것처럼 떨렸다. 아이들의 눈빛 앞에서 나는 무대에 오른 발레리나가 된 기분이었다.

"설아, 선생님 모르겠지? 하지만 선생님은 설이를 아주 잘 기억해요. 설이는 어릴 때부터 정말 특별한 아가였어!"

잠시 눈앞이 팽 돌았다. 풀잎보육원은 꽤 큰 곳이었고 대학생 자원봉사자들이 와서 놀이와 숙제를 도와주곤 했다. 나는 그곳에서 가장 유명한 아이였고, 덕분에 이런 식으로 생판 모르는 남에게 뜬금없는 인사를 받게 되는 인생의 짐을 하나 더 지게 되었다.

"이건 선생님이 설이한테 주는 선물. 우리 반 친구들은 모두 자기만의 행복노트를 갖고 있어요. 우리 설이도 우리 친구들과 함께 하루 동안 행복했던 일들을 기록하는 습관을 갖자."

담임은 나에게 작은 자물쇠가 달린 수첩을 하나 주었다. 앙증맞은 열쇠도 따라왔다.

"저기 빈 자리에 앉자. 설이가 우리 반에 적응할 수 있도록, 우리 시현이가 설이를 많이 도와주겠죠, 응?"

담임이 가리키는 빈자리 옆에는 고등학생이라고 해도 될 만큼 키가 큰 사내아이가 앉아 있었다. 나는 왠지 쉽게 발걸음을 옮기지 못하고 그를 바라보았다. 6학년 2학기의 아이들은 모두 어딘지 웃자라 초등학교 교실이 답답하다는 몸짓들을 하고 있었는데, 시현은 제각각 이제 자랄 만큼 충분히 자랐다고 생각하는 친구들 모두를 답답하게 여길 만큼 많이 자라 보였다. 지금이라도 날개를 펼쳐 어디론가 펄럭펄럭 날아가야 할 교실 속의 두루미처럼, 그는 이 교실에서 내 커다란 딸기 방울만큼이나 도드라졌다. 그의 왼쪽 다리는 내가 앉아야 할 책상 다리에 아무렇게나 걸쳐져 있었는데 나는 그의 표정을 알 수 없어서 다리를 좀 접어달라고 말할 용기를 내지 못했다.

다행히 의자에 엉덩이를 내려놓기 전에 담임이 나를 다시 불러 세웠다.

"설아, 교감선생님이 교무실에 다시 오라고 하시네. 서류를 작성해야 한다는데?"

왠지 부담스러운 짝꿍에게서 일단 멀어지게 되어 다행스러운 마음으로 다시 복도로 나섰다. 교무실로 향하는 길에 나는 한 학부모를 만났다. 빠른 걸음으로 걷는 학부모들은 금세 세 명으로 늘어났다.

"영서 엄마도 들었어요?"

"그러게 말이에요. 원래 6학년은 전학생을 받지 않는 건데 갑자기 왜…."

"우리 조카 때문에 알아봤을 땐 절대로 안 된다고 하더니, 어이가 없어서."

그녀들의 낮은 목소리가 나를 겁먹게 했다.

교무실에는 더 많은 학부모들이 모여 있었다. 6개월을 흔적 없이 보내고 조용히 졸업하겠다던 내 계획이 첫날이 가기도 전에 깨진 것을 깨달았다. 나는 벌써 소문의 주인공이 되어 사람들을 싸우게 만들고 있었다. 누군가의 격한 목소리가 들렸다.

"학교가 졸업장 장사하는 것도 아니고… 어떤 집 아이기에 이러는지 좀 들어보자고요!"

이모는 교무실 한구석에 눈에 띄지 않게 조용히 웅크리고 있었다. 나는 푸슬푸슬한 곱슬머리를 하나로 질끈 묶은 이모 곁에 가고 싶지 않았다. 나는 이모를 모른 척 외면하고 교감선생님을 바라보았다.

"…설이 왔구나."

학부모들의 눈길이 한꺼번에 나에게 쏠렸다.

"미리 설명드리지 못한 것은 죄송하지만, 원칙에 크게 어긋난 일은 아닙니다. 설아, 여기 서류 작성 좀 하자."

하지만 교감선생님이 내게 주려던 서류는 한 학부모의 손에 사납게 낚아채졌다.

"그런 말로 넘어갈 문제가 아니잖아요. 일단 전학 수속을 밟고 나면 돌이킬 수 없게 되어버리는데요."

"대체 왜 이 학생만 특혜를 받고 전학을 와야 하는 건지 교감선생님이 이 자리에서 이유를 분명히 밝혀주세요."

통백식당 할머니에게 호의를 베풀었다가 궁지에 몰린 교감선생님은 잘생긴 얼굴이 돌처럼 굳어져 있었다. 교감선생님은 내 어깨를 잡더니 나를 학부모들을 향해 돌려세웠다. 나는 학부모들의 뜨거운 눈길 앞에 발가벗겨진 생닭처럼 섰다. 얼굴이 화끈 달아올랐다.

"이번에 전학 오게 된 윤설입니다. 온곡초에서 아주 뛰어난 어린이였다고 합니다."

"뛰어난 학생이면, 원칙도 없이 받아줍니까?"

"실은 교육청에서 늘 요구하는 부분이기도 해서요. 학교도 고심 끝에 설이를 받아들이기로 결정을 내렸습니다."

"교육청에서 뭘 요구한다는 말씀이죠?"

"학교의 사회 기여랄까… 사회통합전형은 아니지만 다양한 학생에게 기회를 주어야 한다는… 재단과 교육청 사이의 긴장관계 해소 측면에서… 그런 면에서 설이의 전학을 받아들이는 게 좋겠다는 결정을 한 거죠."

학부모들은 당황스럽게 술렁거렸다.

"그래도 한두 명이라도 잘못 오면 학교 분위기를 해칠 수 있는데 그런 문제는 어떡하실 건가요?"

"설이는 분명 우리 학교와 아이들에게 좋은 작용을 해줄 겁니다. 예민하게 받아들이실 문제는 아니라고 생각합니다."

"우리 아이들에게 어떤 식으로 도움이 된다는 말씀이죠?"

"설이가 어려운 환경에서도 잘해나가는 모습을 보면서 우리 우상초 어린이들도 배우는 게 많을 겁니다."

교감선생님과 학부모들의 말을 들으면 내 이야기가 아니라 마치 종합비타민 알약이나 홍삼의 효능을 의논하는 사람들 같았다. 학부모들은 즉석에서 회의를 열고 나와 이모를 곁눈질하며 수런수런 이야기를 나누었다. 학부모 대표는 결국 고개를 저었다.

"그래도 이렇게 무리한 전학은 아니라고 생각합니다. 앞으로 전학생 관리를 위해서도 기준이 꼭 있어야죠. 이 아이가 우리 학교 교육을 따라갈 수 있는 수준이 되는지 확인해주세요."

"맞습니다. 투명한 기준이 필요합니다."

학부모들의 얼굴은 결연했다. 교감선생님이 몇몇 선생님을 손짓해 불렀다. 선생님들은 교무실 구석에서 수군수군 이야기를 나누었다. 교감선생님은 안경을 벗어 들고 피곤한 눈을 비볐다.

"그러면 오늘 간단한 학력 테스트를 치르는 것으로 하겠습니다."

"공정해야 합니다."

"물론입니다. 투명하게 진행하겠습니다."

"테스트를 통과하지 못하면요?"

"학교생활을 따라오기 힘들 테니 전편입은 어렵죠. 그 점은 윤설 학생과 보호자께서도 이해하실 겁니다."

학력 테스트에 대해서 들은 적 없는 나는 당황스러웠다.

"조 선생님? 얼른 6학년 학력 테스트 출력해주시고 스티브 선생님 오시라고 연락 좀…."

교감선생님의 지시가 떨어지자 사람들은 바쁘게 움직이기 시작했다. 프린터에서 인쇄물이 착착 출력되었다. 항의자들에게는 기대감이 감돌았다.

시험 볼 장소에 대해서 또다시 설전이 오갔다. 학부모들은 그들이 보는 앞에서 테스트를 받아야 한다고 주장했다. 내가 전례 없이 6학년 2학기에 전학 오게 된 과정에 거대한 비리와 특혜가 숨어 있을 거라고 사람들은 단단히 확신하고 있었다. 내가 알기로 그 과정에 작용한 것은 동백식당 할머니가 교감선생님에게 내민 서비스 소주 한 병이 전부였지만, 어쨌거나 그들은 내가 조용한 방에서 혼자 시험을 본다면 그 결과를 믿을 수 없다고 했다. 그래서 나는 반원형으로 나를 둘러싼 사람들의 눈앞에서 공개 테스트를 받는 것으로 결정되었다.

사람들의 흥미로운, 못마땅한, 또는 안된 눈빛들에 떠밀려 뒤로 자빠질 것 같은 기분마저 들었다. 가로줄무늬 티셔츠에 청바지를 입은 젊은 남자가 불쑥 다가와 뭐라고 말을 건 순간 나는 괴로울 때면 정신을 반쯤 딴 세상에 갖다 놓는 나만의 도피법에 벌써 한 발짝을 디디고 있었다. 그가 웃으며 건넨 말은 내 귓바퀴를 통과해 고막에 이르지 못했다. 그가 다시 뭐라고 말을 했고, 내가 또다시 대답하지 못하자 사람들의 얼굴에는 가벼운 경멸과 안도의 미소가 확 떠올랐다.

아주 짧은 시간 동안, 나는 태어났을 때부터 지금까지 거듭해왔던 바로 그 일, 지겹지만 어쩔 수 없이 나의 일인 그것, 고민을 했다. 이대로 침묵할까. 아니면 다시 소리를 낼까. 나는 이 학교가 뿜어내는 단호한 배척의 기운에 벌써 질려서 다니던 학교에 다시 돌아가는 편이 차라리 낫겠다는 결론에 거의 도달해 있었다.

비록 버려진 아이로 쓰레기통에서 발견되었지만 이런 식의 냉대는 처음이었다. 보육원 아이라고 해서 모두 천덕꾸러기로 자랐다고 생각해선 안 된다. 풀잎보육원 원장님은 나를 애지중지 키웠다. 세 번의 파양을 겪었지만 그 과정에 구박이나 천대 같은 거칠고 야만스러운 일은 없었다. 서로 간에 어떤 사정이 있어서 헤어졌을 뿐이었다. 적어도 겉으로는 그랬다.

풀잎보육원에서, 이모의 집에서 나는 언제나 귀염받고 칭찬받으며 자랐다. 학교에서도 이런저런 속상한 일을 겪은 적은 많이 있었지만 내 잘못이 아닌 일에 나라는 존재를 콕 찍어 집단적 거부권을 행사한 적은 없었다. 사람들이 잘 상상하지 못하는 방식으로 나름 곱게 자란 나는, 이 상황에 분개했다. 이런 일은, 정말로 이런 일은 나의 생모가 나를 쓰레기통에 집어넣은 이후로 처음이었다.

"자… 우리 설이가 잘 못 알아들은 것 같은데… 영어 테스트는 어렵겠네… 어디 그럼… 국어를 한번…."

교감선생님은 고개를 숙이고 학력평가 시험지에 시선을 주었지만 나는 그가 애써 감추려 한 미소를 보고 말았다. 학력 부족이라는 명확한 이유가 있으니 통백식당 할머니께도 당당하게 불합격을 통보하면 되는 것이다. 통백식당이 아니라도 돼지불고기를 먹을 수 있는 곳은 많을 것이다.

국어든 과학이든 이어질 시험은 형식에 불과하고 이미 모든 것은 결정된 것이 분명했다. 굳이 시험을 더 봐야 할까? 그냥 집에 가겠다고 할까? 나는 의견이라도 구하듯 이모 쪽을 바라보았다.

이모는 창밖의 인조잔디 운동장을 내다보고 있었다. 빨강과 초록이 어우러진 예쁜 운동장이었다. 그 운동장에 마음을 빼앗겨, 이모는 이곳에서 무슨 일이 일어나는지 잘 알아차리지 못했다. 이모의 눈에는 벌써 내가 그 빨간 트랙을 힘차게 달리고 있었다. 그 입가에 걸린 희미한 미소를 보자 마법에 걸린 듯 내 입이 저절로 움직였다.

"Sorry. I just thought Steve would've been an American. Could you tell me once again? If it was a test, I'll take it."

교무실을 나가려던 스티브 선생님이 발걸음을 멈추었다. 소곤소곤 귓속말 소리도 뚝 끊어졌다. 사람들의 얼굴이 모두 놀라서 굳어졌다. 이모를 빼고 말이다. 이모는 내가 영어로 말하는 것에 조금도 놀라지 않았다. 두 번째 파양을 겪고 풀잎보육원으로 돌아왔을 때 나는 함묵증을 겪었다. 귀가 들리지 않는 것처럼 아무 말도 하지 않았다. 그러던 내가 다시 입을 연 것은 TV 어린이 영어 프로그램을 보면서였다. 몇 달째 아무 말도 하지 않다가, TV 속 진행자가 던진 질문에 뜬금없이 영어로 답하면서 침묵을 벗어났다. 풀잎보육원에서는 누구나 다 아는 이야기였다. 원장님은 그 모습을 보고 나를 미국인 가정으로 입양 보낼 생각을 했다. 얼마 후 원장님이 뇌졸중으로 쓰러지면서 나의 입양 문제가 허공으로 뜨지 않았으면 나는 일

찌감치 미국행 비행기를 탔을 것이다. 아무튼, 나는 영어를 잘했다.

상황은 동영상을 거꾸로 돌린 것처럼 모두 제자리로 돌아갔다. 교무실을 나가려던 스티브 선생님은 다시 내 앞으로 돌아왔다. 학부모들의 얼굴엔 당황과 분개가 돌아왔고 교감선생님은 다시 난처한 얼굴이 되었다. 이어지는 스티브 선생님의 몇 가지 질문에 어렵지 않게 대답하면서 나는 한 가지 사실을 발견했다. 내가 영어로 말하지 못했던 것이 우상초등학교에 다닐 수 없는 확고한 이유였던 것처럼, 내가 영어로 대화할 수 있다는 사실이 알려지자 그들은 다른 구실을 생각해내지 못하고 당혹스럽게 눈알만 굴려대는 것이었다. 나는 내 앞에 놓이는 국어와 수학 문제지가 테스트 결과에 아무 영향을 미치지 못한다는 사실을 금방 깨달았다. 내 몸에는 그런 종류의 보이지 않는 촉수가 아주 많이, 민감하게 발달되어 있었다.

그저 싱거운 절차에 불과한 국어와 수학 시험지를 수월하게 풀어 교감선생님에게 내밀었다. 학부모들은 붉은 동그라미로 하나하나 채워지는 종이를 낭패한 얼굴로 바라보았다.

"테스트 결과 설이는 우상초 학생이 될 실력이 충분한 것 같습니다. 어머님들은 걱정 말고 지켜봐주세요."

좀 전에 사납게 빼앗겼던 서류가 내 눈앞에 다시 돌아와 한들거렸다.

"서류는 설이가 쓴다고 하셨죠?"

"예, 설이가 더 잘해요."

그동안 교무실 한쪽 구석에서 아무 존재감 없던 이모가 처음으로 입을 열었다. 사람들의 시선이 일제히 이모에게 향했다. 이모는 사람들의 시선 끝에서 해진 베개 같은 얼굴로 뿌듯하게 웃고 있었다.

"우리 설이는 뭐든지 다 잘해요."

윤기 없이 부숭부숭하고 터무니없이 겸손한 그 얼굴로, 자기가 이곳에 데려온 세상에서 가장 똑똑한 아이를 매우 흐뭇하게 다시 한 번 소개하는 거였다.

이모와 함께 살게 된 초등학교 1학년 이후로 학교에서나 주민센터에서나, 필요한 모든 서류는 내가 직접 썼다. 이모가 서류를 쓰려면 낡은 가방에서 오래된 수첩을 꺼내고, 노안이 온 눈을 찡그리고 여러 번 안경을 썼다 벗었다 하면서 머리를 한없이 뒤로 보내야 했다. 그렇게 애를 쓰고서도 숫자나 글씨가 틀리기 일쑤였다. 그러니 내가 하는 것이 백배 나았다. 나는 눈이 또렷하게 잘 보였고 이모와 원장님과 나의 주민등록번호와 주소와 기타 필요한 모든 정보들을 모두 머릿속에 잘 저장해놓고 있었다. 메모나 수첩을 볼 필요도 없었다. 이모는 그것을 언제나 자랑스럽게 여겼다.

나는 서류를 받아 들고 빈칸을 채워 넣기 시작했다. 학부모들은 내가 서류를 작성하는 모습을 말없이 지켜보았다.

"주소는 어디로 할까요, 선생님? 풀잎보육원으로 할까요, 아니면 이모 댁으로 할까요?"

"지금 살고 있는 곳을 쓰면 된다."

윤설 060101-4679511

주소 서울시 온곡24길 72 행복아파트 203동 105호

부모 불상

법정대리인 풀잎보육원장 윤갑명 490710-2103714

위탁보호자 김은숙 571007-2190587

나는 서류를 교감선생님께 내밀고 돌아섰다. 문 앞에 서 있던 학부모들이 갈라지며 길을 터주었다.

"우리 설이, 꿈이 뭐지? 이다음에 자라서 어떤 일을 하고 싶어?"

교감선생님의 질문에 나는 발걸음을 멈추었다. 아무래도 마무리는 웃음으로 해야 한다고 생각하는 것처럼, 몹시 환하게 웃고 있었다. 교감선생님은 참 잘 웃는, 잘생긴 남자였다. 웃는 얼굴엔 침을 뱉지 않는다고 했는데, 이상하게 화가 났다. 사람들이 말하는 사춘기가 이런 건가, 웃는 얼굴에 왜 이렇게 견딜 수 없이 화가 나는지 알 수가 없었다.

보통은 장래희망을 물으면 의사라고 답하곤 했다. 나는 곽은태 선생님을 통해서 의사에 대한 존경심을 키웠다. 아픈 몸뿐 아니라 아픈 마음까지 어루만져줄 수 있는 의사가 되고 싶었다. 내가 의사가 되면 불쌍한 이모의 아픈 무릎도 돌봐주고 돈도 많이 벌어서 호강도 시켜줄 수 있을 것 같았다. 내가 일하는 병원에서 이모가 저렇게 흐뭇한 표정을 짓고 한평생 창밖을 내다볼 수 있게 해주고 싶었다.

하지만 오늘 사람들의 굳어진 얼굴 앞에서는 입이 떨어지지 않았

다. 내가 관찰해서 깨달은 사실인데, 어떤 아이가 의사가 되고 싶다고 말하면 그 아이의 부모는 기뻐하고 다른 사람들은 모두 싫어했다. 나에게는 부모가 없기 때문에 내가 의사가 되고 싶다고 말하면 이 세상 사람들 모두가 싫어하는 셈이었다. 이모는 내가 의사가 되든 교사가 되든 아무것도 되지 않든 그런 문제엔 도무지 아무 생각도 없었다.

가끔은 선생님이 되고 싶다고 말하기도 했다. 하지만 오늘 갑자기 선생님이라는 직업이 싫어졌다. 오늘 만난 교감선생님은 전래동화 속의 어떤 강아지를 떠올리게 했다. 온몸에 참기름을 발라서 아무 데도 다치지 않고 호랑이의 목구멍에서 똥구멍까지 한 번에 미끄럽게 쪽 통과했다고 하는 그 강아지 말이다.

의사도 교사도 아닌 장래희망을 말해야 할 때를 대비해 생각해놓은 다른 직업들, 미용사나 요리사 같은 그런 것들이 있었는데 뜻밖의 대답이 쏙 튀어나왔다. 참기름 바른 강아지처럼 매끄럽고 난데없는 출현이었다.

"탐정요."

교감선생님은 쓴웃음을 지었다. 학부모들 사이에서 또다시 귓속말의 물결이 흘렀다. 요새도 이런 대답을 하는 애가 있나? 보기보다 엉뚱하고 순진하구나. 또는 지나치게 영악하든지.

교무실을 나서서 다시 긴 복도를 걷다가 화장실을 발견하고 달려들어가 아침에 먹은 것들을 모두 토해냈다. 세면대에서 입을 헹구며 눈물 몇 방울도 얼른 훔쳤다. 어지러워 벽을 짚으니 손의 감각도

멀고 둔하게 느껴졌다. 은은한 윤기를 뿜어내는 아이들과 엄마들이 걷던 그 복도는 아까와는 전혀 다르게 보였다. 어둡고, 눅눅하고, 바닥과 벽이 꿀렁꿀렁 움직이는 것 같은, 그러니까 이 학교는 살아 있는 창자 같았다. 이 안에서 흐물흐물하게 녹아 없어지지 않고 6개월 간 살아남아 졸업하는 것, 그것이 내가 해야 할 일이었다.

조마조마한 가운데 우상초등학교의 첫 며칠이 조용히 흘러갔다. 나는 급식으로 나온 닭조림을 무심코 입에 넣다가 맛이 좋아 깜짝 놀라면서, 좋은 학교라더니, 하고 감탄했다.

"아, 닭조림 존나 맛없어."

"영양사 좀 바꾸라 그래. 할 줄 아는 게 닭밖에 없나 봐."

"명성초등학교에서는 뿌빠뿅가리가 나온다던데."

"우리 영양사는 그게 뭔지도 모를걸? 무식해서."

"아, 급식 짜증 나."

옆 테이블에 앉은 남자아이들의 말에 가슴이 철렁했다. 누군가가 "너 뿌빠뿅가리가 뭔지 알아?" 하고 물을까 봐 가슴이 쿵쿵거렸다. 닭조림을 맛있게 먹었던 것도 없던 일로 하고 싶었다. 남들이 맛없다고 불평하는 음식을 나 혼자 맛있게 먹는다면 사람들은 내가 굶주려서 그런다고 오해할 것이다. 어딜 가나 입이 짧고 까다롭다는 소리를 들었는데 하필 오늘따라 맛있다고 생각했을까. 이 닭조림은 맛이 있는 걸까 없는 걸까. 갑자기 모든 것이 혼란스럽고 오싹 무서워졌다.

살짝 돌아보니 맛없다는 불평과는 전혀 다르게 남자아이들은 닭조림을 산더미처럼 받아서 와구와구 먹고 있었다. 하지만 더 이상 닭조림이 맛있게 느껴지지 않았다. 닭조림뿐 아니라 모든 음식의 맛을 잃어서, 나는 끼니마다 급식을 조금 깨작거리다 왕창 남기고 반납하며 가벼운 안도감을 느꼈다.

시현은 어딘지 몹시 신경 쓰이는 아이였다. 모두의 시선을 빨아들이는 시현의 옆자리는 그저 눈에 띄지 않게 숨어 지내고 싶은 나 같은 아이에게 가장 나쁜 자리였다. 나는 새내기의 어리숙함을 가장하고 시현에게 몇 번 말을 걸어보았다. 친절하지도 불친절하지도 않은 반응이 돌아왔다. 아이들이 말을 걸면 시현은 가벼운 욕설과 의성어가 섞인 의미 없는 짧은 대답을 했다. 즉 영상이 없는 소리로만 시현을 대했다면 가장 평범한 초등학생 남자아이라고 생각했을 것이다. 하지만 남자아이나 여자아이나 어떤 식으로건 시현에게 신경을 썼고 시현이 이 교실에 뻗치고 있는 존재감은 담임의 그것을 쉽게 뛰어넘었다. 나는 시현에게 계속 마음을 놓을 수 없었다.

담임은 내 표정과 동작 하나하나에 큰 주의를 기울이면서 시도 때도 없이 함박웃음과 손하트를 날리곤 했다. 나는 답례라도 하듯 행복노트의 첫 페이지에 '우상초등학교에 와서 친절한 친구들과 담임선생님을 만난 것이 행복하다'라고 적었다. 멀찍이에서 곁눈질하고 있는 담임에게도 보이길 바라며 색연필로 커다란 하트도 그려 넣었다. 음영을 이용해 부피감까지 빵빵하게 집어넣는 내 손가락이 참으로 낯 뜨거웠지만, 나는 색칠을 멈출 수 없었다. 담임의 환대와 시선이 나에게 계속 머물러, 내가 이 학교의 어금니에 찢기고 소화

액에 녹지 않게 보호하는 참기름이 되어주길 바랐다.

하지만 이런 문제에 틀리는 법이 없는 나의 직감대로, 아이들의 도발은 담임의 시선이 절묘하게 사라진 순간에 찾아왔다. 어느 날 내가 화장실에 갔다가 교실로 돌아왔을 때, 아이들은 제각각 놀거나 다음 수업을 준비하는 것 같아 보였지만 묘하게 나에게 관심이 쏠려 있는 것 같았다. 그리고 긴팔원숭이 같은 시현은 혼자 웃고 있었다. 섬뜩하고 예쁜 비웃음이었다. 결투가 찾아온 거였다.

나는 내 책상 서랍에 넣어두었던 행복노트가 사라진 것을 금세 깨달았다. 열쇠는 내가 갖고 있었지만 시현과 아이들이 노트를 읽는 건 아주 쉬웠을 거라는 생각이 들었다. 장난감 같은 열쇠들을 이것저것 넣고 몇 번만 돌리면 쉽게 열렸을 것이다. 내가 그려놓은 아부의 하트를 떠올리자 얼굴이 화끈 달아올랐다. 그까짓 행복노트 따위 있든 말든 아무렇지 않은 척하려 애썼지만 가방이 텅 비어 있는 것을 보자 머릿속이 하얗게 바랬다. 필통도 교과서도, 아무것도 없었다.

내가 보육원 출신인 걸 알게 되면 아이들은 종종 이런 식의 도발을 해오곤 했는데 나는 한 번도 조용히 찌그러진 적이 없었다. 암고양이처럼 사납게 맞설지, 조용히 뒤통수를 칠지, 그것만이 나의 선택이었다. 내 안에는 삶이 나에게 가져다준 억울함의 휘발유 통이 가득 쌓여 있었고 목구멍 아래에서 그것의 알싸한 냄새를 느끼곤 했다. 학교에서 나는 대체로 모범생이었지만 이런 도발을 맞이하면 그 휘발유 창고에서 몇 통 정도를 꺼내서 불을 붙였다. 가끔 불태워

내보내주지 않으면 어느 날 밤 나는 억울함으로 한꺼번에 폭발해 펑 소리를 내며 흔적도 없이 사라질지도 모른다.

하지만 이번에는 쉽게 불을 댕기지 못하고 머뭇거렸다. 이 학교에는 이전까지 다녔던 평범한 학교와 다른 무언가가 있었다. 지금 폭발했다가는 오히려 내가 역시나, 부모 없는 아이라더니 하는 소리나 들을 것이 분명했다. 어쩌면 지금 저 복도에는 그 폭발의 순간이 오기만을 기다리는 부모들이 숨죽이고 잠복해 있을지도 모른다. 앞으로 이곳에서 보낼 시간은 6개월, 거창한 소동을 벌일 가치가 있을 만큼 긴 시간이 아닌 것 같기도 했다. 괴롭더라도 한 학기만 조용히 흘려보내면 우리는 영원히 다시 볼 일이 없는 사이가 되는 것이다.

하지만 시현은 조용히 끝내기를 원치 않았다.

"왜, 무슨 일 있어?"

시현은 내가 텅 빈 가방을 들여다보는 모습을 보며 빙글빙글 웃었다. 나보다 20센티나 더 키가 크면서도, 내가 자기 발아래 으깨지는 모습을 눈으로 보아야 직성이 풀리는 아이였다. 나는 최대한 아무렇지 않은 척하려고 애썼다. 아무리 좋은 학교라도 어디에나 이런 아이들이 있으니까.

"네가 숨겼으면 돌려줘."

"왜? 직접 찾아내야지."

시현은 자기가 그랬다는 걸 부인하지도 않았다.

"장래희망이 탐정이라며."

아이들 사이에서 탐정, 탐정 하는 속삭임과 비웃음의 물결이 퍼

저나갔다. 전학 첫날 교무실에서 치른 서늘한 신고식의 내용이 어느새 아이들에게 퍼져 있을 거라고는 꿈에도 생각하지 않았다. 갑작스럽게 튀어나왔던 대답이라서 실은 내가 그렇게 말했다는 사실도 까맣게 잊고 있었다.

숨이 턱 막혔다. 이 아이들은 태어나자마자 중요한 것을 잃어버리고 시작하는 인생 따위는 알 턱이 없는 것이다. 가족의 구성과 기능을 TV 드라마로 배웠던 내가 처음으로 친구의 집에 초대받았던 기억이 지금도 선명하다. 나는 화면으로만 보았던 마루, 안방, 주방, 그런 평범한 공간들을 처음 보는 두려움과 설렘에 압도되어 있었다. 나는 문득 안방 장롱 앞에서 울음을 터뜨리고 말았다. 견고하게 닫힌 여러 개의 문들이 나를 거절하는 것처럼 느껴졌기 때문이었다.

나는 선택의 여지 없이 부모의 부재 속에 살아야만 했고 그것은 언제나 순식간에 나를 집어삼킬 듯한 검은 안개와 같은 느낌이었다. 그 안으로 달려들어 잃어버린 것을 찾아 헤매야 할지, 아니면 그것과 반대 방향으로 있는 힘을 다해 달아나야 할지 알 수 없었다. 새들은 동서남북을 가늠하는 나침반을 머릿속에 달고 태어난다고 하던데, 나는 시초부터 그 나침반이 고장 난 셈이었다.

아침마다 자기 방에서 잠을 깨고, 부모가 운전하는 자동차나 스쿨버스로 등교하는 이 아이들은 시작부터 끝까지 분실물투성이인 내 삶을 이해할 수 없을 것이다. 나를 단호하게 배척하려는 엄마들과 늙고 뭐가 뭔지 모르는 이모, 그 초라한 대비와 내 고장 난 나침반이 이상한 작용을 일으켜, 내 입에서는 "탐정"이라는 난데없는 대답이 튀어나왔다. 뭔지 몰라도 잃어버린 무언가를 찾아 헤매야 하는 내 운명에 대한 자조 같은 대답이었다. 그랬더니 시현은 지금 나에게 잃어버린 낯 뜨거운 행복노트와 다른 물건들을 찾아보라고 요구하는 거였다.

　입안에 다시 알싸한 맛이 감돌았다. 휘발유가 목구멍 아래까지 차올라 넘실거렸다. 나는 폭발할 것이다. 하지만 온곡초에서처럼 사나운 욕설을 랩으로 퍼붓는 방식은 아니다. 이곳은 나를 쫓아낼 핑계만 호시탐탐 노리는 곳이었다. 문제를 일으키면 누가 책임지나요? 학부모들이 말한 게 바로 이런 순간일 것이다. 욕을 해서는 안 된다.

　"좋아. 어디."

　나는 큰 컵에 휘발유를 가득 따라 시현에게 뿌리기로 했다. 그들이 하는 대로 조용하게, 비열하게, 웃는 얼굴로. 그들은 내가 불과 며칠 사이에 그들의 방식을 얼마나 감쪽같이 습득했는지 알면 깜짝 놀랄 것이다. 이모가 말했듯이, 나는 뭐든지 잘한다.

　"너는 어젯밤에 노란 원숭이 인형을 안고 잤어."

　시현의 얼굴이 굳어졌다. 시현의 얼굴에 스친 순간적인 놀람을, 나도 보고 아이들도 보았다.

　"뭐래?"

　"네 가방을 사고 나서 며칠 동안은 엄마 아빠랑 말도 안 했고."

　아이들의 눈길이 시현의 가방으로 향했다. 최신 브랜드의 검은색 책가방이었다.

"장래희망은 의사지만, 사실은 의사가 되기 싫지."

"웃기네. 아무 말이나 막 던져."

시현은 나를 비웃으려 했지만 이미 내가 이겼다. 아이들의 머릿속에 시현은 노란색 원숭이를 껴안고 잠들어 있었다. 내 피부엔 보이지 않는 촉수가 촘촘히 자라 있었고 내 배 속은 온통 휘발유였다. 나는 웃는 얼굴로 시현을 힘주어 짧게 노려보고 외면했다. 사람 얼굴 보기를 힘들어하는 내가 개발한 시선처리법이었다.

"미안하다. 원숭이 인형은 비밀이었을 텐데."

시현의 긴 다리가 내가 앉은 의자를 걷어찼다. 아이들 사이에서 짧은 비명이 흘러나왔다. 몸과 의자가 통째로 기우뚱하게 흔들렸지만 책상을 잡고 겨우 버텨서 나동그라지지는 않았다.

"여러분, 무슨 일 있어요?"

담임이었다. 매주 목요일 오후에는 특별활동과 어학 수업이 쭉 이어져, 이때는 담임이 교실에 오는 일이 거의 없다는 건 시간이 한참 흐른 뒤에 알게 되었다. 어쨌거나 담임이 이 절묘한 순간에 나타난 건 시현과 패거리들의 계산에 없던 일이었다. 교실에 당혹스러운 침묵이 흘렀다.

내 심장은 거세게 쿵쾅거렸다. 담임은 어디까지 보고 들었을까? 시현이 내 의자를 걷어찬 것을 직접 보지 못했더라도 쿵쾅 소리와 아이들이 놀라 지르는 비명 소리는 들었을 것이다. 하얗게 질린 내 얼굴과 어색하게 돌아앉는 시현의 모습이 자연스러운 풍경은 결코 아니었을 것이다. 눈과 귀가 있다면 지금 무언가 중요한 일이 일어났다는 걸 알아차릴 것이다.

담임은 무언가를 느꼈다고 생각한다. 나와 시현을 번갈아 보는 담임의 얼굴에서 늘 만개해 있던 함박웃음이 불안하게 흐릿해졌다. 침묵 속에 말똥말똥 바라보는 학급 아이들이 무언가 말해주기를 기다리듯 휘휘 둘러보기도 했다. 그녀가 아침저녁으로 늘 강조했던 '도움이 필요하면 언제든'에 해당하는 바로 그 순간이었다. 하지만 잠시 흐릿해졌던 담임의 웃음이 다시 환하게 밝아지는 순간, 나는 실낱 같던 희망을 버렸다.

"우리 6학년 2반, 곧 중국어 선생님이 오실 텐데, 미리 준비 잘 해야지?"

담임은 책상에 두고 간 휴대폰을 챙겼다. 교실을 나서기 직전 우리에게 그 어느 때보다 신뢰와 사랑이 가득 담긴 웃음을 던지자 시현은 깜짝 놀랍도록 예쁜 미소로 답했다. 참 잘 웃는 사람들이었다. 이 학교에서는 웃음의 의미가 얼굴에 바르는 화장품 같은 것에 불과하다는 걸 일주일 만에 깨달았다. 웃음을 호의로 해석해서도, 웃는 사람을 믿어서도 안 된다.

나는 호랑이에게 꿀꺽 삼켜진 것을 실감했다. 그들처럼 괴상한 웃음으로 다 해결할 수는 없겠지만, 어쨌거나 온몸에 참기름을 잔뜩 바르고 호랑이의 배 속에서 매끈매끈하게 살아남아야겠다고 결심했다. 그 무자비한 이빨에 뼈와 살이 으깨져 곤죽이 되고 마침내 냄새나는 것이 되어 버려지지는 않을 것이다.

사라진 물건들은 걱정하지 않기로 했다. 나를 마음대로 밟아도 되는지 아닌지 점검하는 단계이기 때문에 내 물건들을 함부로 버리거나 훼손하지는 않았을 것이다. 혹시라도 문제가 되면 유치한 장난이었다고 둘러대기 위해 어딘가에 고이 숨겨두었을 것이다. 나는 그 물건들이 무사히 나에게 돌아올 수 있다고 확신했다. 그러기 위해서는 기죽지 않고 배짱 있게 행동하는 것이 중요했다. 얼결에 나온 말이었지만 나에게는 정말로 탐정 기질이 있는지도 모른다.

수업이 끝난 아이들은 다시 마중 나온 부모의 차에 타거나 삼삼오오 스쿨버스에 올랐다. 나는 집을 향해 걸었다. 지갑도 없어졌기 때문에 버스를 탈 수 없어서 아침에 타고 온 버스를 눈으로 뒤쫓으며 걸었다. 낯선 길을 꽤 오래 걸은 끝에 나는 곽은태 소아청소년과 의원 앞에 섰다. 서글픈 마음이 밀물처럼 밀려들어, 나는 멀거니 그 간판을 올려다보고 서 있었다.

초등학교 1학년에 입학한 직후, 내가 이모 집에서 같이 살기 시작한 이래로 나는 곽은태 선생님의 병원에 다녔다. 이모도 나도, 곽은태 선생님을 보면 왠지 마음이 편안해졌다. 아파서 울고불고하는 아이들을 번쩍 안아서 진료용 침대에 올려놓는 선생님의 손은 커다랗고 듬직했다. 특히 나는 선생님의 이름을 좋아했다. 곽은태는 아무렇지 않은 듯 평범하면서도 한 글자 한 글자 개성이 살아 있는 멋진 이름이었다. 윤설같이 괴상한 이름과는 비교조차 할 수 없었다. 아이에게 곽은태라는 이름을 지어준 그분의 부모님은 대단히 훌륭한 분이었을 거라고 남몰래 상상하곤 했었다. 병원이 여러 개 모여 있는 커다란 빌딩 2층에 자리 잡은 곽은태 소아청소년과를 나는 움직이지 않고 서서 한참 동안 바라보았다.

"설이 아니니?"

내 앞에 요술처럼 곽은태 선생님이 나타났다. 선생님은 어느새 낮아진 해를 등지고 있어서 눈이 부셨다.

"어디 아파서 왔어? 배 아픈 건 이제 괜찮고?"

뭐라고 대답해야 할지 몰라서 망설이는 사이에 곽은태 선생님의 두 손가락이 이마에 닿았다. 노크하는 것처럼 네모나게 접어서 디지털 체온계보다도 정확하게 열을 재는, 억센 털이 숭숭 난 짧고 통통한 그 손가락 말이다.

"열은 없다. 하지만 올라가볼래? 온 김에 진찰 한번 받고 가라."

선생님은 어느새 앞장서서 건물의 유리문을 열고 따라 들어오라고 손짓을 했다. 나는 곽은태 선생님을 따라서 병원으로 향했다. 선생님은 엘리베이터를 타지 않고 계단으로 향했다. 곰처럼 단단해 보이는 팔다리가 내 눈앞에서 활기차게 움직였다. 곽은태 선생님은 키도 크고 덩치도 아주 큰 편인데도 움직임이 아주 민첩했다. 진료실에는 상패들이 여러 개 서 있었는데 대부분은 사회인 야구단과 배드민턴 클럽에서 받은 거였다. 공원에서 아이에게 목말을 태워주는 아빠들을 보면 언제나 곽은태 선생님을 떠올렸다. 그 어깨 위는 흔들림이라곤 찾을 수 없이 너르고 편안할 거라고 생각했다.

"설아, 노래 한번 불러봐라."

진료실에 들어서자마자 곽은태 선생님은 이렇게 뜬금없는 소리를 했다.

"아무거나. 교가 불러보든지."

아직 우상초등학교 교가를 몰라서 대신 온곡초등학교 교가를 불렀다.

"푸르른 온곡산 높고 곧은 뜻, 참되고 바르거라 가르치는 터….";

"합격. 함묵증은 다 나았고."

오래전에 잊힌 함묵증 소동이 다시 생각났다. 선생님은 잊지 않고 있었던 거다.

"함묵증이 아니라도, 말을 많이 하는 건 아주 좋은 거다. 선생님을 봐. 말을 이렇게 많이 하잖아. 사람들이 나더러 엔진 8기통이냐고 하거든. 말을 많이 하면 기분이 좋아지고, 친구도 많아지고. 따라 해봐. 선생님처럼 이렇게. 말할 땐 이렇게 몸짓도 막 하면 운동도 되니까 건강에도 좋고, 폐활량도 좋아져요."

선생님은 눈을 희번덕거리고 가슴을 들썩이며 우스꽝스럽게 수다쟁이 흉내를 내 보였다. 곽은태 소아청소년과에 늘 사람이 많은 이유도 선생님이 이렇게 재미있고 유쾌한 사람이기 때문일 것이다. 하지만 내 반응이 별로 신통찮아서 선생님도 머쓱해졌다.

"우리 설이는 너무 점잖아서. 설이 앞에 있으면 꼭 어르신 앞에 있는 것 같단 말이야. 설아, 많이 웃어라. 응? 어린애들은 많이 웃어야 한다. 많이 뛰어놀고, 친구들이랑 말도 많이 하고, 많이 웃고. 그러면서 커야 한다. 알았지?"

선생님이 웃으라고 했는데 웃음이 나오지 않았다. 실은 울음을 참기 위해 이를 악물어야 했다.

"무슨 일이야, 설아. 무슨 고민이 있는 거구나. 이야기해봐. 선생님이 도와줄 수 있을지도 모르잖아. 무슨 일인데 그러니?"

곽은태 선생님은 담임과는 달랐다. 내 얼굴만 보고 안 좋은 일이 있는 걸 금방 알아차렸다. 선생님의 목소리는 정말 진실하게 들렸다. 하지만 나는 아무 일도 아니라고 거세게 고개를 저었다.

"이야기하고 싶지 않은가 보구나. 알았다. 심각한 일은 아니겠지? 마음이 바뀌어서 이야기하고 싶어지면 선생님한테 언제든지 찾아와. 응?"

대기실에는 언제나 기다리는 사람이 많았는데도 곽은태 선생님은 아픈 데도 없는 나를 불러서 잠시나마 시간을 함께해주었다. 선생님의 그런 마음 씀이 얼마나 나를 세상 끝까지 행복하게 하는지 선생님은 잘 모를 것이다. 너무 기쁘고 좋아서 손끝 발끝까지 아릿할 지경이었다. 나에게 이런 아빠가 있다면 얼마나 좋을까, 선생님이 나를 이렇게 예뻐해주는데 혹시 나를 입양할 마음을 먹지는 않을까, 부끄러운 일이지만 그 상상의 끈을 놓지 못했다. 자꾸 상상하다 보면 거의 현실처럼 느껴지기도 했다. 곽은태 선생님은 내가 꿈꾸는 세상에서 가장 완벽한 아빠의 모델이었다.

곽은태 선생님의 진료실 책상에는 예쁜 사진들이 여러 개 놓여 있었다. 그 사진 속에는 세상에서 내가 가장 부러워하는 한 아이의 자라는 모습들이 담겨 있었다. 눈망울이 또렷하고 볼살이 귀엽게 통통한 그 아이는 사진마다 노란 원숭이 인형을 들고 있었다. 시간이 흘러 그 아이를 둘러싼 장난감들이 모두 바뀐 뒤에도 그 노란 원숭이 인형만은 아이의 침대에 남아 있었다.

선생님은 한 번도 사진 속 아이에 대해 이야기한 적이 없었다. 선생님의 고결한 마음으로는 차마 내 앞에서 부모의 한없는 사랑을 받으며 행복하게 자라는 그 아이에 대해 말할 수 없었을 것이다. 나는 그 아이를 꿈속에서 본 적도 있었다. 그 아이는 손에 노란 원숭이를 들고 곽은태 선생님의 어깨에 앉아서 보란 듯이 엉덩이를 들썩거렸다. 아이에게 목말을 태운 곽은태 선생님은 한 치의 흔들림도 없었다. 아이가 무거울 텐데, 저렇게 끄떡도 안 하다니 선생님은 정말 힘이 세구나, 나도 저 어깨에 올라가봤으면, 꿈속에서도 부러워서 가슴이 미어질 것 같았다.

사진 속의 그 아이가 어느새 그렇게 팔다리가 길어졌을 줄은 꿈에도 몰랐다. 시현은 벌써 키가 곽은태 선생님의 어깨만큼이나 올라갈 것 같았다. 상상했던 모습과 전혀 달랐는데도 나는 한눈에 그를 알아보았다. 곽시현이라는 이름을 듣자마자 반사적으로 곽은태 선생님부터 떠올렸다. 꿈에서까지 보았던 그 통통한 아기는 전혀 아니었지만 눈꼬리가 성큼하게 올라간 그 특이한 눈매는 사진과 그대로였고, 무엇보다도 목소리가 곽은태 선생님과 너무나 똑같았다. 시현이 탐정이라는 말로 나를 도발했을 때 이 진료실에서 보았던 그의 사진들이 바로 내 눈앞에 있는 것처럼 또렷하게 떠올랐다. 눈앞의 시현보다 기억 속의 사진들이 더 선명할 지경이었다.

나는 선생님 앞에서 정직하지 못한 것에 마음의 가책을 느꼈다. 고민이 있으면 말하라고 했는데 말할 수 없었다. 선생님과 시현은 상상조차 할 수 없을 만큼 많이 달랐다. 선생님은 까만데 시현은 하 얬다. 선생님은 로켓처럼 단단하고 굵직한데, 시현은 거미처럼 길고 가늘었다. 선생님은 아이들이 많이 웃어야 한다고 했는데, 그의 아 들은 웃지 않았다.

나는 더 이상한 세상에 빠진 것을 알았다.

그 이상한 세상에 대해 의논하거나 물어볼 수 있는 사람은, 이 세 상에 아무도 없었다.

3

어릴 때 나는 사람 얼굴을 똑바로 보지 못했다. 사람들 얼굴에는 고개를 돌리게 만드는 힘이 있다고 생각했다. 사람은 어차피 모두 비슷하게 생겼으니까 굳이 자세히 알 필요는 없으려니 했다. 누구나 그런 줄 알았는데, 초등학교 1학년이던 어느 날 담임선생님한테 야단을 맞았다.

"내가 지금 너에게 말하고 있잖아? 내 얼굴 똑바로 안 봐? 계속 딴청 피울래?"

나는 그의 말을 귀 담아 듣고 있었기 때문에 딴청을 피운다는 말에 놀랐고 다른 아이들은 사람의 얼굴을 똑바로 본다는 사실을 처음 알고 더 큰 충격을 받았다.

사람의 얼굴을 본다는 건 사실 별로 중요한 일이 아니다. 똑바로 보지 않아도 목소리나 몸짓이나 냄새나 이런저런 정보들을 합치면 대충은 알 수 있었다. 대충 보육사 선생님, 대충 원장님, 대충 담임, 대충 친구들. 그 많은 얼굴들을 일일이 꼼꼼히 알 필요는 하나도 없었다. 얼굴을 똑바로 보지 않아도 나는 그들을 '알았다'.

나를 둘러싼 세상에 그토록 많은 사람들이 있다는 것, 그들 중 누구에게도 내가 진지한 눈길을 주지 않는다는 것을 그렇게 깨달았다. 사람들에게 내가 괴짜처럼 보이고 심지어 불쾌감을 주기도 한다는 것도 알게 되었다. 그들에게는 쉬운 일이 나에게는 결코 쉽지 않았다. TV 화면 속의 사람 얼굴을 보는 건 괜찮은데, 실제로 눈앞에 있는 사람의 얼굴은 너무나 부담스럽고 이상했다. 나는 자연스럽게 사람들의 얼굴을 보기 위해 남몰래 노력했다.

몇 가지 방법을 찾아냈다. 상대방의 입 언저리에 시선을 두었다가, 대화가 끝나면 남몰래 안도하며 그 모습도 황급히 기억에서 지웠다. 실룩거리는 뺨이나 날름거리는 혓바닥도 실은 무척 징그러웠기 때문에 힘들었다. 그렇게 한 뒤로는 더 이상 그런 지적을 받지 않게 되었지만 그래도 나는 여전히 사람들의 얼굴을 보는 것이 괴로웠다. 나는 절반쯤은 시각장애인처럼, 얼굴이 아닌 몸짓이나 목소리, 냄새나 복장 같은 것들로 사람을 구분하고 익혔다.

3학년 미술 시간에 담임선생님이 동물원에 체험학습 갔던 일을 그리라고 했다. 나는 사자 우리를 그리기로 했다. 사자는 그저 바위 위를 뒹굴면서 낮잠을 자다가 딱 한 번 물을 마시러 일어났을 뿐이었는데, 그 모습이 그렇게 멋질 수가 없었다. 햇빛 아래서 털끝이 황금색으로 반짝반짝 빛났다. 물을 마시고 기분이 좋았는지 크르릉

소리를 내기도 했다. 내가 가진 미술 도구로는 사자의 그 멋진 모습을 요만큼도 표현할 수 없는 게 아쉬웠다. 어쨌든 내 기억 속 사자를 다시 떠올리며 무척 열심히 그렸다. 실제로는 없었지만 아기 사자를 함께 그려볼까 생각하자 신이 났다. 아기 사자가 엄마 사자 곁에 뒹굴고 있다면 정말 귀여울 것 같았기 때문이다. 아기 사자를 몇 마리 그릴까 궁리하고 있는데 담임선생님이 내 어깨를 톡톡 치는 거였다.

"설아, 정말 멋지구나. 그런데 사람들은 어디 있니?"

나는 깜짝 놀라고 당황했다. 동물원 풍경을 그리라고 했지 사람을 그리라고 한 적은 없었는데, 선생님은 그림에 당연히 사람이 있어야 한다는 듯 그렇게 말하는 거였다.

그때부터 내 손가락은 뒤엉키기 시작했다. 또 얼굴이 문제였다. 사람의 얼굴을 똑바로 보지 않았기 때문에 떠오르는 얼굴이 아무것도 없었다. 사람의 눈코입이 얼굴의 어느 위치에 놓여 있는지조차 막막했다. 나는 필사적으로 사람의 얼굴을 떠올리려 애썼다. 당황스러운 몸부림 끝에 한 얼굴이 떠올랐다. 바다에서 허우적거리다 구명대를 붙잡듯 절박하게 그 얼굴에 매달렸다. 어둠 속에서도 슬픈 표정을 짓는 나이 든 여자, 잠든 이모의 얼굴이었다. 푸슬푸슬한 잿빛 머리카락에 윤기 없는 피부까지 낱낱하고 세세하게 떠올랐다.

내가 초등학교에 입학할 무렵 원장님은 뇌졸중으로 쓰러졌고 건강이 악화돼 보육원을 떠나게 되었다. 새로 부임한 원장은 풀잎보육원에서 오랫동안 일했던 사람들을 그만두게 하고 새로 사람을 채

용하려 했다. 보육원을 떠나게 된 이모는 나를 집에서 키울 수 있게 해달라고 부탁했다. 이모는 원래 나를 입양하거나 위탁부모가 될 자격이 되지 않았다고 하는데, 이모가 하도 간절하게 부탁했기 때문에 원장님이 병상에서 마지막으로 힘을 써서 나를 이모의 집으로 보내주었다. 이모와 함께 살게 된 뒤, 나는 종종 밤에 살며시 일어나 이모의 자는 얼굴을 지켜보곤 했다. 사람의 얼굴을 똑바로 보는 것은 나에게 너무 힘든 일이었는데, 어둠 속에서 잠든 사람의 얼굴은 무섭지 않았다. 아침의 이모, 한낮의 이모, 저녁의 이모, 어둠 속의 이모, 잠든 이모. 이 모든 모습이 한 사람의 얼굴이라는 게 신기했다. 어쨌든 그림을 그릴 때 이모의 얼굴을 떠올릴 수 있었던 것은 참 다행스러운 일이었다.

결국 내 그림에는 아름다운 사자를 바라보는 어린 여자아이와 늙은 여자가 있게 되었다. 갈색 옷을 입은 구부정한 여자는 칙칙하고 초라해 보이는 게 한눈에 보아도 너무 이모를 닮은 모습이었다. 깜짝 놀라서 황급히 갈색 옷에 화사한 연두색을 덧칠해보았으나 여자는 조금이라도 나아지기는커녕 아주 지저분한 모습이 되고 말았다. 내 곁으로 돌아온 선생님이 그 한심한 여자를 보고 말했다.

"이게 뭐야. 친구들을 그리지 그랬니?"

눈물이 터지려는 걸 겨우 눌러 참고 있는데, 선생님이 돌아서며 한마디를 덧붙였다.

"아니, 차라리 사람을 그리지 않는 게 나을 뻔했다."

처음으로 그려봤던 이모 얼굴은 그렇게 비참한 실패로 끝났지만,

66

그래도 나는 그때 머릿속에 이모의 모습이 떠올라준 것을 아주 좋은 기억으로 간직했다. 단 한 사람도 떠오르지 않았으면 무척 당황했을 것이다.

이모는 내 기억이 시작되는 첫날부터 지금까지 거의 똑같은 모습이었다. 많이 변하지 않는 사람이라서 기억하기 특히 쉬웠던 것 같다. 이모의 머리채는 부숭부숭한 마른 들풀 같았다. 눈두덩은 손등만큼이나 퉁퉁했다. 표정도 늘 비슷했다. 늘 일거리에 고개를 처박고 있다가, 문득 나와 눈이 마주치면 한 자락 산들바람 같은 웃음이 스쳤다. 그게 전부였다.

"네. 하나도 어렵지 않대요. 벌써 선생님들한테 칭찬을 많이 받았다고."

원장님께 자랑하는 이모는 기뻐서 목소리가 붕붕 들떴다. 나는 새 학교에서 만난 다른 엄마들을 떠올려보았다. 이모처럼 뚱뚱하고 나이 많은 엄마도 가끔 있었지만 이모처럼 물기 없이 메마른 사람은 없었다. 이모를 어떻게 해야 학교 엄마들처럼 만들 수 있을까? 흰머리가 비죽비죽한 곱슬머리를 다듬고, 광택이 감도는 화장을 하고, 비싼 옷을 입히고? 머릿속으로 이리저리 이모의 모습을 바꾸어보다가 곧 포기했다. 물통 기름통 어디에 넣었다 꺼내도 이모에게 윤기를 줄 수는 없을 것 같았다.

거동조차 불편한 원장님의 외모가 차라리 나았다. 짧은 쇼트커트 헤어에 군살이라곤 없었는데, 원장님 특유의 날카로움이 여전히 살아 있어서 환자들 중에선 가장 보기 좋은 모습이라고 할 수 있을 것이다. 하지만 건강은 그다지 좋지 않았다. 벽을 잡고 몇 발짝 걷기도 힘겨워 주로 휠체어를 탔다. 반쪽 얼굴이 굳어서 말할 때면 발음이 불분명했고 턱으로 침이 흐를 때도 있었다. 한 달에 한 번쯤 이모는 나를 데리고 요양원에 가곤 했는데 나는 원장님을 똑바로 보지 못하고 시선을 휠체어 모서리에 꽂아두었다.

"잘하고 있다는 말이지?"

"네."

"그러면 다 100점을 받니?"

"…."

"다 100점을 받지 못하니?"

우상초등학교에는 이런저런 자잘한 시험들이 매일이다시피 있었다. 중학교에 대비하기 위해 6학년은 특히 시험을 많이 본다고 했다. 국어나 수학 같은 과목은 어렵지 않게 100점을 받을 수 있었지만 처음으로 중국어 시험지를 받아 들고는 놀라서 눈물이 쏟아질 뻔했다. 한 번도 배우지 않은 거라서 답을 쓸 수 있는 게 하나도 없었기 때문이다. 나는 중국어 선생님을 찾아가 처음 전학 와서 어떻게 공부해야 할지 모르겠다고 말했는데, 나도 모르게 목소리가 덜덜 떨리고 눈물이 고였다. 선생님은 깜짝 놀란 얼굴이 되었다.

"설아, 너는 중국어를 처음 배웠잖니. 다른 아이들은 4학년 때부터 시작했어."

하지만 그런 사정은 조금도 위로가 되지 않았다. 내 시험지의 점수를 보고 아이들이 비웃도록 내버려두고 싶지 않았다. 중국어 선생님은 아이들이 4, 5학년 때 쓰던 교재를 한 권씩 챙겨주었다. 나는 교재의 도움으로 내가 배우지 못한 중국어 앞부분을 채워나가고 있었다. 학교가 끝나면 집에서 혼자 중국어 교재를 가지고 중얼거리고 읽고 쓰고 했다. 여전히 동굴 속에서 헤매는 기분이었지만 새로 배운 것들 중 몇 문제쯤은 맞히기도 했다.

그런 사정을 원장님께 설명할 엄두가 나지 않아서 나는 잠자코 있었다. 원장님은 못마땅하면 마음이 급해져서 말투가 빨라졌는데 그러면 발음이 더 어눌해지고 발음이 이상해지면 원장님의 기분이 점점 더 나빠지는 악순환이 일어났다.

"그러면, 수업이 끝나면 매일 담임선생님 책상을 깨끗이 닦고 있니?"

"…."

"그동안 선생님 책상을 한 번도 안 닦았니?"

나는 아무 대답도 할 수 없었다. 원장님은 언제나, 모범생들은 알아서 담임선생님의 책상을 닦는 거라고 강조하곤 했다. 풀잎보육원에 있을 때 나는 누구보다 재빠르게 원장님의 책상을 닦아놓았고 원장님은 크게 만족하셨다. 하지만 학교에서 그런 아이를 본 적은 한 번도 없었다. 그건 정말 너무 이상한 일이었다. 하지만 결국 원장님은 화를 내고 말았다.

"우상초등학교가 보통 학교인 줄 아니? 선생님도 아이들도 모두 최고만 다니는 곳이란 말이다! 보통 아이들은 꿈도 못 꾸는 훌륭한 학교에 다니게 되었는데 그렇게 엉터리로 지낸단 말이냐? 밤잠을 자지 않더라도 따라가도록 노력을 하고, 공부로 부족하면 다른 거로라도 노력을 해야지! 선생님은 자기 책상을 닦는 아이를 특별히 예뻐할 수밖에 없다고 내가 늘 말하지 않았니? 네가 그렇게 맹추같이 굴면 사람들이 풀잎보육원에서 저렇게밖에 안 가르쳤다고 손가락질을 할 게 아니냐!"

　나는 어떻게 해야 할지 알 수 없었다. 내가 담임의 책상을 닦는다면 나는 우주가 망할 때까지 비웃음을 사게 될 것이다. 하지만 원장님의 말씀을 들으면 뭐든 그대로 해야 할 것 같은 마음에 심장이 두근거렸고 원장님의 바람을 그대로 따르지 못하는 내 손발이 미워졌다. 원장님의 발음이 불분명한 것도, 입가로 침이 새는 것도 모두 나 때문인 것 같았다.

　"네가 똑바로 하란 말이다! 설이를 맡아서 키우겠다고 했으면 똑바로 해야지! 아이가 열심히 하도록 점검하고 관리해야지, 설이를 위해서 네가 한 게 뭐가 있냐는 말이야!"

　원장님의 화살은 이모에게로 향했다.

　"죄송해요. 설이는 정말 열심히 하고 있어요."

　"잘한다 잘한다 하지 말고 설이 공부를 챙겨! 네가 그 꼴이니 설이가 점점 맹추가 되어가는 거지!"

　"제가 챙겨야 하는데… 챙길게요."

　"이럴 줄 알았으면 너에게 설이를 맡기지 않는 거였는데…. 지금이라도 풀잎보육원에 다시 보내는 게 낫겠다! 거기선 이렇게 애를 망치도록 내버려두지 않아!"

이모는 어깨를 움츠리고 원장님께 된통 혼이 났다.

"이제 들어가실 시간이에요. 그렇게 소리를 지르시면 혈압이 올라가요."

간호사가 다가와 원장님의 휠체어 손잡이를 잡았다. 실은 오래전부터 그녀가 오기만을 간절히 기다리고 있었다. 원장님이 저렇게 흥분하는데도 일부러 뜸을 들이는 것이 아닌가 의심하기도 했다. 간호사가 휠체어를 돌이켜 병실로 들어갈 때까지 원장님은 이모에게 고함을 질렀다.

"게으름을 피우거든 따끔하게 야단을 쳐라! 설이가 점점 더 게으른 멍청이가 되도록 내버려두지 말고!"

병실로 이어지는 복도의 자동문이 닫히자 이모는 내 눈물을 닦아주었다. 그래도 내가 흐느낌을 멈추지 못하자 꼭 껴안고 토닥여주었다. 내 울음이 잦아들도록 기다렸다가 이제 집에 가자고 일어섰다.

돌아오는 버스 안에서 나는 이모의 눈치를 살폈다. 이모는 원래 말이 없는 사람이었지만, 그래도 원장님이 그렇게 화를 냈으면 무슨 말을 하지 않을까 싶었다. 그런데 기다려도 아무 말도 하지 않았다.

"이모 괜찮아?"

"응?"

"나 때문에 원장님한테 혼났잖아."

"그게 뭘."

이모 얼굴은 바보 같을 만큼 말갰다. 아무 일도 없었던 것처럼 늘 하나뿐인 바로 그 얼굴이었다.

"원장님은 원래 성격이 급하시니까… 열심히 하라는 소리지….."

다행이었다. 이모는 나를 풀잎보육원에 돌려보낼 생각은 전혀 없는 것이다. 안심이 되자마자 곧바로 심술이 났다. 난 정말 이상한 애였다.

"그럼 내가 공부도 못하고 계속 멍청해도 돼?"

"멍청하긴 어디가. 그런 거 아니야."

"나 정말로 멍청해. 수업 시간에 대답을 하나도 못 한단 말이야 진짜로."

"어떻게 전학 가자마자 1등을 해."

"1등이 아니라 꼴등이라니까?"

"꼴등 해도… 차차 나아지겠지."

"열심히 해도 나아지지 않고 계속 꼴등 하면 어떡해? 원장님이 계속 화내시면 어떡하냐고. 그러면 나 풀잎보육원으로 보낼 거야? 거기선 공부를 열심히 시키니까?"

내가 미쳐서 이렇게 진상을 떨 때면 이모가 흔히 쓰는 방법이 있었다. 숨도 쉬지 못하도록 꼭 껴안아서 내 입을 틀어막아버리는 거였다. 밧줄처럼 나를 단단히 휘감는 이모의 팔뚝 안에서, 눈앞이 어지럽도록 미쳐 날뛰던 마음도 호흡도 천천히 가라앉았다.

"설아, 그런 거 아냐. 원장님 너 때문에 그러신 거 아니야."

"그러면?"

"올해 원장님 칠순이잖아… 아마 그거 같은데…."

"칠순인데 왜?"

"합동으로 잔치를 한다는데, 가족들이 올 수 있을지…."

갑자기 머리가 뱅글 도는 기분이었다. 머리를 온통 난장판으로 엉클어뜨렸던 중국어 시험과 책상 걸레질과 풀잎보육원은 순식간에 까만 한 점 먼지로 소멸되었다. 듣고 보니 요양원 현관 알림판에서 합동 칠순잔치 안내 포스터를 본 기억이 났다. 칠순, 원장님의 칠순이었다. 나는 이모의 팔뚝을 풀고 똑바로 앉았다. 이제는 어지럽지 않았다.

"원장님도 가족이 있어?"

"미국에 산다고 한 것 같은데…."

"가족 누구?"

"…동생들이라고 했던가."

"동생들이 칠순에 안 온대?"

"몰라… 연락이 없는 거 같아."

이모도 더 이상 잘 모르는 것 같았다. 우리는 더 이야기를 나누지 않았다. 집으로 돌아오는 먼 길 내내 나는 원장님의 가족에 대해 생각했다. 그분에게 가족이 있을 거라는 생각은 한 번도 해본 적이 없었다. 칠순잔치를 하는데 가족이 아무도 오지 않으면 어떤 기분일까? 평생 가족이 찾아온 적 없는 나는 그런 기분이 어떤 건지 도저히 생각할 수 없었다. 가족과 관련된 문제는 나에게 언제나 어려웠다. 차라리 중국어를 유창하게 하는 편이 쉬울 것 같다.

수많은 아이들을 돌보았지만 그중에 설이 같은 아이는 없었다고,

원장님은 언제나 그렇게 말했다. 한때는 남몰래 원장님을 엄마라고 생각했던 적도 있었다. 친엄마가 아닌 것은 잘 알았지만 나는 그분의 자식이나 다름없다고 생각했다. 갓난아기였을 때부터 나는 그렇게 생각했다. 사람의 말을 배우기도 전에 그런 생각을 했다는 게 이상하지만, 분명히 나는 그렇게 생각했다. 말은 못 했지만 마음으로, 생각할 수 있었다.

첫 번째 입양되었던 시기의 일들은 거의 기억나지 않는다. 내가 한 돌을 조금 넘겼을 때라고 하니까 기억을 하기엔 너무 어렸을 것이다. 하지만 그들과 2년이나 함께 살았는데 사람도 집도 아무것도 기억하지 못하는 건 좀 너무한 일이긴 하다. 그 집의 식탁이 아주 길고 커다랬던 것만 기억난다. 그 위에 차려진 음식들이 아주 푸짐했던 것도. 그리고 원장님이 그 식탁에 앉아 있던 것도.

내가 입양되었던 가정은 아주 큰 부잣집이었다고 한다. 기억 속의 식탁이 운동장만큼 커다랗게 보였으니 아주 크고 넓은 집이었을 것이다. 내가 기억하는 원장님의 얼굴은 나에게 최고의 가정을 찾아주었다고 기뻐서 함박웃음을 짓고 있었다. 그때 원장님은 지금과 비교할 수 없이 젊고 생기 있었을 텐데, 실은 그 얼굴은 잊어버렸다. 눈코입의 모양은 모두 잊고 웃음만 기억에 남았다. 얼굴은 잊고 웃음만 기억하다니 역시나 참 이상한 일이다. 내 기억은 모두 그런 식으로 어딘가 다 이상하다. 그때도 나는 사람의 말은 배우지 못했고 마음만 있었는데, 원장님이 그렇게 환하게 웃는 것에 당황하고 있었다.

나는 모두가 부러워할 만한 부잣집에 입양되었다가 2년 후 그 집의 사업이 흔들리자 파양되었다. 순풍에 돛 단 듯하던 사업이 망하자 잘못 들어온 아이 때문이라는 소리가 나왔고 떠들썩하게 떠났던 나는 조용히 풀잎보육원으로 돌아왔다. 나를 두 번째로 입양했던 사람들은 부부가 모두 대학교수였다고 한다. 그들은 나이가 지긋했고, 그들의 아이를 낳지 못했고, 내가 다섯 살이 넘긴 했지만 그들의 유전자를 물려받은 것이나 다름없이 총명하다는 원장님의 설득에 끌려 나를 입양했다. 평생 고요한 학문의 세계에 살던 그들이 어린 아이를 먹이고 씻기는 번잡한 일에 조금 익숙해질 무렵 아내가 갑자기 세상을 떠났다. 남편은 큰 슬픔에 잠긴 데다가 혼자서 나를 키울 엄두를 낼 수가 없어서 슬프지만 파양이라는 결정을 내릴 수밖에 없었다. 그때는 사람의 말을 배운 뒤였는데도 나는 역시 그 기간에 일어난 일을 거의 아무것도 기억하지 못한다. 원장님이 안타깝게 여러 번 회상하는 내용을 들었을 뿐이다. 마지막으로 짧게 앤더슨 가족에 이르기까지 나는 세 개의 가정을 거쳤다.

　잠시나마 나를 입양했던 사람들이 나를 놀이공원에도 데려가고 여행도 함께 다녔다고 하는데 추억은커녕 그들의 얼굴조차 기억하지 못하는 게 어이없고 심지어 미안하기까지 했다. 입양도 파양도 다 남의 일처럼 무심해져서, 긴 식탁에 앉아 있었던 원장님의 기쁜 얼굴만 놀라운 기억으로 남아 있을 뿐이었다.

　"설아 이제 괜찮지? 이모가 시험 같은 거 챙길 줄 몰라서…."

　그제야 어수선한 상념에서 벗어나 시험에서 100점을 맞지 못하고 선생님의 책상을 닦지 않았다고 원장님께 혼났던 것이 다시 떠올랐다. 그게 뜻밖에도 칠순잔치 때문이었다니 약이 오르면서도 이해가 될 것 같기도 했다. 정글 같은 6학년 2반에서 나를 노리는 아이들과 시현도 떠올랐다. 신기하게도 모두 100년 전의 일처럼 어렴풋했다.

바보 같은 이모는 나를 우상초등학교에 보내놓고서 거기에 어떤 어려움이 있을 거라고는 생각해본 적이 없었다. 심지어 내가 전학 가는 날, 그 소동이 나는 것을 눈으로 보면서도 그게 무슨 일인지 까맣게 몰랐다. 그저 좋은 학교에 보냈으니까 마냥 좋을 것이라고만 생각하다가, 원장님의 채근을 받고서야 걱정하기 시작한 거였다. 정말이지 무한하게 단순한 사람이었다.

그 한없이 단순한 얼굴을 보자 우주 한가운데에서 길을 잃은 것 같이 막막하던 기분이 조금씩 개어오면서 작은 불꽃이, 내 안에서 조용히 연기를 피워 올리는 불길이 느껴졌다. 내 안에 저장된 휘발유는 별다른 계기 없이 이렇게 혼자 타오를 때도 있었다. 학교에서는 검은 연기였고, 지금은 흰 연기인 것이 달랐다.

"다 좋은 건 아니야."

"뭐가 안 좋은데?"

"머리."

"머리? 왜? 선생님이 머리 땋지 말래?"

이모는 겁먹은 얼굴로 아침에 공들여 땋아준 내 머리를 보았다.

"더 단단하게 묶어줘요. 점심 먹고 나니까 풀릴라 그래."

"저런. 나이가 드니까 손도 예전처럼 야무지질 못해."

이모는 자기 손을 원망했다. 이모는 세상에서 가장 속이기 쉬운 사람이었다. 이렇게 엉성한 거짓말도 단 한 순간 의심해보는 일이 없었다.

언제나 한결같이 잘 속아 넘어가는 바보 같은 이모라서 나는 마음만 먹으면 언제라도 이모를 속일 수 있었다. 이모의 가난한 지갑에서 돈을 훔쳐본 적도 여러 번 있었다. 한번은 어쩐 일로 꽤 큰돈이 들어 있기에 10만 원이나 뭉텅 꺼내기도 했다. 그 순간에 나는 정말이지 악마나 다름없었다. 이모는 돈이 모자라서 고민하고 어디서 계산이 틀렸을까 며칠이나 끙끙거리면서도 1초도 나를 의심하지 않았다. 정말이지 바보였다.

이상하게 들릴지 몰라도, 나는 그래서 이모의 돈을 훔쳤다. 훔쳐서 내 맘대로 쓰기도 하고, 며칠 지니고 다니다가 도로 지갑에 넣어놓기도 했다. 이모는 혹시 나에게 비상금이 필요할 때 쓰라고 복도에 내놓은 화분 받침 밑에 만 원을 꼬깃꼬깃 접어 숨겨놓았는데, 그 금액을 내 마음대로 3만 원으로 증액했다. 뭐를 하든 내 마음대로였다. 그래도 아무 일 일어나지 않는다는 것이 견딜 수 없이 달콤하고 유쾌했고, 그 사실에 변함이 없다는 걸 자꾸만 자꾸만 확인하고 싶어졌다. 이모가 이렇게 멍청하니까 꾀부리지 않고 나를 쭉 키울 거라는 확신이 드는 것도 좋았다. 이런 사소하나 흔들리지 않는 것들이 나에게는 세상 무엇보다도 소중했다.

나는 태어나자마자부터 '선생님'들과 같이 살았다. 함께 자라던 아이들은 이런저런 이유로 항상 바뀌었다. 어떤 호칭을 들었을 때

변함없이 떠올릴 수 있는 얼굴이 없었다. 엄마 아빠라는 단어가 검은 동굴처럼 두려움을 주는 막막한 어둠이었다면 할머니 동생 삼촌처럼 혈육을 칭하는 말은 아예 아무런 의미나 형태를 가지지 않는 백색 평면이었다.

동그라미를 그리려면 흔들리지 않는 중심점이 꼭 있어야 한다. 이모는 내가 어떤 호칭과 관련지어 변함없이 떠올릴 수 있게 된 이 세상 단 한 명뿐인 사람이었다. 이모는 내가 풀잎보육원에 처음 오던 날 우연히 그곳에 들렀고 그곳에서 아기들을 돌볼 일손이 필요하다는 말에 자원봉사자로 일하기 시작했다가, 나중엔 작은 월급을 받으며 눌러앉았다. 내가 입양과 파양을 반복하는 동안에도 늘 풀잎보육원에 있었고 원장님이 풀잎보육원을 떠난 뒤로는 위탁모가 되어 나를 아예 집으로 데리고 왔다.

마른 들풀 같은 이모를 우주의 중심으로 삼아 나는 사람과 사람 사이의 거리를 가늠할 수 있게 되었다. TV를 볼 때면 당연하다는 듯 이모의 무릎을 베고 누웠고 이모는 참외를 깎아 내 입에 넣어주며 내 볼을 쓰다듬었다. 푸석푸석하고 부숭부숭한 이모의 손바닥이 내가 아는 인간의 감촉이었다. 이모가 아니었다면 나는 사람이 사람을 부르는 호칭들 속에 따뜻함을 불러일으키는 어떤 기운이 있다는 사실을 영원히 알 수 없었을 것이다.

요양원에 다녀온 이후로 나는 이모가 통백식당에서 퇴근하는 늦은 시간에 맞추어 머리를 감았다. 젖은 머리를 반쯤 말리고 헤어젤을 가볍게 발라준 다음 이모에게 머리를 들이밀고 땋아달라고 했다.

"아침에 땋으면 되지 왜…."

"아침에 땋으면 오히려 풀린단 말이에요. 미리 땋고 자야 덜 풀린단 말이에요."

"머리를 묶든지 자르든지 하면 편할 텐데…."

"싫어요. 땋은 머리가 제일 편하단 말이에요."

성화를 이기지 못하고 이모는 내 머리를 힘주어 꽁꽁 땋았다. 나는 눈꼬리가 바짝 치켜 올라갈 만큼 단단히 땋아달라고 했다.

이모는 머리를 땋는 것까지는 그러려니 했지만 동네 사람들이 내가 빨간 틴트와 진한 아이라인을 그리고 다닌다고 이르자 가만있지 않았다.

"설아, 이 꼴이 뭐야. 쥐 잡아먹은 것처럼."

"친구 거 한번 바른 거예요."

하지만 내 가방을 뒤지자 화장품이 한가득 나왔다. 이모는 겁에 질렸다.

"이 화장품들은 다 어디서… 혹시…."

그제야 〈독도 사랑 글짓기 대회〉에서 받은 최우수상장을 이모에게 보여주었다. 상장은 책갈피에 넣어두고 부상으로 받은 문화상품권 10만 원으로 화장품을 샀다.

이모에게 들킨 김에 가방 속에 넣어다니던 화장품들을 보란 듯이 거울 앞에 늘어놓았다. 늦은 저녁 샤워를 하고 머리를 단단히 땋아달라고 했다. 이모는 아무 말도 하지 않고 머리를 땋아주었다. 아침이면 나는 시간을 두고 천천히 공들여 화장을 했다. 눈꼬리가 강렬

해 보이도록 진한 아이라인을 그리고 웁시팝시 레드벨벳이라는 상품명이 붙은 새빨간 립스틱을 발랐다. 그리고 앤더슨 부인이 준 옷 중에 가장 짧은 치마를 입고 집을 나섰다. 학교에 닿기 전 골목길에서 전날 밤부터 공들여 땋고 잔 머리를 휠휠 풀었다. 충분히 마르기 전에 젤을 발라 땋은 머리카락은 아름다운 컬이 되어 굽슬굽슬하게 물결쳤다. 나는 새빨간 입술과 여우 눈과 컬헤어로 당당하게 교문을 넘어서 내 자리까지 굉장한 기세로 직진했다.

겪어보니 우상초등학교에서도 해볼 만했다. 중국어 선생님이 챙겨준 교재들을 열심히 들여다봤더니 그럭저럭 뭐가 뭔지 알아들을 만했다. 세 번째 중국어 시험에서 팬찮은 점수를, 네 번째는 만점을 받았다. 다른 과목들보다 중국어에서 가장 성취감을 느꼈다.

용돈이 필요했으므로 인터넷을 뒤져서 상금이 걸린 대회마다 모두 출전했다. 상을 받으면 학교로 상장과 부상이 배달되었다. 세상에 저런 대회도 있었냐고 사람들이 수군거리는 가운데 나는 아이들 앞에서 혼자 상을 받고 부상으로 상금과 문화상품권을 챙겼다.

늦은 밤 통백식당에서 돌아온 이모는 내가 그때까지 화장을 지우지 않고 있는 모습을 보면 몸서리를 쳤다.

"설아, 집에 오면 세수해. 화장하고 안 씻으면 피부 다 망가져!"

하지만 나는 이모가 들어오고 나서야 그제야 생각났다는 듯이 느릿느릿 화장을 지웠다. 아무리 잔소리를 해도 이모는 낮에 통백식당에서 일을 했기 때문에 씻든 말든 내 마음이었다. 나는 집에서도 화장을 한 채로 하루 종일 있었다. 오히려 저녁밥을 먹고 나서 화장이 흐트러지면 이모가 오기 전에 한 번 더 바르기까지 했다. 왠지 이모 속을 박박 긁어놓고 싶었다.

실은 거울 속의 내 모습이 말갛고 순해 보이는 게 싫었다. 화장을 지우고 얼굴이 편안해지면 나도 모르게 이불에 뒹굴게 되는 것도 싫었다. 내가 가진 건 많고도 많은 시간뿐이었다. 학교가 끝나면 아무도 간섭하지 않고 아무것도 할 일 없는 무한대의 자유 시간이 펼쳐졌다. 나는 거울 속 입술이 빨갛고 눈꼬리가 올라간 얼굴에 쫓기기라도 하듯 절박하게 우상초등학교 아이들의 지난 6년을 따라잡는 데에 넘쳐나는 시간을 썼다. 성적은 쑥쑥 올라갔다.

아이들도 어른들도 내 괴상한 삶의 방식을 어떻게 대해야 할지 어리둥절해했다. 교외 대회를 휩쓸고 성적은 수직상승 하면서 드라큘라처럼 화장을 하고 수틀리면 거친 욕설을 거침없이 내뱉는, 부모 없는 아이는 처음 보았을 테니까. 시현조차도 나를 함부로 놀리지 않았다. 그들은 나를 어떻게 다루어야 할지 몰라서 그냥 내버려두었다. 내가 원한 것이 바로 그것이었다.

선생님들 앞에서는 욕도 하지 않고 얌전하게 행동했으므로 선생님들은 나를 칭찬했다. 중국어 선생님뿐 아니라 모든 과목 선생님들이 나에게 함박웃음을 보냈다. 담임이 나를 칭찬할 때면 눈물마저 글썽거렸다. 화장을 심하게 하는 것은 공립초등학교에서 배운 못된 버릇이려니 여겼다. 교장선생님은 학교신문에 〈헝그리정신〉이라는 글을 실었다. 따로 설명하지 않아도 그게 내 이야기인 것을 금방 알 수 있었다. 전학할 때 기대했던 '좋은 효과'를 내고 있는 셈이었다.

여전히 시현은 신경 쓰였다. 전학 오던 날 사라졌던 내 물건들은 빈 사물함에서 곱게 정리된 채 발견되었고 한 아이가 자기가 정리해준 거라고 나서면서 별일 아닌 오해로 끝났다. 하지만 나는 그 일도 시현의 주도 하에 일어난 것이며 시현이 위험한 아이라는 것을 확신했다.

6학년 2반 교실은 담임이 아닌 시현을 중심으로 돌아갔다. 시현이 얼굴을 찌푸리면 교실 분위기가 얼어붙었고 시현이 환하게 웃으면 단박에 열기가 달아올랐다. 시현은 종잡을 수 없이 제멋대로이고 기복이 심했는데 아이들은 신기하도록 시현의 기색을 살폈고 그의 감정에 쉽게 동화되었다.

아이들 틈에서 머리 하나쯤 더 솟아오른 시현은 도무지 숨길 수 없이 눈에 띄었다. 게다가 이목구비는 무대화장이라도 한 것같이 뚜렷했다. 내가 아침마다 30분씩 화장을 해야 겨우 그릴 수 있는 강렬한 포스를 시현은 날 때부터 타고났다. 체육 시간에 시현은 몸이 너무 가벼워서 아예 발이 땅에서 30센티쯤 떠 있는 것 같았다.

나는 시현을 극도로 경계했고 시현이 나쁜 아이라고 생각했지만 반 대항 피구 시합을 하던 날 생각이 달라졌다. 우리와 맞붙은 3반 아이들 중에는 무시무시한 고릴라가 있었다. 고릴라와 비교해 시현은 두루미처럼 날씬하고 우아했다. 고릴라와 대비되는 시현의 멋진 외모만으로도 우리는 우월감을 맛보았고 체육관 창문을 통해 들어온 햇살 속에 우뚝 서 있는 시현을 바라보기조차 눈부셨다. 떠다니는 부연 먼지조차도 시현의 멋짐을 돋보이게 하기 위한 특수효과처럼 보였다.

　게임이 시작되자 시현은 정말 새처럼 날아다녔다. 그렇게 피구를 잘하는 아이는 처음 보았다. 길고 가느다란 팔다리에서 놀랄 만한 파워가 뿜어져 나왔다. 시현의 빠르고 시원시원한 동작 하나하나를 놓치지 않고 우리는 알뜰하게 비명을 질러댔다. 시현이 공을 맞고 아웃되었을 때 우리 반 아이들은 모두 소리를 바락바락 지르며 발을 동동 굴렸다. 심지어 울기까지 했다. 시현을 맞힌 고릴라의 한쪽 발이 금을 넘어 경기장 안으로 성큼 들어와 있었기 때문에 그 공은 무효였다. 우리는 벌 떼같이 아우성을 쳤고 시현은 아웃이 아닌 것으로 선언되었다. 그 순간 스쳐간 시현 특유의 비웃는 듯한 미소마저도 얼마나 빛나고 싱그럽게 느껴졌던지. 시현이 다시 경기장 안으로 들어갈 때 우리는 죽은 시현을 다시 살려낸 뜨거운 동지애를 함께 누렸다. 시현은 우리였고 우리는 시현이었다. 시현이 주는 격렬한 일체감 속에서 우리 반은 완벽하게 하나가 되었다.

　피구 경기가 승리로 끝난 뒤로도 우리 반은 잔열로 한참 들떠 있었지만 나는 남들보다 좀 더 빠르게 식어서 좀 전에 시현에게 열광했던 것에 겸연쩍은 기분이 되었다. 피구를 통해 나는 시현의 존재감을 완전히 이해하게 되었지만 시현을 숭배하는 대열에 덥석 끼어들 만큼 어리석지는 않았다. 피구를 잘한다 해도 시현은 여전히 위험한 아이였다. 나는 시현의 태도를 통해서 아이들의 계급 구도를 완벽하게 파악했다. 시현은 유치원부터 함께 다녔다는 소수의 친한 아이들에게는 멀쩡하게 좋은 친구가 되어주었다. 평범한 몇몇 아이들하고도 친하게 지내는 것처럼 보였지만 알고 보면 그들을 뒤에서 충동질해서 기가 약하고 가난한 아이들에게 못된 짓을 하도록 조종했다.

모둠 활동을 할 때 시현은 왕처럼 거들먹거리며 너는 자료조사를 하고 너는 보고서를 만들고 너는 발표를 하라는 식으로 제멋대로 역할을 분담시켰다. 발표를 맡은 윤석이 덜덜 떨었다.

"발표, 내가 할게."

"나대지 마라."

어찌 되나 보려는 마음으로 내가 한번 꺼들어봤지만 내 말을 한 마디로 일축하고 윤석에게 굳이 발표를 시켰다. 윤석은 우리 반에서 가장 소심한, 긴장하면 말을 더듬는 아이였다. 윤석은 애처로울 만큼 애를 썼지만 어떻게 해도 발표를 잘할 수는 없었다. 시현은 윤석이 우리 모둠 활동을 망쳤다고 화를 냈고, 아이들은 시현의 부추김을 등에 업고 윤석의 혀 짧은 소리를 흉내 내며 비웃었다.

윤석이 아이들의 놀림감이 될 때마다 나는 안타깝게 담임을 쳐다보았다. 담임은 "얘들아!" 하고 아이들의 놀림을 제지하는 흉내를 내긴 했다. 하지만 여전히 얼굴 가득 함박웃음, 그놈의 함박웃음이었다. 괴롭힘이 심해져서 담임의 무른 얼굴에도 야단을 칠까 말까 고민하는 기색이 떠돌면 그땐 시현이 나섰다. 무슨 핑계로 담임에게 다가가서 한 번 씩 웃으면 그만이었다. 담임은 고백 쪽지를 받은 것처럼 얼굴까지 새빨개져서 호들갑을 떨었다. 담임의 행복노트에 시현이가 웃어주었다고 적었을지도 모른다. 시현의 보이지 않는 비호 아래 아이들은 담임의 눈앞에서도 마음 놓고 윤석을 놀렸다. 윤석은 더욱 어둡고 의기소침한 아이가 되어갔다.

태운에게는 더욱 가혹했다. 태운은 약간 지능이 떨어지고 무슨 증세인가로 정신과 치료를 받는다는 소문이 있었는데, 독한 약을 먹은 날이면 더 덜떨어지고 해롱해롱했다. 누군가가 학교에 전기면도기를 가져온 것이 발단이었다. 그날따라 무료한 표정이던 시현의 시선이 면도기 위에서 잠시 반짝이더니 다음 순간 아이들은 약 기운에 멍해진 태운을 붙잡고 있었다. 처음엔 면도기를 시험해본다고 솜털도 없는 턱을 문지르는 정도로 시작했지만 곧 면도기에 달린 바리캉을 찾아내더니 텁수룩한 앞머리를 정리해주는 것으로 발전해 이내 눈썹과 속눈썹까지 깨끗이 밀어버렸다. 시현은 멀찍이 떨어져 앉아서 킬킬거리는 웃음이나 흡족해하는 표정, 작은 손뼉만으로 아이들을 완벽하게 조종했다. 시현이 웃고 좋아하는 것에 흥분해서 아이들은 태운의 안면에 존재하는 모든 털을 깨끗이 박멸했다.

태운의 부모는 극도로 흥분했다고 한다. 장난에 가담한 몇몇 아이들이 된통 혼나고 반성문을 썼다. 부모들이 치료비를 물어냈다는 소리도 들렸다. 시현은 그들 속에 포함되지 않았다. 직접 말로 시키거나 손으로 면도기를 잡지 않았기 때문이다. 하지만 그 일이 시현의 눈짓과 웃음으로 이루어졌다는 것을 우리 반 아이들은 누구나 알고 있었다.

나는 공부를 잘하고 선생님들의 시선을 받는 것으로 시현의 괴롭힘 범위에서 한 발짝 벗어나기는 했지만 언제라도 만만한 희생자가 될 수 있는 여건이었다. 담임은 여전히 나에게 지극한 정성을 쏟았지만 그 물렁한 사랑이 얼마나 덧없는 것인지 이미 뻔히 알고 있었다.

학교가 끝나면 나는 혼자 터덜터덜 걸어서 집으로 향했다. 걷기엔 꽤 먼 거리였지만 그냥 걸었다. 혼자 걷다가 곽은태 소아청소년과 앞에 잠시 멈추어 그곳을 드나드는 사람들을 물끄러미 바라보곤 했다. 젊은 엄마와 아이들, 할머니와 아이들, 열이 나고 아픈 아이들. 곽은태 소아청소년과는 언제나 사람이 많았고 더불어 아래층 약국까지 사람이 바글바글했다. 곽은태 선생님 때문에 멀리서부터 오는 사람들도 많았다. 곽은태 선생님은 때로는 엄하게, 때로는 유쾌하게, 언제나 진실하게 그들을 대했다.

우상초등학교 아이들은 시현만 알았고 우리 동네 사람들은 곽은태 선생님만 알았다. 시현과 곽은태 선생님을 모두 알고 있는 사람은 나뿐이었는데, 나는 이 사실을 혼자 감당하기 힘들었다. 부모와 자식은 닮기 마련이라는 자연의 법칙이 곽씨 가문에서 깨졌다.

곽은태 선생님이 나를 예뻐한 나머지 어느 날 자식으로 맞아들이는 가슴 떨리는 상상을 주기적으로 반복했던 나는 시현이라는 존재 앞에서 거대한 혼란에 빠졌다. 곽은태 선생님 같은 부모에게서 어떻게 시현 같은 자식이 나왔을까? 곽은태 선생님은 시현을 예뻐할까? 시현이 저렇게 못된 짓을 하고 다니는 걸 알까? 알아도 자기 자식이니까 예뻐할까?

나는 곽은태 선생님과 시현이 믿기 어렵게 다르다는 사실에 몸서리나도록 집착했다. 둘은 닮은 구석이라고는 찾을 수 없을 만큼 달랐다. 곽은태 선생님은 굵었고 시현은 가늘었다. 곽은태 선생님은 까맸고 시현은 하였다. 곽은태 선생님은 착했고 시현은 사악했다. 이런데도 두 사람은 정말 부자지간이란 말인가? 혹시, 혹시, 혹시라도, 시현은 풀잎보육원의 내 옆 바구니에 담겨 있었던 것은 아니었을까? 아기를 데리러 온 곽은태 선생님이 두 아기를 보면서 오래오래 망설이고 있었는데, 곽은태 선생님의 눈길은 거의 나에게로 고정되어 있었는데, 하필 그때 보육사 선생님이 내 기저귀를 갈아주려고 데려가는 바람에 하는 수 없이 내 옆 바구니로 두 팔을 뻗었던 것은 아니었을까?

사람이 만약 자식을 고를 수 있다면, 곽은태 선생님은 그때에도 시현을 선택할까? 바구니 속의 아기가 자라서 지금의 시현이 될 거라는 사실을 알았어도 시현을 택했을까? 오래전 두 바구니 중에 다른 쪽을 택할 걸 그랬다고 후회하고 있지는 않을까? 어차피 두 사람이 혈연이 아니라면, 지금이라도, 지금이라도 다시 선택할 수는 없을까? 지금 나와 시현 중에 한 아이를 고르라고 한다면 두 번 생각할 것도 없이 나를 선택하지는 않을까?

말도 안 되는 헛된 망상이라는 걸 뻔히 알면서도 나는 나란히 놓인 두 개의 바구니 영상에서 헤어나지 못했다. 자꾸 생각하다 보면 그 장면이 눈에 또렷이 보이기까지 했다. 분명히 곽은태 선생님은 내 바구니를 향해 팔을 뻗고 있었다. 훌륭한 부모는 훌륭한 자식을 키워야 한다. 시현 같은 아이에게 곽은태 선생님 같은 아버지라니, 이건 정말 말도 안 된다. 곽은태 선생님은 나처럼 반듯한 아이를 키울 자격이 충분한 것이다.

이야기가 미쳐 돌아가다 보면, 시현과 나는 쌍둥이가 될 때도 있었다. 나는 이 사악하게 예쁘장한 아이와 혈연관계를 갖고 싶은 마음이 전혀 없었지만 이 이야기의 매력은 마지막 부분에 맹렬하게 불타오르는 희망에 있었다. 시현과 내가 쌍둥이였던 것이 밝혀진다면, 눈치 없는 보육사 때문에 어쩔 수 없이 헤어졌던 쌍둥이가 운명의 장난으로 같은 반 짝꿍이 되었다면, 그 이야기의 결말은 곽은태 선생님이 나를 받아들이는 것으로 마무리될 것이 분명했다. 나는 곽은태 선생님의 딸이 되어 비뚤어진 시현에게 모범이 되는 훌륭한 누나가 될 것이다. 그래야만 했다. 그 이외의 결말은 상상할 수 없었다.

그 상상이 주는 격렬한 희망과 절망에 나는 홀로 폭포수처럼 울곤 했다. 내 상상 속의 혈연이란 이 세상 그 무엇보다도 강력하고 흔들릴 수 없는 자연의 힘이라서 길거리에서 스쳐 지나가던 나의 엄마나 아빠는 나를 한눈에 알아보고 과거의 어리석은 선택을 후회하며 나를 힘껏 껴안곤 했다. 나를 쓰레기통에 넣은 사람이 그런 포옹을 한다는 게 도무지 앞뒤가 안 맞는데도 나는 무안함을 애써 떨치며 길거리 상봉의 희망을 아직도 포기하지 않았다.

하지만 혈연이라는 게 이렇게 종잡을 수 없어서야, 통나무 같은 곽은태 선생님이 무슨 수로 긴팔원숭이 같은 시현을 자기 자식이라고 한눈에 알아보고 길거리에서 덥석 껴안을 수 있겠는가? 지금까지 살아왔던 12년 동안 내 부모는 수천 번이나 나를 스쳐 지나가면서도 저 아이가 내 자식일 거라고는 꿈에도 생각 못 하고 무수히 이별을 반복한 것이 아닐까? 늦은 밤 동백식당에서 돌아온 이모가 화장이 뒤범벅되어 철철 울고 있는 나를 보고 비명을 지르며 주저앉을 정도로 놀랐지만 나는 밤이 깊어질수록 갖은 망상들에 사로잡혀 눈물을 멈출 수가 없었다.

반석 같은 아빠의 어깨 위에서 자란 시현이 그토록 휘청거리는 것을 생각하면, 내가 이모의 품속에서도 쉽게 흐느낌을 멈추지 못하는 것은 너무 당연한 일이었다.

4

아코는 반가워서 꼬리를 칠 때조차 눈치를 보는 얼굴이었다. 산책도 꼭꼭 시키고 무척 예뻐했는데도 표정이 해맑아지지 않았다. 한 번 버림받았다고 죽을 때까지 이렇게 비통하게 살겠다는 뜻인가 은근히 부아가 치밀기도 했다.

산책을 가자고 먼저 보채는 법도 없었다. 문밖에 나가면 또다시 버려질까 봐 걱정이라서, 내 쪽에서 질질 끌고 나가야 할 지경이었다. 산책을 나가면 내 종아리에 꼭 달라붙어 걸었다. 옆구리건 꼬리건 어딘가 나와 꼭 닿아 있어야 안심했다. 목줄을 맬 필요조차 없는 개였다. 공원에 사람이 많으면 녀석은 덜덜 떨며 내 뒤로 숨었다. 날아가는 공이나 달리는 아이들 같은 일상적인 것들도 모두 아코를 무섭게 했다. 그래도 개라서, 산책할 땐 얼굴이 조금 밝아졌다. 대놓고 기뻐하면 큰일 나는지 눈치를 보면서 은근히 좋아했다. 사람들은 나더러 애늙은이 같다고 하는데 아코는 걱정이 많은 개늙은이였다.

이 아름다운 레스토랑의 초록 잔디밭에서 뛰놀고 있는 눈처럼 새하얀 강아지는 아코처럼 심란한 표정을 지어본 적이 한 번도 없을 것이다. 털은 솜털같이 부드러웠고 활짝 웃는 얼굴이었다. 솜사탕처럼 잘 관리된 봉긋한 털과 단추처럼 까만 눈과 코를 보면 사람들이 감탄하는 게 당연하다고 굳게 믿어서, 자기 미모를 모른 체 지나가는 사람이 있으면 믿어지지 않는다는 듯이 앙앙 짖었다. 그릴에서 구워진 소시지 한 조각을 얻어먹을 땐 격렬하게 꼬리를 흔들었다.

그러지 않으려 해도 마음속으로 자꾸 강아지와 아코를 비교하게 되었다. 아코를 여기 데려왔으면 그놈은 바보같이 꼬리를 가랑이 사이에 말아 넣고 쩔쩔매며 어디든 어두컴컴한 구석을 찾아 헤맸을 것이다. 낯선 사람의 손이 다가오면 무서워서 오줌을 질질 쌌을 것이다. 잔디밭에 닿도록 늘어뜨려진 흰 식탁보 밑으로 숨어들어가서 사람들의 발목만 지켜보며 파티가 끝날 때까지 나오지도 않았을 것이다. 아무도 아코를 예뻐하지 않았을 것이다.

그래도 아코는 그다지 개의치 않았을 것이다. 아코는 나와 단둘이 조용히 있는 것을 가장 좋아했으니까. 아코는 소심한 잡종개였고 나는 가난한 유기아동이었지만 우린 서로에게 매우 중요한 의미가 있는 친구였다. 목욕을 시켜서 뻣뻣한 털에서 상큼한 샴푸 냄새가 풍기도록 만들어놓으면 내가 살아갈 가치가 있는 중요한 사람이라는 느낌을 받았고 오로지 나만 믿는다는 듯 쳐다보는 아코의 서글픈 눈망울을 보다 보면 어느새 나는 상한 기분을 잊었다.

나는 흰 강아지에게 손을 내밀어보았다. 녀석은 킁킁거리며 분홍
빛 혓바닥으로 내 손을 핥았다. 보드라운 혓바닥의 감촉만은 아코
와 다를 것이 없었다. 아코가 시골에 가지 않았으면 이 강아지와 함
께 초록색 잔디밭에서 뛰어놀 수 있었을까? 바비큐 그릴에서 구운 소
시지 한 조각을 얻어먹을 수도 있었을까? 시골에 간 아코는 이모 말
대로 마음껏 뛰어놀고 있을까?

세상에서 제일 재미없는 생일파티였다.

혼자 독이 올라 반 아이들과 거의 말을 섞지 않고 지냈는데도 생
일파티에 초대받자 어느새 마음이 누글누글해졌다. 생일파티란 고
통스러우면서도 설레는 일이었다. 집으로 초대받으면 너무 긴장해
서 나중에 꼭 배탈이 나고 말았지만, 물큰한 홍시처럼 손가락에 묻을
것 같은 그 진한 집과 가족의 냄새가 두려우면서도 기대가 되었다.

목요일에서 금요일까지 내내 장대비가 쏟아졌다. 나는 생일파티
가 취소될 거라는 희망과 불안에 함께 시달렸다. 하지만 토요일 아
침이 되자 그 어느 때보다 찬란해진 태양이 고개를 내밀었다. 생일
파티에 입으려고 생각해두었던 재킷이 보이지 않아서 나는 옷을 찾
는다고 한바탕 법석을 떨었는데, 겨우 찾아낸 재킷은 세탁기에 쌓
아둔 빨래 무더기 속에서 도저히 입을 수 없을 만큼 구겨진 채 발견
되었다. 이모는 걱정스러운 얼굴로 나를 보고 있었다.

"그거 입고 가려고 그랬니?"

이모가 조그만 목소리로 물었다. 나는 무언가를 꿀꺽 삼켰다.

"빨 때 된 거 같아서… 빨아주려고 넣어놨는데…."

"이모 이거 빨지 마요. 내가 갔다 와서 알아서 할게요."

"입을 거 없어서 어떡해."

"괜찮아요. 딴 거 입으면 돼요."

괜찮다고 말하는 목소리가 떨려 나왔다.

우상초등학교로 전학 온 뒤로 이모는 내 옷들을 유난히 자주 빨았다. 내 행색이 어떻다는 뒷말이 나올까 봐 걱정스러웠나 보다. 하지만 옷들을 아무렇게나 한꺼번에 세탁기에 넣고 돌린 탓에 흰옷들은 조금씩 어둡게 물들어갔고 빳빳하던 옷감들은 힘을 잃어갔다. 앤더슨 부인이 준 예쁜 옷들이 벌써 낡은 옷처럼 후줄근해지고 있었다. 나는 원하는 옷을 입지 못하고 생일파티에 왔다.

생일파티 장소는 차를 타고도 한참 걸리는 야외 레스토랑이었다. 나처럼 데려다줄 사람이 마땅치 않은 아이들은 학교 앞에 모여서 미니버스를 타고 왔다. 잘 손질된 넓은 잔디가 새콤한 과일 같은 향기를 풍겼다. 일정한 간격을 둔 물뿌리개가 빙글빙글 돌아가며 물방울을 뿜어냈고 포말과 햇살이 부딪친 곳에는 작은 무지개가 걸렸다. 흠뻑 젖은 아이들이 소리를 지르며 물방울 사이사이를 누볐고 부모는 흐뭇한 얼굴로 바라보았다.

넓은 마당 한편에는 그늘막 아래 바비큐가 지글지글 익어갔다. 희고 두꺼운 그늘막은 늦여름 한풀 꺾인 더위 속에 짙고 깊은 그림자를 만들었다. 그늘 아래 길쭉한 테이블에는 알록달록한 컵케이크와 과일, 음료수들이 차려져 있고 초대받은 엄마들이 한결같이 선글라스를 쓰고 음료수를 마시고 있었다. 고기를 굽는 사람들도 티

끌 하나 없이 흰 앞치마를 두르고 있었다. 사막에 사는 흰옷 입은 사람들이 떠올랐다. 오아시스가 이런 곳일까?

온곡초등학교에서도 때때로 생일파티에 초대받아 놀러 간 적이 있었다. 동네 체육관일 때도 있고 공원일 때도 있었다. 그때에도 엄마들은 어딘가에 모여앉아 음료수를 마시고 수다를 떨었는데 나는 애써 그쪽으로 눈길을 주지 않으려고 노력했다. 내 마음 한구석에 늘 있는 검은 구름이 아예 하늘을 덮어버리는 날이었다.

아주 가끔은 이모가 엄마들 사이에 끼어 앉는 날도 있었다. 학교 운동회나 알뜰장터 같은 날, 이모가 와서 물건을 팔거나 부침개를 뒤집거나 엄마들 사이에서 음료수를 마시기도 했다. 그럴 때면 나는 마음이 복잡했지만, 그래도 좋았다. 젊고 활기 있는 엄마들 사이에서 눈에 확 띄도록 늙고 초라한 이모였지만 나를 위해 이모가 그곳에 서 있다는 건 가슴 떨리도록 설레는 일이었다.

하지만 지금 바비큐가 구워지고 있는 이 차양막 아래 이모가 있다면?

상상조차 어이없는 일이었다. 차양막 아래 엄마들은 뚱뚱하기도 하고 날씬하기도 하고, 젊은 엄마도 있고 나이가 꽤 많아 보이는 엄마도 있었지만 그들 모두를 통틀어 표현하는 한 단어가 있다면 그건 '귀부인'이었다. 나는 그 단어가 어떤 사람들을 말하는지 우상초등학교에서 확실하게 깨달았다. 전학 첫날 나를 놀라게 했던 그 은은한 윤기를 두른 사람들이었다. 세상 모든 호의를 다 끌어온다 하더라도 이모를 저 테이블에 앉힐 수는 없었다. 이모는 바비큐를 나르는 서빙 인력으로도 쓰일 수 없을 것이다. 이곳에서는 주방에서 음식물 쓰레기를 버리는 사람들조차 젊고 멋있었다.

초록 잔디밭에서 뛰노는 강아지조차도 나와 놀기엔 너무 고귀해 보였다. 손을 대면 잘 부풀린 하얀 머리털을 망가뜨릴 것 같았다. 입술을 씹으며 아무 데로나 던진 시선에 잔디밭 너머로 구불구불 이어지는 작은 오솔길이 보였다. 나는 숲 그늘로 슬그머니 숨어들었다. 가로막는 담이 나오려니 생각하며 길을 따라 한참을 걷다가 국립공원 등산로로 이어진다는 작은 팻말을 보고 걸음을 멈추었다.

생일파티가 열리던 레스토랑에서 갑자기 국립공원이라니. 이렇게 맥락 없는 장면 전환이야말로 풀잎보육원에서 앤더슨 가정을 거쳐 우상초등학교로 이어진, 내가 걸어온 괴상한 길을 닮은 것 같았다. 이 길을 쭉 따라가면 곰이나 아동 성추행범을 만나게 될까? 국립공원으로 이어지는 길의 저 끝은 외계 행성이나 눈 없는 동물들이 사는 심해, 또는 나의 엄마처럼 도저히 상상이 닿지 않는 세상이었다.

나는 발걸음을 돌이켜 레스토랑 쪽을 향했다. 오솔길 중간쯤 나무가 우거진 그늘 아래 작은 벤치가 놓인 아늑한 공터를 발견하고 거기서 빈둥거리며 시간을 보내기로 했다. 멀찍이 레스토랑의 안마당이 내려다보였다. 얼굴이 보이지 않아서 누가 누구인지는 알 수 없었다. 아이들은 엄마들에게 끊임없이 달려와 무언가 짧은 이야기를 하고 사소한 물건들을 교환하고 다시 달려갔다. 나는 그들이 사람이 아니라 움직이는 구슬들이라고 생각했다. 엄마들이 모여 있는 차양막 그늘은 굴러다니는 구슬들이 종종 들러 에너지를 채우고 가는 충전소 같았다. 저 그늘에 엄마가 앉아 있고 생일파티에서 편안하게 뛰노는 기분은 어떤 것일지 나는 도저히 상상할 수 없었다.

문득 발밑으로 노란 테니스공이 통통통 굴러왔고 그것을 주워 들자 뒤이어 시현이 불쑥 나타났다. 갈라진 나뭇가지를 주워 배트 삼아 휘두르며 걷던 시현은 나를 보고 발걸음을 멈추었다. 혼자 쭈그러져 있는 모습을 하필 시현에게 들킨 것에 기절하게 놀랐지만 아무렇지 않은 척 테니스공을 내밀었다. 혼자 쭈그러져 이곳까지 흘러온 것은 나뿐만이 아니었다.

시현은 테니스공을 받아 들고도 금방 떠나지 않고 내가 앉아 있는 벤치와 우리를 아늑하게 감싼 숲을 두리번거렸다. 늘 입꼬리에 매달고 있던 비웃음이 사라진 얼굴이었다. 이곳은 파티장과는 꽤 멀리 떨어져, 공놀이를 하다가 우연히 올 만한 곳은 아니었다. 이곳은 어디론가 숨고 싶을 때 찾아오기에 알맞은 곳이었다. 그렇다고 우리가 비슷한 감정이 되어 친한 기분이 된 것은 아니었다. 우리는 서로에게 방해가 되었고 서로 이런 모습을 들킨 것이 싫었다.

알맞은 은신처를 내가 먼저 차지한 게 아쉽다는 듯 시현은 한번 둘러보고 떠나려다가 돌아서 다시 내게 다가왔다. 시현이 들고 있는 긴 나뭇가지가 문득 무섭게 보였다. 나를 때리거나 찌르는 줄 알고 깜짝 놀랐으나 나뭇가지는 가벼운 바람을 일으키며 내 머리 위를 살짝 훑었을 뿐이었다. 시현은 굳어진 내 얼굴 앞에 나뭇가지를 불쑥 내밀었다. 나뭇가지에는 내 머리 꼭대기에 곧 착륙할 예정이던 노란 왕거미 한 마리가 어리둥절해서 웅크리고 있었다.

나도 그 왕거미만큼이나 당황스러웠다. 놀라서 뇌 기능이 멈춰버렸는지 아무 생각도 나지 않았다. 고맙다고 말했어야 했나 하는 생각이 든 것은 시현이 말없이 어디론가 사라지고 나서였다. 서로 아무 말도 주고받지 않아서 숲속에는 정적뿐이었다. 바닥에 뒹굴고 있는 나뭇가지에서 아직도 꼼짝 않고 있는 왕거미가 아니었다면 방금 일어났던 일이 환상이었다고 생각했을지도 모른다. 나에게는 현실보다도 환상 속이 오히려 더 생생한 세상일 때가 많았으니까 말이다.

멀리 보이는 푸른 잔디밭이 부산해졌다. 2단 생일 케이크를 실은 카트가 등장하고 아이들을 불러모으는 엄마들이 보였다. 시현은 돌아오지 않았다. 국립공원으로 이어지는 산길을 걸어가버린 것일까? 시현이 사라진 오솔길 안쪽을 자꾸 들여다보며 나는 혼란스러웠고 나도 모르게 초조해졌다. 나는 숲에서 빠져나와 파티장으로 향했다. 뒤늦게 도착한 레크리에이션 강사가 시원한 음료수를 원샷하고 놀이 프로그램을 진행했다. 생일축하 노래를 부르고 거대한 생일 케이크를 자를 때조차도 시현은 나타나지 않았다.

시현이 사라진 것에 나도 관련이 있는 것 같아 마음이 불편했다. 시현이 사라졌다고 말해야 하는지, 그랬다가 시현에게 관심이 있다는 괜한 비웃음이나 듣는 건 아닌지 갈피를 잡을 수 없었다. 사라진 건 시현인데 내가 길을 잃었다.

강아지와 생일 케이크 사이를 오가던 눈길을 거두고 하릴없이 몸을 돌이키다가 문득 나에게로 모여 있었던 가만한 눈길들을 느꼈다. 엄마들이 나를 곁눈질하며 나지막한 귓속말을 나누다가 내 시선이 향하자 급히 말을 멈추었다. 어떤 징그러운 손가락이 내 몸을 훑고 지나간 것 같았다. 한 엄마가 웃음을 지으며 말을 걸었다.

"네가 설이구나?"

"네."

"화장 예쁘게 했네?"

"네. 했어요. 왜요?"

엄마들은 놀란 얼굴이 되었고 서로 옆구리를 찔렀다. 고맙게도 누군가가 얼른 화제를 돌려주었다.

"요즘 아이들은 그저 휴대폰, 휴대폰만 들여다본다니까요."

"그래서 뺏었어요. 모처럼 나왔으면 친구들이랑 놀아야지, 폰만 들여다보다 가게 하면 안 되죠."

"차라리 아들들이 순해요. 딸들은 까칠해서 억지로 빼앗으면 더 난리가 나요."

"순하긴요. 입이 저렇게 삐죽 튀어나왔는데. 못마땅하다 이거죠."

몇몇 엄마들이 각자 아이들에게서 빼앗은 휴대폰을 꺼내 보였다. 나는 그중에 마블 캐릭터 커버를 입은 시현의 휴대폰을 알아보았다. 시현의 휴대폰을 들고 있는 잘 손질된 손톱과 긴 손가락에서 꽃잎 모양 보석이 박힌 팔찌, 길고 우아한 팔뚝을 지나 선글라스를 꽂은 머리카락까지. 마침내 눈매가 길고 갸름한 얼굴과 눈이 마주치자 나는 황급히 눈길을 돌렸다. 아름다운 얼굴이었다.

시현의 엄마이고 곽은태 선생님의 부인인 그분을 보자 심장이 쿵쾅거렸다. 시현의 엄마도 이곳에 있을 거란 생각을 미처 하지 못했다. 곽은태 선생님 책장에는 부인의 사진도 있었겠지만 왠지 부인의 얼굴은 내 기억에 확실하게 저장되지 않았다. 엄마들이란 나에게 언제나 소화하기 힘든 존재들인 것이다. 혹시 곽은태 선생님도 계신가 둘러보았지만 보이지 않았다. 토요일 오후는 곽은태 소아청소년과에 아픈 어린이 손님들이 특히 많이 밀려드는 시간이었다.

"벡터야, 이리 와."

잔디밭을 뛰놀던 흰 강아지는 쪼르르 달려가 아름다운 주인의 무릎에 날름 올라앉았다. 벡터라니, 다리가 길고 눈빛이 날카로운 경찰견이라면 모를까, 긴 풍선을 불어 만든 것처럼 동글동글한 복슬강아지에게는 별로 어울리지 않는 이름이었다.

"시현이 벌써 벡터까지 나갔나요?"

"아뇨, 아뇨. 시현이가 강아지 사주면 공부 열심히 하기로 약속했거든요. 약속 잊어먹지 말자고."

엄마들은 와르르 웃음을 터뜨렸다.

"정말 좋은 생각인데요?"

"시현 엄마 보기보다 강단 있다니까."

"계약서네. 살아 있는 계약서."

시현이 엄마의 얼굴에 봄 햇살 같은 미소가 어렸다. 지금까지 내가 본 가장 아름다운 얼굴이었다. 그분의 머리 위로는 아라비아 사람들의 옷자락 같은 흰 천막이 드리워졌고, 뒤쪽으로는 비 온 뒤 싱그러운 내음이 한층 짙어진 푸른 숲이 있었다. 아름다운 부인의 무릎에 올라앉은 흰 강아지가 꼬리를 살랑거리는, 지금 내 눈에 보이는 풍경은 현실이 아니라 어느 미술관 액자 속의 장면처럼 느껴졌다.

"시현이는 어디 갔어요? 아까부터 안 보이네."

"큰일이에요. 사춘기가 와서…. 휴대폰 안 준다고 성질내더니…."

시현이 엄마는 입술을 잘근잘근 깨물고 있었다. 고약한 사춘기에 대한 엄마들의 성토가 한바탕 이어졌다. 시현이 엄마가 가장 울분에 차 있었다. 시현의 휴대폰은 엄마 손에 들려 있었으므로 사라진 시현에게 연락할 길은 전혀 없었다.

"이 녀석을 어떻게 키워야 할지 모르겠어요. 온통 삐딱해서. 말도 정말 지지리 안 듣고."

"무슨 걱정이에요? 시현이 그렇게 잘생겼는데."

"정말 시현이는 어쩌면 그래요. 시현이 엄마, 밥 안 먹어도 배부르겠어요."

"진지하게 정말로, 시현이 아이돌로 한번 키워보는 건 어때요?"

"아휴 무슨, 그러지 마요. 자꾸 그러니까 진짜 지가 뭐라도 되는 줄 알잖아요. 아이돌은 무슨."

"진짜, 작심하고 TV를 봐도, 시현이만 한 인물이 없더라니까."

"애아빠는 큰일 났다고 맨날 걱정이에요. 공부는 안중에도 없으니."

시현이 엄마는 정말 아름다웠다. 생일파티에 모인 귀부인들 중에서도 가장 눈부셨다. 입술을 삐죽거리는 모습이 시현과 비슷한 것 같기도 했다. 그러니까 곽은태 선생님은 세상에서 제일 예쁜 여자와 결혼해서 시현을 낳은 거였다. 곰처럼 커다랗고 유쾌한 곽은태 선생님, 명화 속 여인처럼 아름다운 시현이 엄마, 그리고 아이돌 스타를 닮은 시현이.

곁눈질로 보았던 사진 속 시현은 내가 부러워할 수조차 없을 만큼 절대적인 행복을 가진 아이였다. 시현이 엄마가 그렇게 아름다운 분인 줄 몰랐을 때조차도 그랬다. 내가 무엇을 상상했건 그 이상을 가진 아이였다. 그런데 이렇게 뜻하지 않게 같은 반에서 만나고 보니, 사진에서 볼 때처럼 부러움에 압도되는 기분은 아닌 거였다.

나는 어쩔 수 없이 좀 어수선한 환경에서 남들은 알지 못할 무수히 많은 아픔들을 겪으며 자랐다. 때로는 생살이 뜯어지는 듯 아플 때도 있었다. 나와 비슷한 처지에 놓인 많은 아이들은 그런 아픔들을 견디기가 너무 힘들어서 다소 둔감해지는 쪽을 택했다. 그 정도 아픔은 아무것도 아닌 것으로 견딜 수 있게, 부러져 피부 밖으로 튀어나온 뼈를 무심히 핥는 동물처럼 말이다.

하지만 어떤 이유에선지 나는 더 예민해지는 쪽으로 갔다. 세상에서 가장 겁 많은 짐승처럼 남들은 알아차리지 못하는 작은 바람결까지 모두 신경을 곤두세웠다. 아마 아픔과 슬픔을 가장 먼저 감지하고 어떻게든 피하고 싶었나 보다. 되든 안 되든 어쨌거나 그게 내 소망이었다. 내 피부에는 무수히 많은, 보이지 않는 안테나가 돋아나서 세상에 존재하는 모든 아픔들을 감지하고 경계했다. 나는

101

내 안테나가 뜻밖에 시현의 가족을 향하는 것에 놀랐다. 그런 직감은 틀린 적이 없었다.

내가 꿈꾸는 가족의 모습이란 이런 거였다. 시현처럼 사랑받는 외동아들은 저녁을 먹으며 하루 동안 있었던 일들을 부모에게 조잘조잘 이야기한다. 아빠, 우리 반에 전학생이 왔는데 그 아이는 부모가 없대. 그 아이가 내 짝이 되었어. 시현이 엄마는 시현의 숟가락에 반찬을 얹어주며 기억을 떠올린다. 아, 그 아이. 나도 교무실에서 보았어. 장래희망이 탐정이라고 하던데, 참 엉뚱한 아이더구나. 그러면 곽은태 선생님처럼 자상한 아빠는 이렇게 말한다.

"그래? 네가 그 아이의 좋은 친구가 되어주면 참 좋겠구나. 우리 병원에도 보육원에서 살던 윤설이라는 아이가 오는데 말이다…."

"어? 윤설? 내가 말한 그 아이가 바로 윤설인데."

어찌 된 일인지 시현과 곽은태 선생님의 저녁 식탁에서는 그런 대화가 오가지 않았다. 전학 온 뒤로도 몇 번이나 병원을 찾아갔지만 곽은태 선생님은 내가 우상초등학교에 전학 가서 시현의 짝이 된 사실을 몰랐다. 그러니 시현이 나와 다른 아이들을 괴롭힌다는 사실도 까맣게 모르는 것 같았다. 이 엄마들도 모두 시현에게, 그 아이의 행실에 대해 별다른 경계가 없었다. 시현에게 괴롭힘 당하는 윤석과 태운과 다른 아이들의 문제는 아무도 모르는 것처럼, 모두 따사롭고 화목했다.

숲에서 만난 시현의 모습이 나를 거대한 혼돈 속으로 몰아넣었다. 혼자 있는 시현은 무리 속에 있는 시현과 달랐다. 서먹서먹한 아이들과, 사라진 시현과, 두려운 엄마들 사이에서 길을 잃어, 나는 자꾸 화장실로 숨었다. 화장실에서 오래오래 손을 씻고 있을 때, 시현이 엄마가 살며시 들어왔다. 그분의 얼굴에 미소가, 심장을 쿵쿵 뛰게 하는 아름다운 미소가 퍼졌다.

"설아, 어쩌면 그렇게 똑똑하니? 담임선생님도 네 칭찬을 많이 하시더라."

나는 거울에 비친 내 얼굴을 보고 콱 울고 싶었다. 곽은태 선생님을 좋아하는 만큼 나는 그분의 부인께도 최대한 잘 보이고 싶었다. 하지만 거울 속에는 정말 싸가지 없어 보이는 계집애가 발랑 까진 얼굴로 손을 씻고 있었다. 어른들은 나처럼 화장하는 계집애들을 좋아하지 않았다. 아이들과 보이지 않는 기 싸움에서 지지 않으려면 이런 정도의 변장술이 필요했고 특히 엄마들이라는 존재는 언제나 나를 불편하게 만들어서 지금 내 얼굴은 그야말로 볼만하게 사나운 모습이었다. 이 얼굴, 이 표정은 내 마음에도 들지 않았다. 곽은태 선생님의 부인에게 결코 보여주고 싶지 않은 얼굴이었다.

"시현이… 저기 숲에 갔어요."

"그래, 그랬구나. 심통이 잔뜩 났더라니."

시현이 이야기를 할 때 시현 엄마의 볼은 또다시 뽀로통하게 부풀었다. 그것 또한 내 상상과는 다른 점이었다. 나는 엄마들이 자기 자식을 생각할 때는 그 얼굴조차 사랑으로 이글이글 불타오를 거라고 막연하게 상상했었다.

"학원은 어디 다니니?"

"안 다녀요."

"안 다녀? 하나도? 영어도? 수학도?"

"안 다녀요."

온곡초등학교에 다닐 때 이런 일이 있었다. 어떤 엄마가 "설아 너는 학원 어디 다니니?"라고 묻기에 안 다닌다고 대답했더니 "그래, 우리 영준이도 안 다녀, 영어 수학 빼고는"이라고 대답했다. 내가 알기에 그 애는 피아노와 태권도 학원도 다니고 있었다. 하지만 그 엄마는 순도 100퍼센트의 진심으로 자기 아이는 학원에 다니지 않는다고 했다. 나는 그 일이 오래도록 잊히지 않았다. 시현이 엄마도 비슷한 문법을 가진 사람이었다. 그들은 자기들끼리의 합의로 학원 그래프의 원점을 $(0, 0)$이 아니라 $(2, 2)$쯤으로 슬그머니 옮겨놓고 자기들끼리도 자기 위치가 어디인지 헷갈려 했다.

"그러면 학교 끝나면 뭐 해?"

"집에 가요."

내겐 너무 당연한 것을 물어보면서 시현 엄마는 점점 기막히다는 표정이 되었다.

"담임선생님은 네가 올림피아드 문제도 푼다고 하던데…."

시현 엄마가 흐린 말꼬리 속에 "정말로 수학 학원도?"라는 질문이 오므려져 있음을 깨달았다. 내가 지금보다 더 괴상한 사람이 된 기분이었다. 학원에 다니지 않는다고 말하는 것도 지쳤다. 실은 내가 무엇을 잘했다는 건지도 잘 알지 못했다. 담임은 가끔 '자율과제'라며 색다른 수학 문제를 내주곤 했다. 어려우니 하고 싶은 사람만 하면 된다고 했는데, 따로 학원에 다니지는 않아도 학교에서 시키는 건 모두 한다는 주의를 갖고 있었으므로 학교가 끝난 후 아무 할 일도 없는 시간에 집에서 뒹굴거리면서 그걸 들여다보았다. 사흘 정도 드문드문 생각하다가 어찌어찌 푸는 방법을 생각해냈을 때 저녁밥을 먹으면서 내내 혼자 히죽거릴 정도로 기분이 무척 좋았고 어두운 밤길을 뚫고 등교해 아이들과 선생님에게 당장 자랑하고 싶었다. 그건 학원과 아무 상관이 없는 일이었다.

시현 엄마는 화장을 다 고치고서도 화장실을 나가지 않고 그대로 서 있었다. 나도 손을 다 씻었는데도 나가지 않고 우물쭈물 서 있었다. 시현이 가족은 너무나 큰 매혹이라서 아무리 가면 쓴 얼굴로라도 매정하게 등 뒤로 하고 멀어지는 것이 나에게는 불가능했다. 시현에 대한 넘어설 수 없는 두려움에도 불구하고, 나는 그들을 떠날 수 없었다.

"이건 내 생각인데 설아… 혹시… 우리 시현이랑 같이… 공부해 볼 생각 있니?"

심장이 더욱 심하게 쿵쿵 뛰었다. 시현과 같이 공부한다는 게 어떤 건지 모르겠지만, 어쨌거나 곽은태 선생님과 한 발짝 더 가까워지는 것이었다. 매우 격렬한 두려움과 매혹이 한꺼번에 찾아와 어떤 표정을 지어야 할지 알 수 없었다.

화장실 문이 열리고 주환이 엄마가 들어왔다. 시현이 엄마는 나하고 이야기를 나눈 것이 들켜서는 안 되는 일인 양 금세 표정이 굳어져서는 입을 다물더니 얼른 파우치를 정리하고 화장실을 나섰다.

나는 하필 그때 들어온 사람이 미웠다. 시현이 엄마가 내게 한 말이 뭐였는지 잘 몰랐지만, 뭘 어떻게 하라는 소리인지 아무것도 몰랐지만, '같이'라는 말은 분명히 들었다. 그런 중요한 이야기를 그렇게 개복치처럼 중간에 뚝 끝내고 싶지는 않았다.

"얘, 너 학원 하나도 안 다닌다면서? 그런데 어떻게 그렇게 공부를 잘하니?"

주환이 엄마가 얼굴에 퍼프를 톡톡 두드리면서 내게 한 말도 그거였다.

친한 친구 하나 없으면서 이 생일파티에 초대된 것도, 엄마들이 나에게 이만큼 관심을 보이는 것도 모두 나의 성적과 관계가 있었다. 부모가 없다고 무시하던 사람들이 내 성적을 보고서는 갑자기 관심을 가졌다. 심지어 부모가 없기에 더욱 감탄을 자아내기도 했다. 그게 나의 생존 방식이었다. 그 방법으로 웬만큼 성공을 거두어왔지만 기쁘지는 않았다. 무시하고 업신여기는 건 싫었지만 사람들의 시선이 모이는 것도 몹시 불편하고 힘들었다. 나는 사람들의 시선을 어떤 식으로 받아야 하는지 알 수 없었다.

요즈막 나는 스스로도 감당하기 힘들도록 감정이 심하게 요동쳤다. 두 엄마들이 똑같은 말을 했는데, 시현이 엄마 앞에서 비굴하도록 잘 보이고 싶었던 것과는 정반대로 주환이 엄마 앞에서는 머리 꼭대기까지 화가 치밀었다. 내가 우상초등학교에 오면 학교 수준이 떨어져서 곤란하다고 항의하더니, 이제는 괜찮으신가요? 주환이는 학원에 잔뜩 다니는데도 공부를 못해서 속상하신가 보죠? 하고 소리 지르고 싶은 것을 겨우 참았다.

이제야 화장발 세운 내 얼굴이 내 표정과 잘 어울렸다. 나는 못 들을 말을 들은 것처럼 서슬이 파랗게 화가 나서 입을 삐죽거리고 시현처럼 괜한 비웃음을 픽픽거렸다. 주환이 엄마는 반대로 어머, 어머, 하면서 얼굴이 빨개졌다.

"글쎄요. 우리 엄마가 천재였나 보죠."

나는 그렇게 쏘아붙이고 화장실을 나왔다. 누가 보면 내 엉덩이 뒤에 증기기관이라도 달린 줄 알았을 것이다.

잔디밭에서는 레크리에이션이 한창이었다. 하얀 강아지 벡터는 캉캉 짖으며 아이들과 함께 달렸고 물기를 머금은 초록 잔디밭은 더욱 진한 풀향기를 뿜었다. 태양은 생일파티가 열리는 늦여름 토요일 오후를 무한히 지속시키겠다는 듯 머리 위에서 강렬하게 이글거렸다. 나는 영원히 이곳에 갇혀서 개밥에 도토리처럼 떠돌게 될 것 같은 공포에 사로잡혔다.

나는 레스토랑 울타리 밖 정류장에 멈춰 선 노선 버스를 지켜보았다. 낯선 버스였지만 옆면에 적힌 행선지 중에는 지하철역 이름이 있었다. 몇 대의 버스가 지나가는 모습을 망연히 바라보다가, 아무 역이든 지하철을 타기만 하면 이리저리 갈아타고 온곡동 우리 집을 찾아갈 수 있다는 것에 생각이 미쳤다. 레스토랑에서 운행하는 미니버스가 나를 학교 앞에 내려줄 때까지 기다릴 필요 없이 혼자서 집에 가버리면 되는 거였다. 이런 생각을 왜 진작 못 했지? 그 사실을 깨닫자마자 나는 충동적으로 튀어나가 무턱대고 버스에 올라탔다. 버스가 레스토랑에서 멀어지자 배 속 어딘가에서부터 견딜 수 없이 간지러운 통쾌함이 퍼졌다. 하지만 나는 울고 있었다. 왜 울면서 이런 식으로 떠나는지는 스스로도 이해가 가지 않았다.

집에 돌아가는 길은 생각만큼 쉽지 않았다. 너무 많은 감정들이 뒤섞여 나는 쉽사리 길을 잃었다. 내려야 하는 버스 정류장을 한 번 놓쳐서 한 정거장을 걸어서 돌아가야 했고, 지하철을 두 번 환승할 때마다 어김없이 헤맸다. 꼼꼼히 세어본 결과 내가 오늘 통과한 지하철역은 37개였다. 지하철역에서 지상으로 나왔을 때 영원히 이글거릴 것 같던 태양은 어느덧 기가 죽어 설핏 기울어 있었다.

집에 오니 예상대로 이모는 없었고 아침에 내가 빨지 말라고 말해놓은 재킷은 여지없이 세탁기에 시달려 초라해진 모습으로 빨랫대에 걸려 있었다. 쭈글쭈글해진 재킷을 이리저리 주물러보았지만 옛날처럼 선이 살아날 것 같지는 않았다. 얇고 편안하면서도 교복처럼 반듯한 선이 좋아서 중요한 날이면 꼭 챙겨 입던 옷이었다. 이제 생일파티 같은 곳엔 가지 않을 테니 상관없다고 생각하려 했지만 결국은 속이 상해버렸다. 가장 마음에 들던 옷이 망가져버린 것이다.

정말이지 속상한 날이었다. 나에게 소중한 것은 너무 힘겹게 찾아오고 너무 쉽게 사라졌다. 왠지 눈물이 나올 것 같아서 나는 큰 소리로 노래를 부르며 집 안을 돌아다녔다. 원장님이 그렇게 바랐던 대로 앤더슨 가족에게 입양되었다면 이런 옷들을 아주 쉽게 입을 수 있었겠지. 난 무엇 하나 제대로 풀리는 일이 없는 애였다. 사기꾼 같은 인간들에게 입양되었다가 파양당하고, 좋은 가정에 입양되었다가도 무슨 문제가 생겨 돌아오곤 했다. 아무래도 내 인생은 망하는 쪽으로 가는 것 같았다.

알 수 없는 이유로 나는 공부를 잘했다. 그 처음이 어땠는지는 기억나지 않지만, 한번 똑똑한 아이라는 칭찬을 받자 그것이 아주 달콤하다는 걸 금방 깨달았던 것 같다. 그다음부터는 꽃이 햇빛을 향해 고개를 돌리듯 아주 조금씩, 보이지 않게 그쪽으로 향했다. 그리고 이제는 공부를 굉장히 잘하는 아이라는 소리를 듣게 되었다.

나는 왜 학원에 다니지 않고서도 공부를 잘하는 걸까?

우상초등학교에 온 이후로 부쩍 자주 받게 된 그 질문이 나를 미치게 했다. 그 질문은 피할 수 없이 내 부모를 생각하게 했다. 그들이 공부를 잘하는 똑똑한 사람들이었을 거라는 생각만으로도 나는 쉽게 돌아버렸다. 그렇게 똑똑한 사람들이 왜 아이를 쓰레기통에 넣었을까? 그들이 내 부모인 것을 생각하면 나는 이 세상에 둘도 없이 멍청하고 인간성은 거지 같은 쓰레기여야 옳았다. 내가 확실한 쓰레기로 살지 않으면 그들이 조금이라도 괜찮은 인간이 될까 봐 걱정이었다. 하지만 쓰레기처럼 살고 싶진 않았다. 똑똑하다고 칭찬받고 좋은 성적에 부러움을 받으며 살아왔는데, 그걸 다 버리고 쓰레기로 돌아가기는 싫었다.

이모와 원장님, 나를 사랑하고 믿어주는 사람들이 있으니까 친부모 따위는 다 잊어버리고 살겠다고 마음먹곤 했는데, 자취도 없는 그들이 자꾸만 내 삶으로 밀치고 들어올 때면 나는 견딜 수 없는 기분이 되었다. 죽을 때까지 그들의 망령에서 헤어나지 못할 것 같았다. 오늘 각자 아름답게 차려입고 자기 아이들을 챙기는 엄마들을 너무 많이 보아서 나는 또 속이 뒤틀리고 말았다. 할 수만 있었다면 그 엄마들은 내가 가진 좋은 것을 모두 빼앗아 자기 아이의 손에 쥐여주었을 것이다. 그 엄마들은 내 성적을 빼앗아 자기 아이의 손에 쥐여주고 싶었으나 그럴 수 없었을 뿐이다. 이런 망상에 시달릴 땐 목이 터져라 노래를 부르곤 했다. 핏대를 올리며 소리소리 지르다 보면 마음이 조금 풀렸다.

초인종이 울리고 문 두드리는 소리가 났다. 너무 고래고래 소리를 질러대서 옆집에서 항의하러 온 줄 알고 나는 얼른 노래를 멈추고 방으로 숨었다. 조용히 하면 갈 줄 알았는데 문 앞의 사람은 "설아, 윤설!" 하면서 내 이름을 불러대기 시작했다. 그 소리가 담임의 목소리인 것을 깨닫고 머릿속이 하얘졌다. 담임이 어떻게? 왜 우리 집에?

나는 이불 속에 고개를 처박고 꼼짝도 하지 않았다. 하지만 담임은 포기하지 않았다.

"설아, 문 열어! 노래 부르는 소리 다 들었어!"

결국 문을 열었다. 아무튼 내가 무언가 잘못했을 것이다.

문을 열자 담임은 터무니없이 눈물마저 글썽글썽하더니 늘 그렇듯 감격에 겨워서 나를 덥석 끌어안았다.

"설아! 얼마나 걱정했는지 알아?"

"왜요?"

"생일파티 하다가 없어졌다고 하니까!"

내가 생일파티에서 말없이 사라진 것이 집까지 찾아올 만큼 큰일인 것이 당연하다는 듯 담임은 나를 꺼안고 한바탕 울더니 집으로 들어왔다. 그녀가 우리 집에 들어오는 게 싫었지만 막을 방법이 없었다. 우리 집에는 매달 찾아오는 복지사님 말고는 방문하는 사람이 없었다. 온곡초에 다닐 때 이모네 집이 임대아파트라고 싫은 소리를 들은 적이 있었다. 이모와 함께 사는 우리 집이 남들의 비웃음을 사는 줄을 그때 처음 알았다. 온곡초에는 나처럼 이 아파트에 사는 아이들이 많았는데도 그랬다. 우상초등학교에는 임대아파트에 사는 사람이 한 명도 없을 것이다. 학교가 문 연 이래 내가 최초일지도 모른다.

아니나 다를까 담임은 우리 집을 한번 둘러보고 눈이 아롱아롱해졌다. 나는 고개를 푹 숙였다. 담임은 나의 가난을 업신여기지 않았다. 오히려 내가 가난하고 불쌍한 처지라서 특별히 더 잘해주려 애를 썼다. 하지만 그것도 몹시 싫었다. 담임의 친절도 함박웃음도 모두 싫었다. 왜 싫냐고 묻는다면 할 말은 없었다. 이 학교에 전학 오고 나서는 무엇이 좋은 것이고 무엇이 싫은 것인지 모두 헷갈려버리고 말았다.

나는 싫은 기색을 겨우 절반밖에 못 감춘 채로 담임에게 시원한 매실차를 대접했다. 매실차는 이모가 통백식당에서 직접 매실로 담근 거라서 맛이 아주 좋았다.

"설아, 시현이랑 같이 있었니?"

"시현이요?"

"응. 생일파티에서 너하고 같이 나왔나 해서."

"아니요."

나는 시현이 숲으로 돌아서던 모습을 생각했다. 국립공원으로 이어지는 그 길을 따라 시현은 사라진 거였다. 그러면 곽은태 선생님은 지금 시현을 찾아 헤매고 있을까?

"그런데 왜 갑자기 떠났어? 생일파티에서 속상한 일이라도 있었니?"

담임은 내 손을 덥석 잡았다. 나는 얼른 손을 뺐다. 나는 이모 말고 다른 사람이 내 몸을 만지는 걸 아주 싫어했다.

"은수는 네가 왜 갑자기 갔는지 모르겠다고 하던데. 왜 말도 안 하고 사라졌어?"

"그거 때문에 오신 거예요?"

정말이지 엉망진창인 하루였다. 아침에는 긴장하긴 했어도 어느 정도 기대가 없지는 않았다. 생일파티가 어쩌면 즐거울 수도 있다고 억지로나마 기대감을 부풀렸다. 몇 번은 그런 적도 있었다. 온곡초등학교에 다닐 때 생일파티에 초대를 받았는데 초대받은 사람은 나를 포함해 딱 세 명뿐이었다. 생일상은 놀랍도록 간단했다. 잡채와 오징어튀김. 그 아이는 잡채와 오징어튀김을 제일 좋아한다고 했다. 각각 양푼으로 하나 가득이었다. 우리 반 아이들 모두 먹어도 남을 것처럼 많은 양이었다. 우리는 처음엔 얌전하게 식탁에 앉아서 먹었지만 나중에는 튀김 하나씩 손에 들고 우적우적 씹어먹으

112

면서 돌아다녔다. 나는 오징어튀김을 별로 좋아하지 않았지만 그날 이후로 좋아하게 되었다. 우리는 하루 종일 튀김 먹다 잡채 먹다 하면서 놀았다.

그 집에서 나는 드물게 편안함을 느꼈다. 걔네 엄마는 우리가 뭘하든 다 오케이였다. 심지어 내게 누구냐고 묻지도 않았다. 달고나를 해 먹는다고 국자에 설탕을 부었을 때 조심하라고 하고, 가스 불 앞에서 우리를 도와주었을 뿐이었다. 쉽게 긴장하고 경계심을 놓지 않는 나조차도 나중엔 마음이 편해져서 게임을 하며 막 시끄럽게 소리를 지르기까지 했다. 세상엔 그렇게 재미있는 생일파티도 있다는 걸 처음 알았다. 그 이후론 생일파티에 초대받으면 그날처럼 즐겁게 놀 수 있을지도 모른다는 작은 기대를 품었다. 하지만 어둑어둑하게 해가 지는 지금, 오늘 하루는 특히나 최악으로 끝나고 말았다. 그렇게 즐거운 생일파티는 다시 오지 않을지도 모른다.

"우리 설이… 선생님이 설이를 얼마나 특별하게 생각하는지… 알지?"

"… 네."

"생일파티에서 무슨 일이 있었던 거야? 친구들이 설이한테 무슨 속상한 말이라도 했니? 설아, 선생님한테 말해봐. 뭐든지 다 말해도 된단다."

시현이 내 의자를 발로 차는 순간에 교실에 들어와놓고도 아무것도 알아차리지 못했으면서 어려움이 있으면 뭐든 다 말하라는 소리는 빼놓지 않았다. 오늘 내가 그림자처럼 느껴졌다거나 엄마들이 무섭고 싫었다고 이야기해봤자 담임은 또 아무것도 알아듣지 못할 것이다. 모두 착한 아이들이고 엄마들이 너를 인정하기 때문에 그런 거라고, 그들의 유료 대변인이라도 된 것처럼 열띤 변론을 길게 늘어놓을 것이다. 결국 내 마음이 비뚤어져서 그들의 착한 속마음을 받아들이지 못하고, 오해하고 착각했다는 소리였다. 그런 소리는 다 지겨웠다. 내가 무사한 것을 확인했으니 담임이 얼른 돌아가주기만을 바랐다.

하지만 일은 내 바람대로 돌아가지 않았다. 아직 토요일 오후 여덟 시, 통백식당 저녁 장사가 마무리되지 않았을 시각인데 이모가 덜컥 집으로 들이닥친 거였다. 이모는 담임과 함께 있는 나를 보자 하늘이 무너졌다 다시 올라간 얼굴이 되었다.

"설아! 아이고 하느님. 나는 우리 설이가 어떻게 된 줄 알고…."

내 뚱한 반응에 혼자 재미가 없었던 담임은 이제야 함께할 동지를 만나서 완전히 신이 나버렸다.

"그쵸! 저도 설이에게 무슨 일이 생긴 건 아닐까 한달음에 달려온 거예요! 우리 설이가 무사하게 집에 있는 걸 보니 얼마나 기쁜지…."

"설아, 왜 그랬니! 이모가 얼마나 놀랐는지 알아?"

이건 굉장히 억울한데, 나는 혼자 속으로만 생각했다. 이모가 일할 때는 내 마음대로 돌아다니는 게 일상이었다. 나는 원래 변덕쟁이였고 휴대폰은 가져본 적이 없었다. 잠시 연락이 되지 않는다고 해서 이모가 이렇게 놀라 자빠진 적은 한 번도 없었다. 그러니까 이모를 놀라게 한 건 내가 아니라 담임이었다. 하지만 이런 사정은 나 혼자 꿀꺽 삼키고, 이모에게는 내가 잘못했다고 사과하는 수밖에 없었다.

"이렇게 집까지 찾아와주시구… 어쩌나, 대접할 것도 없는데… 감사합니다, 선생님. 먼 길 오셨는데, 저녁이라도 드세요. 반찬은 없지만 뭐라도 조금….

밥솥에는 따뜻한 밥이 있었고 냉장고에는 통백식당의 자랑거리인 빨간 돼지불고기와 파김치가 늘 있었다. 담임은 딱 이걸 바랐던 게 분명했다. "힘드실 텐데 저녁까지…"라고 말하는 얼굴에 기쁨이 가득했다. 작은 밥상에 넘치도록 풍부한 돼지불고기 반찬 하나로 우리 셋은 저녁밥을 함께 먹었다.

"설아, 선생님한테 이야기해봐. 왜 친구들에게 말도 하지 않고 생일파티에서 나온 거니?"

"그냥, 6학년이니까 벌써 다들 익숙하고 친한데 저만 처음 와서… 좀 외톨이 같아서 그랬어요."

"선생님, 우리 설이가 학교에서 친구들이랑 잘 못 지내나요?"

그러자 담임은 밥숟가락을 놓고 내 두 손을 덥석 쥐는 거였다. 원래 감동하면 아무 때나 두 손을 쥐는 게 버릇이라서 밥 먹다가도, 노트 필기 하다가도 담임에게 두 손을 빼앗기고 황당할 때가 한두 번이 아니었다.

"못 지내기요. 우리 설이가 어떤 앤데요. 이모님이 가장 잘 아시잖아요 우리 설이는… 기적 같은 아이인 걸요. 설이가 처음 우리 반에 왔을 때… 저는 그 춥고 무서운 곳에서 발견된 천사 같은 아기를 금방 기억해냈어요."

이모는 담임 입에서 그 이야기가 나오자 당황했다. 음식물 쓰레기통이나 과일 바구니 같은 자극적인 이야기들이 나에게 충격을 줄까 봐 원장님은 내 앞에서 그 이야기를 하는 것을 금지시켰다. 그렇게 애를 썼음에도 사람들은 나에 대해 소곤거렸고, 목소리를 아무리 낮추어도 그 이야기들은 어쩐 일인지 내 귀에 스며들어왔다. 그리고 들을 때마다 나에게 상처가 되었다.

"어린 설이 모습이 잊히지 않았어요. 보육원 원장님이 눈 오는 새해 첫날 발견되었으니 설이라고 부르겠다고 하셨던 것도… 그 방송을 보면서 얼마나 울었던지…."

방송!

그동안 오리무중이던 내 출생의 퍼즐 조각 하나가 딸각 소리를 내며 맞아들어갔다. 풀잎보육원에 자원봉사자가 아무리 많았다고 해도 너무 많은 사람들이 내 이야기를 알고 있는 것이 이상하다고 생각하곤 했다. 재수 없게 나는 그 꼴로 방송까지 타버린 거였다. 그동안 이모와 원장님은 그 방송을 나에게 숨기기 위해 갖은 노력을 다했을 것이다. 벌써 12년 동안 숨겨왔으니까 꽤 성공한 셈이었다. 그걸 담임이 오늘 간단하게 깨버렸다. 이모의 얼굴을 보지 않아도 얼마나 하얗게 질려 있을지 알 수 있었다.

"그때 저는 대학생이었는데, 그 방송을 보고 장차 선생님이 되어서 어려운 아이들을 많이 도와주어야겠다고 결심했거든요. 그런데 설아, 정말로 네가 우리 반에 온 거야. 설아! 이게 기적이 아니고 뭐겠니?"

담임에게 새삼 미운 마음이 끓어올랐다. 오늘 하루의 일들이 너무 뒤죽박죽이라서 머리가 복잡했지만 우상초등학교는 나 같은 아이들을 만나기에 썩 좋은 장소가 아니라는 건 확실했다. 그런 결심을 해놓고 그 학교에 있다니, 거기서 누굴 돕겠다는 건지, 나와 태운이가 눈앞에서 뻔히 박살 나는 동안 무엇이 좋다고 시종일관 함박웃음뿐인지, 정말이지 이해할 수 없는 사람이었다.

"이모님을 꼭 뵙고 인사드리고 싶었어요. 이렇게 설이를 훌륭하게 키워주셔서 감사하다고요. 이모님은 정말 훌륭한 분이십니다."

"아, 네… 저는 아무것도…."

"제가 이모님께 부탁드리고 싶은 건, 우리 설이가 타고난 많은 재능들을 꽃피울 수 있게 도와주시란 거예요. 제가 교사 생활을 오래 했지만 우리 설이만큼 재능이 뛰어난 아이는 정말이지 드문 경우라서요."

"우리 설이가 그렇게… 잘하나요?"

"그럼요! 우상초등학교는 다른 학교들과 달라요. 일찍부터 외국어, 글쓰기, 과학, 심화사고력 등 다양한 교육을 받는 아이들이죠. 하지만 설이는 학원이나 사교육의 도움 없이도 그 아이들보다 뛰어나거든요. 학부모들 사이에서 벌써 소문이 파다하게 났답니다. 우리 설이가 천재라고."

담임은 나에게 가장 좋은 소식을 전하기라도 한 것처럼 기쁜 얼굴이었지만 나는 가슴이 철렁했다. 나는 천재가 아니었다. 천재인 척한 적도 없었다. 이 사람들은 나를 제멋대로 오해하고, 이모에게도 잘못된 정보를 전달하고 있었다.

"제가 어떻게 해야 하죠, 선생님."

"우리 설이가 날개를 달 수 있도록 밀어주셔야죠!"

"어떡해야 설이 같은 아이를… 저는 배우지도 못했고, 아는 게 없어서…."

이모는 큰 잘못을 저지르기나 한 것처럼 어깨를 떨구었다.

"제가 이렇게 설이를 데리고 있는 거, 설이한테 안된 일이죠. 우리 설이는 좋은 가정에서 자라야 하는데… 원래는 원장님이 잠시만 맡아 데리고 있으라고 하셨는데, 일이 자꾸 꼬이다 보니…."

"그러면 이모님은 언제부터 설이를 데리고 계신 거예요?"

"집으로 데려온 거는 설이가 1학년 때였어요. 두 번째 입양 갔다 돌아오고 나서 설이가 말을 안 하는 증세가 생겼어요. 함묵증이라고. 그렇게 말을 잘하던 아이가 아무 말도 안 하고 표정도 없고. 그때 하필 원장님도 아프서서 보육원을 떠나시게 됐어요. 그래서 제가 용기를 내서 원장님께 설이를 데리고 있겠다고 말씀드렸어요."

"그러셨구나…."

내 어린 날의 기억들은 흐릿하기 그지없었다. 풀잎보육원도, 그곳에 있었던 원장님도 이모도, 나의 입양 가족들도 거의 생각나지 않았다. 내 기억이 또렷해지기 시작한 것은 이모 집에 함께 산 이후부터였다. 그 첫 기억도 한밤중의 일이었다. 나는 이유 없이 잠에서 깨어 창문으로 새들어오는 가로등 불빛에 비친 이모의 잠든 얼굴을 내려다보다가, 갑자기 울음을 터뜨렸다. 이모는 잠에서 깨어 왜 그러지 왜 그러지 하면서 나를 안고 허둥거렸는데, 그때 말은 안 했지만 실은 나는 잠자는 이모의 얼굴이 푸르스름하게 보이는 것이 무서워서, 이렇게 밤마다 사람이 푸르게 변한다면 어느 날 내가 보는 앞에서 이모가 죽을 것 같아 겁에 질렸던 거였다.

"원장님이 건강하셨으면 설이가 이렇게 고생을 하지 않았을 텐데. 그때 아프지만 않으셨으면 저에게 설이를 맡기지도 않았을 거예요. 원장님은 설이를 좋은 가정에 보내서 최고로 잘 키우려고 정말로 애를 쓰셨어요."

"새해 특집 프로그램에 나오는 바람에 설이는 주목을 많이 받았겠죠. 많은 사람이 충격을 받았고… 원장님도 책임감을 대단히 느끼셨을 거예요."

또다시 얼굴이 뜨거워졌다. 내가 오물을 뒤집어쓰고 풀잎보육원에 나타난 이야기는 아무리 들어도 적응되지 않았고 그 장면이 떠들썩하게 방송까지 탄 것은 최악 중의 최악이었다. 평범함이란 나에게 가장 달성하기 어려운 가치라서, 평범한 가정을 갖기는커녕 조용히 보육원에 입소하는 많은 유기아동의 평범함조차 갖추지 못한 것이었다. 시간이 흘러서 그 일을 기억하는 사람이 드물어진 것이 유일하게 다행스러웠는데, 담임을 만나서 잊힘의 안도조차 빼앗기고 말았다.

"이모님, 제가 오늘 드릴 말씀이 있는데…."

담임은 그렇게 운을 떼더니 말을 멈추었다. 이모는 나에게 밥 다 먹었으면 방으로 들어가라고 했다.

"TV 봐도 돼요, 이모? 방에 들어가면 할 일이 없어요."

이모에게 물었는데 담임이 대답했다.

"TV 말고 책을 읽지 그러니, 설아."

"책 없어요. 도서관에 모두 반납했어요."

이모는 다소 버릇없는 내 대답에 당황해서 더듬더듬 변명을 늘어놓았다.

"제가 책을 많이 사줘야 하는데… 설이는 늘 도서관에서 보면 된다고만… 제가 설이를 잘 돌보지 못해서, 설이가 TV를 많이 보게 되는 것 같아요."

우리 집은 손바닥만 하게 작기 때문에 방으로 들어가 문을 닫는다 해도 두 사람과 나 사이의 거리는 얼마 되지 않았다. 둘이 목소리를 낮추어 의논하는 소리가 자꾸 귀를 파고들고, 나도 모르게 거기에 귀 기울이게 되는 것이 싫었다. 두 사람의 신경 쓰이는 대화를 잊으려면 영화를 보는 편이 나을 것 같았다.

나의 영원한 인생 작품, 〈헝거게임〉이었다. 초등학교 4학년 때, 나를 무시하던 아이가 영어로 된 《헝거게임》책을 학교에 가져와서 자긴 벌써 이런 책을 읽는다고 우쭐거렸다. 며칠 후 나는 학교 벤치 아래 그 책이 떨어져 있는 것을 발견하고 단숨에 내 가방에 처넣었다. 그 아이의 책인 것을 잘 알았지만 돌려줄 생각은 손톱만큼도 없었다. 깨알처럼 자잘한 영어 알파벳이 빼곡히 박힌 첫 페이지를 들춰

보며 난감해하다가, 그 아이의 젠체하는 얼굴이 생각나 읽기 시작했다. 아는 단어는 거의 없다시피 했지만 그래도 오기로 읽었다. 그 아이를 향한 미움이나 내가 영어로 된 책에 도전한다는 흥분 같은 것이 내 등을 떠밀어 자꾸만 페이지를 넘기게 되었다.

뜻밖에도 거의 첫 페이지부터, 나는 헝거게임에 빠져들었다. 헝거게임이라는 제목부터 가슴 떨리게 멋졌다. 살아남기 위해 목숨을 내걸고 달리는 캣니스 에버딘의 투쟁은 조금도 남의 일 같지 않았다. 내가 살면서 느끼는 갈증과 분노를 캣니스가 대신 터뜨려주는 것 같았다. 모르는 단어가 절반도 넘었지만 흐름만 따라 띄엄띄엄 읽는 정도로도 어마어마한 만족감을 느꼈다. 나는 책이 너덜너덜해지도록 읽고 또 읽었고 이모에게 부탁해서 속편 두 권도 샀다. 이모는 겨우 책 두 권이 너무 비싼 것에 깜짝 놀랐지만, 아이가 벌써 이 책을 읽냐고 묻는 엄마들의 질문에 굉장히 으쓱해서 필요 없는 다른 책까지 몇 권 더 집어 들었다.

훗날 학교 도서관에서 한글로 된 《헝거게임》도 접하게 되었지만 Katniss를 캣니스라고 한글로 써놓은 것이 너무 눈에 낯설어서 한 권도 다 읽지 않고 반납하고 말았다. 지역 도서관에서 DVD를 빌려 영화를 보고선 분실했다고 거짓말을 했다. 책 속에서 상상만 하던 캣니스의 모험이 생생한 현실처럼 눈앞에 나타난 것에 감격해서 도저히 도서관으로 돌려보낼 수가 없었다. 책과 DVD 모두 도둑질을 한 거나 비슷했지만 어쨌거나 '헝거게임'은 내 삶의 일부가 되었다.

나는 낮은 소리로 대사를 웅얼거리며 영화를 봤다. 처음에는 캣니스의 대사를 따라 하다가, 나중엔 모든 등장인물의 대사를 통째로 외웠다. 화살이 날아가는 효과음과 새소리까지 모두 따라 했다. 우상초등학교에 전학 신고를 하던 날 모두를 놀라게 한 내 영어회화 실력은 바로 헝거게임 덕분이었다. 헝거게임은 나를 미치게 만들고, 살아남기 위해 달리는 캣니스가 되게 했다.

캣니스와 피타의 공동우승이 확실해지자 캐피톨이 불법적으로 경기 규칙을 바꾸는 장면에서 늘 그렇듯 나는 극도로 흥분했다. 가슴속에서 화염이 터졌다. 하지만 영화 속 캣니스는 냉정하다. 차갑게, "그렇게는 못 하지"라고 말하고 독이 든 딸기를 손에 쥔다. 나또한 손에 쥔 딸기의 감촉을 느끼다가 문득 나를 바라보는 시선을 느꼈다. 이모가 "설아, 설아", 하고 나를 부르고 있었고, 어느새 담임은 핸드백을 챙겨 들고 현관 앞에 서 있었다. 하필 이 장면에서 가다니! 정말 꼭 담임다운 일만 한다. 나는 가벼운 분노를 느끼며 '헝거게임'의 세계에서 정말 어렵사리 빠져나왔다.

"설이는 앞으로도 잘할 거예요. 지금까지 별 노력 없이도 이만큼 했다는 건 머리가 정말로 좋다는 뜻이니까요. 하지만 우리 학교에도 뛰어난 아이들이 많은데, 머리 좋은 것만 믿지 않고 정말 열심히 노력해요. 온 가족이 힘을 합쳐 밀어주고요. 설아, 앞으로는 그런 애들이랑 경쟁해야 하는 거야."

담임은 나를 보면 언제나 감동 일색이었는데, 지금은 말투가 조금 달랐다. 칭찬하는 말에 열기가 없었다. 약간 한심하게 여기는 것 같기도 했다.

"설아, 이제 열심히 공부해, 응? TV만 보지 말고."

문을 닫기 전 담임이 마지막으로 한 말이었다.

아파트 입구까지 따라나가서 담임에게 수없이 허리 굽혀 절을 하는 이모의 뒷등에 나는 남몰래 눈을 흘겼다. 치켜 올라간 내 눈꼬리를 어둠이 감춰주어 다행이었다. 내가 쓰레기통에서 꺼내지는 모습이 방송에 나왔다니. 이모는 그걸 지금까지 감쪽같이 숨겨 왔다니. 못 믿을 사람이다. 완전히 믿으면 안 되겠다.

내가 속으로 무슨 생각을 하는지도 모르고, 담임이 다녀간 후 이모는 달라졌다. 집으로 돌아오자마자 제일 먼저 이모는 단호하게 TV를 껐다. 캣니스가 죽음의 딸기를 먹고 헝거게임을 끝내려는 것에 당황한 캐피톨이 허둥지둥 규칙을 바꾸려는 참에 화면이 어두워져버렸다. 나는 비명을 질렀다.

"이모! 왜 그래!"

"이제 TV는 그만 봐라."

"금방 끝난단 말이에요!"

"안 돼. 여태 보았잖니."

"5분만! 아니 3분만 더 보면 돼요!"

"방금 선생님이 그러셨잖아. TV만 보지 말고 이젠 공부를 하라고."

그동안 우리 집에서는 내가 TV를 보든 이상한 잡지에서 은밀한 성 지식을 습득하든, 무엇을 하든 내 맘대로였다. 이모는 내가 뭘 하는지 전혀 몰랐고 내가 하려는 것을 강제로 그만두게 한 적도 한 번도 없었다. 담임은 방금 매우 이상하고 유해한 무언가를 이모에게 주입하고 떠난 것이 분명했다. 배 속에서 분노가 부글부글 끓어올랐다.

"어쩌면 좋으니. 내가 이렇게 뭘 몰라서, 너를 TV만 보고 크도록 여태 내버려두었으니. 그러니 원장님이 그렇게 속상해하신 거겠지. 이제 중학교에 가야 하는 중요한 때가 왔는데. 이제 이모도 TV를 보지 않으련다."

이모가 고된 하루의 시동을 걸기 전에 소소한 지식을 충전하는 아침 방송이나 힘든 일과를 마치고 휴식처럼 즐기는 저녁 드라마를 왜 그만두겠다고 하는 건지도 전혀 이해할 수 없었다.

"공부는 어떻게 하고 있니? 문제집, 문제집은 풀어봤어?"

"아뇨."

단원평가를 볼 때 아이들이 문제집을 푸는 것을 가끔 보기는 했지만 나에게 그런 것이 필요하다고 생각한 적도 한 번도 없었다. 이모는 내 책상에서 문제집을 한 권도 발견하지 못하자 울상이 되었다.

"아이고, 어쩌면 좋으니. 정말로 문제집이 한 권도 없단 말이야?"

"응. 하지만 필요 없어요."

"내일 서점에 가서 문제집을 사자."

"왜요? 필요 없다니까요."

"이 이모는 무식해서, 선생님이 문제집을 꼭 풀라고 하시던데 여태 문제집이 뭔지도 깜깜하게 몰랐으니. 국어랑 영어랑 수학을 사면 되는 거니?"

"이모, 진짜 사지 마요! 문제집이 얼마나 비싼데!"

이모는 눈물이 글썽글썽한 눈으로 나를 보았다.

"원장님이 이래서 너를 좋은 집안에 보내려고 그렇게 애를 쓰셨던 거야. 설아, 돈 걱정하지 말고 책 사서 공부해. 응? 선생님이 너, 공부 잘한다고, 뒤처지지 않게 밀어주라고 당부하시더라. 우리 설이가 나중에 좋은 부모님 만나고 훌륭한 사람 되려면 그때까지 공부 잘하고 똑똑하게 커야지."

"악! 이모, 정말 왜 그래! 문제집 살 돈 있으면 차라리 〈헝거게임 더 파이널〉이나 사줘! 나 그걸로 영어 공부한단 말이야!"

"거기가 어떤 학곤데, 영화 보는 게 무슨 공부가 된다고. 거기선 진짜 공부를 해야지."

이모는 이제야 뭘 좀 알겠다는 눈빛이 되어서는 내 말을 싹 무시하는 거였다. 이모가 이런 식으로 말한 적은 정말로 처음이라서 나는 입이 딱 벌어졌다.

그러더니 그예 서점에 가서 이것저것 문제집들을 사 왔다. 문제집 맨 뒤 페이지에 적힌 가격표를 보며 나는 속이 쓰라렸지만, 이모는 드디어 제대로 된 뒷바라지를 하고 있다는 기쁨에 뿌듯해하는 얼굴이었다. 그리고 어디서 구했는지 구형 폴더폰을 건네주며 이제부터 이걸 들고 다니라고 했다. 앞으로는 어디 있는지 꼭 이야기하고, 연락 없이 사라지면 안 된다는 거였다.

며칠 후 아침, 시현은 등교하지 않았다. 몇몇 아이들이 나에게 시현이 왜 안 오느냐고 물었다. 내가 어떻게 아냐고 퉁명스럽게 대답했는데, 생일파티에서 나와 시현이 함께 사라지는 바람에 우리가 뭘가 특별한 사이라는 소문이 돌아버린 모양이었다. 나는 원래 유명했지만 갑자기 좀 더 유명해졌다. 어떤 식으로든 시현과 함께 엮이는 상대는 시현만큼이나 눈길을 끌 수밖에 없는 거였다. 시현은 3교시가 지나서야 뾰족한 표정으로 교실에 모습을 드러냈다. 날렵하기이를 데 없던 시현의 해골 커버 스마트폰은 내가 처음으로 갖게 된것과 비슷한 '구석기폰'으로 바뀌어 있었다.

시현을 데려온 것은 곽은태 선생님이었다. 곽은태 선생님은 복도에서 담임선생님과 짧게 이야기를 나누고 서둘러 사라졌다. 곽은태 선생님의 시선은 오로지 시현에게만 못 박혀 있었다. 내가 시현의 바로 곁에 있는데도, 눈길이 스쳤는데도 나를 알아보지 못했다. 마지막까지 단호하게 시현에게만 눈길을 못 박고 사라지는 덩치 큰뒷모습이 내 가슴에 아련한 생채기를 남겼다. 그렇게 자기 아이만바라보는 사람, 그것이 아마도 진짜 부모일 것이다.

5

"이사장님, 윤설입니다."

"이사장님, 우리 설이가 참 장한 학생입니다. 어려운 환경에도 굴하지 않고 뛰어난 학업 성취를 이루었으니까요."

"그렇습니다. 우리 우상 어린이들에게 좋은 자극이 되어주고 있습니다, 이사장님."

이사장이라는 사람은 내 모습에 깜짝 놀란 것 같았다. 어른들은 누구나 내 쥐 잡아먹은 입술과 강한 아이라인에 일단 놀라고 보았다.

"생각하고는 다르게 생겼구먼."

"요새 아이니까요. 설이는 똑똑한 만큼 개성도 아주 강합니다."

"우리 우상초 어린이들은 한 번도… 저러지 않았는데."

이사장은 내가 빨강 칠을 해놓은 우상초의 명예가 안타까워서 쯧쯧 혀를 찼다. 내가 얼굴에 처덕처덕 바르고 온 가난한 동네의 천한 문화를, 이사장은 당장 때수건으로 박박 문질러 닦아내고 싶어서 몸서리를 쳤다.

"우리 우상초등학교 아이들이 순수한 편이죠. 설이가 아직 전학 온 지 얼마 안 되어서… 일반 학교 아이들은 초등 때부터 화장을 많이 하니까요. 이제 차츰 우리 우상초등학교 분위기에 적응해나갈 겁니다. 그렇지, 설아?"

온곡초에 다닐 때는 화장 따위 돈 드는 일을 하지 않았다. 나를 만만하게 보는 우상초 아이들 속에서 살아남기 위해 온 힘을 다해 발악한 것이 바로 지금 이 모습이었다. 교통비도 부담스러운 처지에 화장품값을 마련하느라 상금이 걸린 모든 대회에 참가한 것이 엉뚱한 작용을 해서, 나는 이렇게 교장실에서 이사장, 교장, 교감, 담임과 함께 한자리에 앉고 말았다.

"머리가 아무리 좋아도… 인성이 우선이야. 머리만 믿고 까불다가는 아무것도 될 수가 없어요."

이사장의 마뜩잖은 반응에 사람들은 적잖이 긴장했다.

"아직 부족한 점이 많지만, 설이에겐 우리 우상 어린이들이 본받을 점이 있어요. 영어 교육이다 창의력 수업이다 해외 연수까지 다녀오는 풍요로운 교육 환경 속에 있지만 우리 아이들은 그런 혜택을 당연하게 여길 때도 많지 않습니까? 설이가 수업하는 모습을 보면 놀라게 됩니다. 모든 걸 빨아들일 기세로 무섭게 집중하는 모습… 그런 모습을 보면서 저는 남몰래 감동하고, 교사가 된 보람을 다시 느껴요. 설이가 꿈을 찾고 타고난 좋은 자질들을 꽃피워나갈 수 있도록 도와주세요, 이사장님."

나는 담임을 보았다. 언제나 남 듣기 좋은 말만 하는 지루한 사람이라고 생각했는데, 오늘 그녀의 말은 왠지 나름 고마웠다. 나는 내가 어떤 모습으로 살아가는지 몰랐는데, 그녀의 말이 사실인 것 같았다. 서로 끼리끼리 친한 아이들 속에서 나 혼자 섬처럼 떨어진 느낌을 잊으려고 나는 더 수업에 매달렸으니까 말이다. 아이들하고는 한마디도 나누지 않은 날들이 종종 있었다. 그렇게 하루 수업이 끝나면 기분이 좋을 때도 있었지만 왠지 슬퍼질 때도 있었다.

"우리 우상학원에 걸맞은 글로벌 인재로 자라나려면 품격도 중요하고, 겸손해야 하고, 배워야 할 것이 많은데…. 윤설이란 학생이 그런 걸 정성껏 배울 생각이 있을지…."

"설아, 이사장님께 자신 있게 약속드려. 앞으로 우리 우상학원의 명예를 빛내는 훌륭한 인재로 자라날 수 있지? 응?"

"사회통합전형으로 설이처럼 뛰어난 인재를 선발한다면 우상국제중을 위해서도 좋은 일이고요."

"이사장님, 설이는 이사장님의 기대를 저버리지 않을 겁니다."

선생님들은 이사장에게 뭔가를 간청했고 이사장은 마땅치 않은 얼굴이었다. 나는 그것이 나와 관련된 것임을 알았지만 정확하게 무슨 일이 벌어지고 있는지는 잘 몰랐다.

"네가 열심히 공부하기만 하면 이사장님께서 우상국제중학교, 나중에는 영재학교까지 밀어주시겠다고 약속하신 거란다."

이사장에게서 뭔가 허락을 받았다고 생각하고 싱글벙글하는 담임이 나중에 설명해주었다.

우상초등학교와 한 울타리 안에 우상국제중학교가 있었다. 딱 한 학기만 우상초등학교에 다니고 졸업할 거라고 생각했지, 이 울타리 안에 몇 년이나 더 머물 생각은 꿈에도 해보지 않았는데 내 운명은 점점 더 심술궂은 카드들을 내밀었다.

이사장에게는 내가 뛰어난 성적으로 장차 우상중학교를 빛낼 거라고 약속하고, 나에게는 중고등학교 내내 학비 걱정을 할 필요가 없을 거라고 약속했다. 그러니까 이것은 일종의 거래인 셈이었다.

이사장은 돈이 많으니까 학비를 대주겠다는 약속을 쉽게 지킬 수 있을 것이다. 하지만 나는 약속을 지킬 수 있을까? 외국은커녕 경기도 바깥도 나가보지 못했는데 글로벌 인재가 될 수 있을까? 글로벌 인재는 대체 뭘까? 영재학교는 또 뭔가? 국제중학교랑 같은 건가 다른 건가? 나는 영재가 아닌데 영재학교에 가라는 말인가? 약속을 지키지 못하면 어떻게 되는 걸까? 이모가 내 학비를 갚아내야 하는 걸까? 그리고 내가 우상국제중학교에 가는 건 언제 정해진 걸까?

"안 갈래요. 저는 싫어요."

"왜? 너는 충분히 할 수 있어."

"저는 그런 곳에 다닐 돈이 없어요."

"돈? 설아, 그런 건 걱정하지 않아도 돼."

"걱정돼요. 제가 지금 여기 다니는 것도 우리 이모한텐 힘든 일이에요."

"설아, 이사장님께서 네가 열심히 하기만 하면 장학금을 주시겠

130

다고 약속하신 거야. 그리고 나라에도 여러 가지 지원금들이 있고. 그러니까 돈은 걱정이 아니라니까."

담임은 비싸지 않다고 강조했지만 얼마가 되었든 우리 형편에는 큰 부담이었다. 우상초등학교에 다니면서 예전에는 들지 않던 교통비를 더 쓰게 된 것도 이모에게 미안했다. 교통카드의 잔액이 충전되지 않은 날이면 나는 학교가 끝난 뒤 한 시간쯤 걸어서 집에 가곤 했다. 학원에 다니지 않는다고 하면서 영어 수학 피아노 태권도는 기본인 것처럼, 비싸지 않다고 하면서 우리에게는 숨이 넘어가도록 비싼 비용이 들 것이 분명했다.

"설아, 우리 반에도 우상국제중을 목표로 벌써 착실하게 준비해 온 아이들이 있어. 은수 엄마가 그 공부에 너를 끼워주시겠다고 하셨어. 내가 은수 엄마께 부탁을 드렸더니 은수랑 너랑 선의의 경쟁을 하면서 서로 좋은 영향을 미치면 좋겠다고…."

담임의 말을 듣자 서먹서먹한 생일파티 초대며, 엄마들의 그 핥는 듯한 눈길까지 모든 것이 한꺼번에 확 이해되었다.

그러니까 이 일은, 이모가 막무가내로 서점에서 사다 쌓아놓은, 나와 맞지도 않는 문제집들하고도 관계가 있을 것이다. 내가 〈헝거게임〉에 미쳐 있을 때 이모와 담임이 수군거린 이야기가 바로 이것이었을 것이다. 담임은 할 수 있으니 반드시 해야 한다는 식이었지만, 나는 사실 국제중학교의 '국제'라는 단어부터 겁나 죽을 지경이었다. 우리나라도 감당 안 되는데 국제라니, 농담이라도 싫고 칭찬이라도 무서웠다.

국제중학교와 관계가 있는 일인지, 수업 시간 중에 외국의 문화와 제도에 대한 내용이 많아졌다. 담임은 이른바 탐구토론 수업이라며 각자 집에 있는 여행 기념품, 외국의 지역색이 드러나는 소품들을 가져와서 각 나라에 대한 발표를 하라고 했다.

이모나 나에게 외국 경험이나 외국 소품이 있을 리 없었다. 고민 끝에 간단하게 해결할 방법이 생각났다. 우리 집에서 버스를 타고 두 정거장만 가면 외국인 노동자들이 모여 사는 작은 동네가 나왔고 그곳 노점에는 별별 물건들이 다 있었다.

나는 그 거리를 오르락내리락 세 번 왔다 갔다 하며 눈치를 보았다. 처음에는 한국말이 통하면 좋을 것 같아서 조선족 여자에게 다가갔지만 그녀는 내가 물건을 사지 않을 것을 알고 쌀쌀맞게 굴었다. 나는 제일 사람 좋게 생긴 외국 여자 곁으로 다가가서 간단한 인터뷰 비슷한 것을 시도했다. 손님이 별로 없는 시장에서 심심하던 여자는 즐겁게 대답을 해주었다. 영어 발음이 많이 달라서 알아듣기 힘들었지만 꽤 즐거웠고 나중에는 친구 같은 기분마저 들었다. 그녀는 필리핀에서 왔고 나이는 스물여섯 살, 이름은 조세파라고 했다. 그녀는 내 손바닥에 고향 마을의 이름을 적어주었고, 학교 수업에 쓸 외국 물건이 필요하다고 하니 비닐봉지에 든 싸구려 과자 같은 것을 권했다.

"삐그 스긴. 삐그 스긴."

돼지 껍데기를 말려서 튀긴 간식이었다. 가격표는 2500원이라고 쓰여 있었지만 나에게 1000원만 받았다.

그렇게 준비한 세계지리 탐구 수업이 있던 날, 아침부터 아이들이 가져오는 물건들을 보며 나는 입이 딱 벌어졌다. 보석이 박힌 코끼리 세공품, 중동 어딘가에 있다는 세계에서 가장 높은 호텔 모형, 실리콘밸리의 구글 기념품 등이 나올 때는 그냥 적당히 기가 죽었는데 진짜 사자의 머리가 등장했을 때는 깜짝 놀랐고 어떤 아저씨가 수레에 거대한 박스를 싣고 등장하자 비로소 멍한 느낌이 들기 시작했다. 그 아저씨는 족히 20분간 씨름해서 유럽의 아기자기한 고성을 배경으로 알록달록한 일곱 칸의 기차가 달리는 대형 전동 기차 세트를 조립하는 데 성공했다.

나무로 정교하게 깎은 기차가 달리기 시작한 다음부터 수업은 난장판이 되었다. 이럴 줄 알았으면 자기도 더 큰 것을 가져올걸 그랬다는 볼멘 목소리들이 여기저기서 터져 나왔다. 아이들은 각자 자기 집에 있는 멋진 장난감과 기념품에 대해 경쟁적으로 떠들어대기 시작했다. 그 속에서 담임은 홀로 꿋꿋하려 애썼다.

"그래, 정말 훌륭하구나. 오늘 이스라엘에 대해 잘 알게 되었네. 이번엔 설이가 해볼까?"

담임은 아이들에게 언제나 폭포수 같은 사랑을 베풀지만 대부분 난처한 결과를 얻는 것으로 그쳤고 아이들을 더욱 기승하게 만들곤 했다. 옆 반 담임선생님은 엄하고 무뚝뚝한 분이었는데 그 반 아이들은 우리 반 아이들보다 훨씬 상태가 좋아 보였다. 나는 담임이 베푸는 친절과 사랑이 모두 거짓이거나 가식이라고 믿었다. 혹시 진짜 사랑이라 하더라도 부작용이 너무 컸다. 그리고 나는 그 부작용의 가장 만만한 피해자가 되곤 했다.

"저는 온곡동 시장에 가서 이주노동자 조세파와 인터뷰를 했습니다. 조세파는 필리핀 바탕가스라는 곳에서 왔습니다. 바탕가스는 수도 마닐라에서 85킬로미터 떨어진 시골입니다. 필리핀은 어디나 아름다운 해변과 호화로운 리조트가 있지만 몹시 가난한 사람들도 함께 살아갑니다. 파인애플과 망고를 재배하는 농장이 많고 그곳에서 일하는 노동자들은 이 돼지 껍데기 튀김과자와 과일을 즐겨 먹습니다. 날씨가 덥고 습하기 때문에 튀기거나 건조시켜서 수분을 줄이는 요리법이 많이 발달했습니다."

투명 비닐에 싸인 돼지 껍데기 과자에 아이들은 비웃음을 보냈지만 나는 씩씩함을 잃지 않았다. 친절한 조세파와 함께 보낸 유쾌한 시간이 자신감을 주었다. 그건 진짜 인터뷰였다.

"필리핀은 7000개의 섬으로 이루어진 나라라서 해산물이 풍부하지만 조세파는 필리핀에 있을 때 한 번도 새우를 먹어본 적이 없다고 합니다. 쓰레기장에서 나오는 폐수로 바다가 오염되었기 때문입니다."

어수선하던 아이들이 새우라는 소리에 빨려들 듯 집중했다. 나는 아이들의 시선을 낚은 것이 기뻤다. 시장에서 스티로폼 박스에 담긴 새우를 손가락질하며 웃음을 터뜨리던 조세파가 그 순간 내 곁에서 응원하는 것 같았다.

"닭고기나 계란도 귀해서 잘 먹지 못했습니다. 대신 모래 언덕을 파면 도마뱀을 잡을 수 있는데 보통 볶아서 먹었다고 합니다."

도마뱀을 먹는다는 소리에 아이들은 비명을 지르기도 하고 토하는 흉내를 내기도 했다. 나도 조세파에게 그 이야기를 처음 들었을 때 그런 기분이었다.

"잘게 다져서 채소와 함께 요리하기 때문에 도마뱀 모양은 보이지 않고 그냥 보통 음식처럼 생겼다고 합니다. 아주 맛있다고 합니다."

"그래요, 역시 우리 설이야. 직접 필리핀에 다녀온 것보다 더 생생한 느낌이 들어요. 그렇죠?"

담임은 무척 기뻐했다. 나도 내 발표가 마음에 들었다. 조세파와 이야기하면서 필리핀이라는 낯선 나라가 갑자기 이웃집처럼 가깝게 느껴졌다. 내 발표를 들은 아이들도 그 느낌을 함께 나눌 수 있기를 바랐다. 하지만 뭔가 찜찜한 느낌을 받았다. 몇몇 아이들의 눈빛이 격렬하게 비열해졌기 때문이다. 그들은 무언가 수상쩍은 귓속말을 주고받으며 서로 옆구리를 쿡쿡 찔렀다. 그들은 늘 비열했기 때문에 그러려니 신경 쓰지 않으려 했다. 하지만 발표와 토론 수업이 끝난 뒤 아이들은 내 앞에서 동남아의 특급 호텔과 리조트에서 지낸 환상적인 휴가와 쇼핑 이야기를 떠들어댔다.

"우리 집에서 일했던 시터가 필리핀 여자였어. 머리도 나쁘고 일도 못해서 아빠가 발로 배를 찼잖아."

아이들은 와자하게 웃음을 터뜨렸다. 그 야만스러운 이야기가 사실이건 아니건, 나는 끔찍한 기분에 빠졌다. 참 이상한 일이었다. 아이들이 나를 흘끔거리면서 필리핀과 필리핀 사람들을 비웃으면 마치 내가 모욕을 당하는 것처럼 창피함을 느끼게 되는 거였다.

아무렇지 않은 척하려 이를 악물었지만 한편으로는 저 아이들이 나를 비웃는 것도 당연하다는 생각이 들었다. 담임이 세계를 보라고 하자 아이들은 가장 화려하고 부유한 것들을 앞다투어 찾아왔는데 나는 하필이면 또다시 가장 깊은 가난을 보고 말았다. 인터넷을 뒤져서 세계의 괴상한 고층 건물 사진이나 몇 장 출력해 오고 말 것을, 무엇 하러 시장까지 찾아가서 그런 취재를 했을까? 이제 와서 후회해봤자 아무 소용이 없었다. 이런 나에게 국제중학교라니 어이없는 생각이었다.

"사실은 얘네 엄마 아니야?"

"누구?"

"그 필리핀 여자."

시현이었다. 나는 무어라고 대답해야 할지, 아니 무슨 감정을 느껴야 할지 아예 막막한 상태가 되었다. 갑자기 귀가 먹먹하고 답답했고, 숨이 막히는 것 같기도 했다. 필리핀을 모욕하기도 슬며시 지루하던 아이들은 이 새로운 발상에 열광했다.

"얘 엄마 없지 않아?"

"거짓말이었구나? 필리핀 사람이었어."

"아, 그렇구나. 어쩐지 이상하게 생겼다 했지."

"취재했다고 하더니, 자기 엄마한테 물어봤구나?"

"돼지 껍데기는 엄마가 만들어준 거야?"

"반찬으로 도마뱀 볶음을 먹은 거고."

"얘네 집이 쓰레기장이었어."

아이들은 신이 나서 도마뱀과 쓰레기장과 나를 한데 엮었다. 춤이라도 출 것 같았다.

"그만해. 가만 놔두지 않을 거야."

나는 있는 힘을 다해 그들에게 경고했지만 이미 내 목소리는 떨리고 있었다. 내 빨간 입술과 치켜 올라간 눈꼬리의 약효도 다한 것인지, 내 경고는 전혀 먹히지 않았다. 반대로 시현은 한없이 여유로웠다. 이런 순간에 가장 잘 어울리는, 바로 그 깜찍한 비웃음을 띠고 있었다.

"왜, 쓰레기통에서 나온 건 사실이잖아."

나는 내 귀를 의심했다. 이미 알고 있다는 듯 비웃음에 동조하는 아이들이 꽤 많은 것에 더욱 놀랐다. 몇몇 아이들이 놀라서 그게 무슨 소리냐고 캐묻자 이미 알고 있는 아이들이 슬그머니 휴대폰을 건네었다.

"이게 윤설이야? 정말?"

"어머, 정말 쓰레기통에서 꺼내네."

나는 그들의 손에서 휴대폰을 빼앗았다. 마구 흔들리는 화면 속에서 사람들이 외치고 있었다.

"세상에 누가 아기를…."

얼룩덜룩한 과일 바구니. 그리고 음식물 쓰레기로 뒤범벅된 배내옷을 입고 있는 갓난아기.

은밀한 귓속말로만 전해 들었던 장면들이 동영상 화면으로 눈앞에 살아 움직이고 있었다. 오래된 TV 화면을 캡처한 영상이라 화질이 흐릿했지만, 젊고 건강하던 시절의 원장님을 분명히 알아볼 수 있었다. 나는 그 누구보다 홀린 듯이 오랫동안 그 동영상을 보았다. 담임이 내 손에서 그 휴대폰을 빼앗아 들 때까지.

"이거 누구 핸드폰이지? 누가 이 동영상을 돌렸어?"

담임이 아이들을 추궁했다. 시현은 담임에게 요즘 쓰고 있는 폴더폰을 내밀어 보였다. 태어나서 한 번도 스마트폰으로 동영상 같은 건 본 적이 없다는 듯 시치미를 뚝 뗀 얼굴이었다. 하지만 나는 분명히 알 수 있었다. 이번 일도 시현이 꾸몄음을. 늘 그렇듯 한 걸음 떨어져서 앙큼하게 웃고 있는 저 사랑스러운 얼굴로 그 오래된 동영상을 찾아내 아이들에게 돌리고 나를 다시 음식물 쓰레기통에 처박았음을.

담임이 아이들을 나무라고 나를 달래려 했지만 아무것도 귀에 들어오지 않았다. 숨을 쉴 수 없어서 가슴이 답답해져왔다. 몸부림을 치듯 숨을 크게 들이마시자 짐승이 울부짖는 것 같은 소리가 났다. 머릿속이 진공이 된 것처럼 텅 비고 눈앞이 새하얘졌고, 다음 순간 나는 괴성을 지르며 시현에게 달려들고 있었다.

시현은 힘센 남자아이였다. 우리 반의 피구 넘버원이었고 계주 선수였다. 하지만 내 괴력에 당황한 것 같았다. 시현은 나를 떨쳐내려 했지만 나는 떨어지지 않았다. 나를 두들겨 패고 머리채를 잡았지만 나는 아픈 것도 몰랐다. 머리카락 따위는 한 가닥도 남지 않아도 상관없었다. 나는 오늘 반드시 시현의 두 눈알을 뽑아놓을 작정이었다. 우리는 책상과 걸상을 와장창 넘어뜨리며 요란스럽게 교실 바닥을 나뒹굴었다.

정신이 돌아왔을 때 나는 구급차 안에 있었다. 몸을 일으키려 했지만 몸 왼쪽에 힘을 줄 수 없었다. 아까 시현에게 덤빌 때는 분명 팔과 다리가 제구실을 잘하고 있었는데, 패악을 부리다가 정신을 잃는 과정에서 어딘가 크게 고장 난 것 같았다.

"그대로 누워 있어라. 들것으로 옮겨줄 테니까."

곁에 있던 구급대원이 말했다.

이모는 점심 장사를 정리하다가 허겁지겁 달려왔다. 의사가 태블릿으로 사진을 보여주며 갈비뼈가 부러졌다고 했다. 나는 오늘 일어난 일을 감당할 수 없었다. 내 엄마는 정말로 필리핀 사람이었을까? 내 얼굴에 조세파의 굵게 쌍꺼풀 진 눈과 거무스름한 피부를 닮은 어떤 점이 있을까? 나의 첫 하늘이 열렸던 그 쓰레기통 속에도 어쩌면 얼어 죽은 도마뱀이 한 마리쯤 있었을지도 모른다.

응급실 문이 열리고, 시현과 곽은태 선생님의 모습이 나타났다. 시현은 평소처럼 차갑게 비웃는 얼굴이 아니었다. 그 아이는 그냥 나와 똑같은 열세 살로 돌아가 있었다. 사고 치고 아빠에게 뒷덜미를 붙잡혀 끌려온, 겁에 질린 초등학생이었다.

우상초등학교에 전학 온 첫날부터 나는 시현과 함께 곽은태 선생님을 만나는 상상을 했다. 할 수 있는 모든 상상을 다 했다고 생각했다. 체육대회나 발표회 같은 학교 행사에서, 시현이 여친이 되어서, 시현네 집에서 함께 공부하며 간식을 먹다가 퇴근하는 곽은태 선생님께 꾸벅 인사를 드리며. 그 다양한 상상 속에 학교폭력의 피해자와 가해자로 만나는 이런 장면은 없었다. 시현과 싸우다 어딘가 부러져 누워 있게 되었지만 시현의 예쁜 얼굴에도 시퍼런 멍과 해적처럼 길게 찢어진 상처가 남았으니 누가 가해자라고 딱 말하기는 사실 어려웠다.

곽은태 선생님은 이모와 나를 보고 그대로 얼어붙었다. 평소엔 시커먼 얼굴이 백지장처럼 아주 하얗게 바랬다. 통백식당에서 일하던 옷차림 그대로 달려와 그 어느 때보다 늙고 허름해 보이는 이모는 곽은태 선생님을 보더니 크게 기뻐했다. 병원에서 우연히 믿고 의지할 수 있는 분을 만났다고 생각한 것이다. 그 모습을 보자 마음이 아팠다.

곽은태 선생님은 이모 앞으로 다가와 무릎을 꿇었다.

"이모님, 면목이 없습니다. 제가 이 아이의… 아비입니다."

이모는 그 말을 못 알아들었다. 얼굴에 긴 상처가 있는 호리호리한 시현이 누구인지, 왜 곽은태 선생님에게 어깨를 짓눌려 함께 무릎을 꿇는지도 몰랐다. 이모는 곽은태 선생님이 왜 우리에게 사죄하는지 이해하지 못하고 어리둥절해하다가 문득, 아이고머니나, 하는 작은 탄식을 내뱉었다. 그 모습을 보자 부러지지도 않은 가슴뼈 근처가 뻐근하게 아파 왔다. 시현이가 내 갈비뼈를 부러뜨린 것처럼 나도 이모의 소중한 무언가를 부러뜨린 것 같았다.

6

　어느 날 내가 옷장 속 낡은 물건들 틈에서 얼굴이 동그란 여자와 어떤 깡마른 남자의 결혼사진을 찾아내자 이모는 아주 부끄러워하면서 그 여자가 젊은 날의 자신이었음을 인정했다. 남편은 트럭을 몰던 사람이었다고 말해준 것이 전부였다. 사진 속의 남자는 이모보다 나이가 훨씬 많아 보였고 이모는 자기 결혼식 날에조차 무슨 일이 일어나는지 모르는 것처럼 어리둥절한 얼굴이었다.

　결혼 사진 한 장, 어딘지 모를 바닷가에서 찍은 사진 몇 장. 그게 내가 엿볼 수 있는 이모의 결혼생활 전부였다. 남자는 양은냄비처럼 파르르 성질을 부리다가 금세 풀어져서 헤헤거리는 성격이었고 심장병으로 갑자기 죽었는데, 지금 살고 있는 임대아파트를 남겨주어 집 걱정은 없이 살게 해주었으니 고마운 사람이라고 했다.

　"아이는? 아이를 낳은 적도 있어 이모는?"

"아니. 아이는 생기지도 않았어."

나는 무척 안심했다. 이모에게 아이가 있었다면… 나는 무척 속상했을 것 같다.

"아저씨랑 사랑했어? 재미있게 살았어?"

"응? 그냥 살았지. 재미는 무슨."

그게 다였다. 이모의 결혼생활에 대해서 좀 더 알고 싶었지만 별다르게 알아낸 것이 없었다. 이모가 무엇을 숨긴다기보다는 정말로 남편과 결혼생활에 대해 기억하는 게 별로 없는 것 같았다. 이모는 원래 그런 사람이었다. 알콩달콩 사랑하지도 않고, 그렇다고 때리거나 싸우지도 않고. 이모는 그냥 결혼해서 14년 동안 살다가 남편이 심장병으로 세상을 떠나 혼자가 된 여자였다.

"풀잎보육원엔 왜 왔어?"

"그냥. 애기들이 있나 해서."

내 질문 속에 숨어 있는 간절한 갈망을 이모는 전혀 눈치채지 못했다.

'너를 만나러. 우리 설이를 만나러 갔지. 너를 보자마자 첫눈에 알았어, 네가 내 운명의 아이란 걸.'

이모는 이렇게 멋있는 말을 하는 재주가 없는 사람이었다. 그냥 이모는, 자식도 없고 무덤덤하던 남편조차 세상을 떠난 후 혼자된 기분이 슬퍼서, 혹시 보육원에 가면 아기들이 있나, 아기들을 보면 기분이 나아지려나 해서 풀잎보육원에 간 거였다.

"그래서 애기들이 있어서 좋았어?"

원래부터도 말이 없는 사람이지만 이 질문에 이르면 이모는 아예 말을 잃었다. 차곡차곡 빨래를 개키던 손을 멈추고 그대로 그날로 돌아가곤 했다. 내 기억에는 있지 않은 날, 기억에 남아 있다 한들 몸부림쳐 흔적마저 지우고 싶은 날, 내가 음식물 쓰레기를 뒤집어쓰고 풀잎보육원에 처음 나타나 방송 카메라에 담긴 그날 말이다.

이모가 두 팔을 늘어뜨리고 멍하니 그날의 기억 속에서 혼자 헤매는 동안, 나는 이모의 얼굴을 찬찬히 들여다보며 내게는 말해주지 않는 그날의 사건들을 따라가려 애썼다. 이모가 보고 있는 광경들, 아직 동이 트지 않은 새해 첫날 새벽, 쏟아지는 함박눈, 외롭고 소외된 사람들을 취재하러 카메라를 들고 온 기자, 그리고 엄청난 악취를 풍기며 음식물 쓰레기통에서 꺼내지는 나.

언제나 조마조마한 마음으로 지켜보았지만 이모의 눈앞에서는 그 어떤 나쁜 일도 일어나는 것 같지 않았다. 오히려 첫새벽의 눈처럼 소리 없이, 꿈을 꾸는 듯한 미소가 번져나갔다. 그 누구도 더럽고 추한 것을 보면서 그렇게 미소 지을 수는 없었다. 지금 이모의 눈에 보이는 것이 아름답고 좋은 것이라는 건, 바보라도 쉽게 알 수 있었다. 이모의 얼굴에 퍼져나가는 여린 미소는 사납게 날뛰던 내 마음을 가라앉히고 잠잠한 평화를 가져다주었다. 감탄하듯 그렇게 미소 짓는 이모의 얼굴은 내가 아는 세상에서 가장 아름다운 얼굴이었다.

마구 흔들리던 그 동영상이 내 눈앞에 머물렀던 짧은 시간 동안 나는 화면 속에서 이모의 모습을 찾아내지 못했다. 있었는데 못 보고 지나쳤을 수도 있다. 화질이 흐릿한 오래된 화면이었으니까 말이다. 하지만 나는 그 화면에 이모가 없었다고 확신한다. 이모가 거기 있었다면 내가 놓쳤을 리 없다. 스쳐 지나가기만 했으면 매처럼 그 모습을 낚아챘을 것이다. 이 세상에서 내 친엄마보다도 더 보고 싶은 얼굴이 있다면, 나를 처음 만나던 순간, 두 팔을 늘어뜨리고 감탄하는 이모의 얼굴이었다.

실제 내 눈으로 보게 된 그 동영상은 비탄과 한숨, 어둠과 흔들림으로 상상했던 것보다 훨씬 더 강력하게 내 가슴을 찢어놓았다. 이 아이를 소중하게 기르겠다고 맹세하고 사회가 함께 도와달라고 호소하는 원장님의 떨리는 목소리도 조금도 위로가 되지 않았다. 세상에서 가장 아름다운 것을 만난 듯 나를 보는 이모가 그 화면 어딘가에 숨어 있었을 거라고 우격다짐으로 화면 편집을 해보려 했으나 그것도 쉽지 않았다. 이모는 그 화면에 있지 않았고, 지금 세상에서 가장 깊은 슬픔에 빠져 내 곁에서 울고 있다.

"설이와 이모님께 아무 드릴 말씀이 없습니다. 자식을 잘못 기른 것을 용서해주십시오. 설이의 치료나 보상이나, 제가 해야 할 일은 모두 하겠습니다."

내가 시현과 몸싸움을 벌이다가 갈비뼈가 부러진 것도 큰일이었지만, 나를 이렇게 만든 아이가 곽은태 선생님의 자식이라는 것이 진짜 충격이었다. 언제나 곰처럼 커다랗고 유쾌한 곽은태 선생님이 그렇게 비통한 얼굴로 무릎을 꿇은 모습은 우리가 결코 보고 싶지 않은 광경이었다. 우리는 어딘가에 몹시 아름다운 세상, 극히 고결한 사람들이 존재할 거라고 상상하고 그 세계를 몹시 소중히 여겼는데, 그 상상 속 인물에 가장 근접한 사람이 바로 곽은태 선생님이었다. 모르는 일이 있으면 그분께 여쭤보면 된다고 생각했다. 그분이 사랑하면 나도 사랑했고 그분이 미워하면 나도 미워했다. 모든 판단과 감정까지도 다 맡기고 나는 그냥 따르기만 하면 될 것 같은 믿음직함을 주는 분이었다.

우리는 그곳에 속하지 못할지언정 그런 세계와 그런 사람들이 어딘가에 존재하고, 언젠가 운이 좋아지면 어쩌면 우리도 그 세계의 문을 열고 들어갈 수 있을지도 모른다는 희망은 중요했다. 곽은태 선생님은 그런 곳이 존재한다는 눈에 보이는 희망이었다. 우리 마음속에 있던 그 작고 보잘것없는 평화의 세계가 와장창 깨진 것은 부러진 뼈보다도 더 크고 돌이킬 수 없는 손실이었다. 곽은태 선생님의 비참한 모습을 보느니 차라리 내가 잘못해서 사죄하는 쪽이었으면 좋겠다는 생각까지 들었다.

그나마 나는 시현과 그의 아빠에 대해 생각하고 적응할 시간이 한 달 남짓 있었다. 이렇게까지 나빠질 줄은 몰랐지만 말이다. 이모에겐 마른하늘에 날벼락이었다. 이모는 시현과 곽은태 선생님과 내가 고약하게 얽힌 이 일을 어떻게 받아들여야 할지 아무것도 판단이 서지 않는 듯 그저 하염없이 울기만 했다.

"오래전부터 시현이 아버님과 설이 사이에 인연이 있었다 하니 이모님도 이해해주실 거라고 믿어요. 그동안 시현이가 설이를 많이 도와주기도 했는데… 이번에도 시현이가 나쁜 뜻으로 그런 건 아닐 텐데… 설이와 시현이는 이 일을 계기로 더 좋은 친구가 될 수 있을 거예요."

어려운 일이 있으면 언제든 말하라던 담임은 갈비뼈가 부러져 누워 있는 내 앞에서 시현이의 선의를 옹호하고 실수를 강조했다. 심지어 우리가 대화합할 거라는 말에는 너무 욱해서 부러진 갈비뼈를 잊고 벌떡 일어나 앉을 뻔했다. 고작 함박웃음을 자제한 것이 그녀가 우리에게 차려준 최대한의 예의였다.

내가 병원에 누워 있는 동안 우상초등학교에는 한바탕 회오리바람이 불었다. 누군가 이 소동을 교육청에 제보해 시현의 강제전학 이야기가 오갔을 만큼 분위기가 위태로웠다고 한다. 부잣집 외동아들이 부모 없는 보육원 아이의 동영상을 돌리고 갈비뼈를 부러뜨린 사건은 한 줄 제목만으로도 모두의 치를 떨게 할 폭발력이 충분했다.

"일이 어려워지고 있어요. 아이들이 더 이상 상처받지 않도록 보호해야 해요. 이모님과 시현네 모두 힘드시겠지만, 아이들을 위해 가장 좋은 방법은요, 시현이 부모님이 설이의 위탁부모가 되어주시는 겁니다! 설이와 시현이는 서로의 좋은 점을 본받아서 아주 훌륭하게 자랄 거예요."

나는 말도 안 되는 소리라고 생각했지만 곽은태 선생님은 정신이 나간 게 분명했다. 담임의 괴상한 소리를 귀 기울여 듣더니 최종적으로 침통하게 고개를 끄덕이며 "저도 그렇게 생각합니다. 선생님 말씀대로 하겠습니다"라고 대답하는 거였다.

이모는 어쩔 줄 몰랐다. 사실 이런 문제에 아무 권한이 없기도 했다. 나의 중요한 문제들은 원장님이 결정했다.

"당연히 가야지. 설이에게 좋은 기회다. 네가 키우는 것보다 거기가 훨씬 낫지 물론."

원장님의 결정에 따라 나는 곽은태 선생님의 집으로 옮기게 되었다. 나에게는 아무도 의견을 묻지 않았다. 나는 부모도 없고, 세상에 대해 아는 것도 없고, 게다가 진통제를 잔뜩 맞아서 정신조차 혼미한 어린애에 불과했으니까 말이다. 끝이 보이지 않는 파국으로 치닫는 듯하던 이 사건은 이렇게 믿어지지 않는 대화합으로 마무리되었다. 담임의 얼굴엔 함박웃음이 되돌아왔다.

"우리 설이에게 얼마나 잘된 일이야. 이모보다 그분들이 더 잘 돌봐주실 거야."

앤더슨 가족에게 갔다 온 지 얼마 되지 않아서 다시 짐을 싸는 것은 매우 간단했다. 이모는 잘된 일이라고 되뇌면서도 짐을 싸다가 여러 번 흐느껴 울었다. 나는 그저 멍한 기분이었다. 곽은태 선생님의 집에서 살게 되다니. 오래전부터 꿈꾸고 소망했던 일이 실제로 일어났는데 그 느낌이 이렇게 예상과 다를 수 있다는 것에 놀랐을 뿐이다. 시현은 동영상 사건 이후로 기가 많이 죽어서 더 이상 못되게 굴지 않았지만 나는 그 차이조차 크게 느껴지지 않았다. 그냥 무언가 굉장히 큰일이 났다는 느낌이었는데, 도대체 무엇이 잘못됐는지는 종잡을 수가 없었다.

"저기가 우리 집이야."

곽은태 선생님이 자동차의 앞유리창을 통해 손가락질하는 그곳은 하늘을 찌를 듯 높이 솟은 빌딩이었다. 겉면 대부분이 유리로 되어서 하늘의 구름, 건물을 두른 강과 숲, 주변의 또 다른 건물들까지 아른아른하게 비추고 있었다. 저렇게 높은 건물이 사람 사는 집이란 말인가, 깜짝 놀랐다. 밝은색 대리석에서 은은한 광택이 뿜어져 나오는 로비에서는 경찰처럼 제복을 입은 보안요원이 정중하게 인사를 했다. 시현의 집, 곽은태 선생님의 집, 이제는 내가 지낼 곳이 된 그 집은 너무 호화로워서 숨이 막힐 것 같았다.

시현이 엄마이자 곽은태 선생님의 부인인 그분은 두 팔 벌려 나를 환영해주었다. 이제 같이 살게 되었으니 엄마라고 부르라고 하셨지만 내가 그분을 시현처럼 편안하게 엄마라고 부를 수는 없었다. 선생님의 부인이시니 사모님이라고 부르고 싶었지만 그 호칭은 이미 집안일을 도와주는 아주머니가 쓰고 있었다.

"그럼, 이모라고 부를까?"

나는 황급히 고개를 저었다. 차라리 시현이 엄마를 포함해 길거리에 지나다니는 20대에서 60대까지 모든 여자를 엄마라고 부를지언정, 그 누구도 결코 이모라고 부를 수는 없었다. 나에게 이모는 단 한 명뿐이었다. 결국 그 문제를 깔끔하게 매듭짓지 못한 채, 호칭은 크게 중요한 것이 아니니 시현이 엄마나 아주머니 정도로 편하게 부르자고 대충 얼버무렸다.

이제 내 방으로 정해진, 새 침대와 책상과 옷장이 있는 곳에서 잠을 이루지 못하고 뒤척일 때 노크와 함께 세 식구가 내 방으로 들어왔다. 언제나 진료실에서 하얀 가운을 입은 모습만 보다가 편안한

라운드 티셔츠와 부드러운 파자마를 입은 곽은태 선생님은 몹시 낯설었다.

"낯설어서 잠이 오지 않지?"

곽은태 선생님의 곰처럼 두툼한 손이 내 머리통을 쓸었다. 선생님은 병원에서 보던 그분과는 많이 달랐다. 선생님은 집에서도 언제나 콧노래를 부르고 엉덩이춤을 추는 게 아니었다. 선생님은 웃고 있었지만 나보다 더 긴장한 것 같았고 이전에는 한 번도 본 적 없는 딱딱함을 두르고 있었다.

"잘 지내보자, 설아. 우린 잘 지낼 거야."

그 밤에는 차라리 선생님보다 부인이 더 씩씩해 보였다.

"잘 자."

시현은 마지못해 한마디 하고 돌아섰다.

세 식구가 방을 나간 뒤로도 나는 오랫동안 잠을 이루지 못했다. 48층, 거인의 어깨 위에 선 것 같은 까마득한 높이에 현기증이 일었다. 한 번도 타본 적 없는 비행기에선 이런 풍경이 보일까? 창밖으로 강과 숲이 건물을 감싸듯 굽어 흐르고 있었고, 가까이에는 고층 아파트 단지와 학교가, 멀리는 고속도로를 달리는 자동차의 행렬과 논과 밭과 공장과 개의 어금니 같은 산맥의 능선까지, 대한민국의 모든 풍경이 모두 내 방 유리창에 펼쳐진 것 같았다.

거의 잠을 이루지 못하고 뒤척이다가 아침을 맞이했다. 방문 밖으로 낮게 속삭이는 곽은태 선생님 부부의 목소리에 선잠을 깼다. 가볍고 보드라운 이불, 푹신한 침대, 내 옷들이 단정하게 걸려 있는 옷걸이. 어젯밤 이곳에서 잠을 잤고 앞으로 이곳에서 살아가야 한다는 사실이 먼 나라 남의 이야기 같았다. 나는 심호흡을 한 후 문을 열고 나갔다. 소곤소곤 이어지던 부부의 목소리가 뚝 끊겼다.

"설이가 벌써 일어났구나!"

그 목소리는 왠지 탄식같이 들렸다. 시현 엄마는 깎고 있던 과일을 급히 도우미 아주머니께 넘기고 시현의 방으로 향했다.

"시현아! 일어나! 설이는 벌써 일어났잖니? 씻고 밥 먹어야지, 시현아!"

곽은태 선생님은 나에게 다가와 눈높이를 맞추고 복대를 살펴주었다.

"일어날 때 아프진 않았어? 이번 주까지만 하고 다음 주부터는 풀어도 될 것 같다. 많이 답답하지."

부러진 뼈를 살피는 곽은태 선생님은 세수를 안 한 얼굴에 머리는 까치둥지이긴 했지만 이전까지 내가 알던 선생님과 어느 정도 비슷했다.

"안 먹는다고오!"

시현 엄마가 머쓱한 얼굴로 시현의 방에서 나왔다. 시현은 아침 식탁에 함께하지 않아서 우리 셋만 어색하게 둘러앉았다. 식탁 밑에서는 하얀 강아지 벡터가 고구마 조각을 기대하며 꼬리를 살랑거렸다. 곽은태 선생님 부부의 이마에 드리운 먹구름이 혹시 내가 일찍 일어났기 때문일까 걱정되었다.

"설이가 뭘 좋아하는지 몰라서 이것저것 준비해봤는데."

샐러드와 토스트, 국과 밥이 모두 차려진 아침 식탁이었다. 이것 저것 먹어도 맛을 알 수 없었다.

"급히 사느라… 설이 마음에 들지 모르겠다. 몸이 나으면 같이 옷을 사러 가자."

나는 시현 엄마의 도움을 받아 옷을 갈아입었다. 앤더슨 부인이 주었던 옷들보다도 훨씬 부드럽고 고급스러운 옷들이 옷장에 한가득이었다.

"머리 땋는 것을 좋아한다면서? 이리 앉아. 내가 땋아줄게."

시현 엄마의 머리 땋는 솜씨는 놀랍도록 훌륭했다. 미용사인가 싶을 지경이었다. 이모가 땋아주던 것과는 비교할 수 없이 탄탄하고 예쁜 곡선이 만들어졌다. 시현 엄마의 아름다운 얼굴에 만족스러운 미소가 일렁였다.

"설이 머리카락이 이렇게 길어서 정말 좋다. 아들을 키우니까 머리 만져줄 일이 없어서 섭섭했어. 다음엔 미용실에서 펌을 해볼까?"

거울에 비친 내 모습엔 전학 첫날 신기하게 구경했던 바로 그 은은한 윤기가 감돌고 있었다. 머리는 18세기 소녀처럼 단정해졌고 시현 엄마가 급히 쇼핑한 좋은 옷들은 내 몸에 맞춘 듯이 썩 잘 어울렸다. 나는 깜짝 놀라 거울에서 급히 고개를 돌렸다. 왠지 화장품에 선뜻 손이 가지 않아서 결국 로션만 발랐다.

내가 길고 우왕좌왕했던 등교 준비를 마칠 때까지 시현은 방에서 나오지도 않았다. 곽은태 선생님 부부의 먹구름은 무엇으로도 가릴 수 없을 만큼 짙어졌다. 시현 엄마가 몇 번이나 시현이의 방을 들락

거려도 아무 움직임이 느껴지지 않자 결국 곽은태 선생님이 곰 같은 기세로 돌진했다. 시현은 그때까지 침대 속에 있었다. 시현이 방, 문고리가 있었던 자리가 휑한 공간으로 비어 있는 것이 눈에 들어왔다.

"설이가 온 첫날이다. 우리 소란 피우지 말자."

곽은태 선생님의 목소리는 바위처럼 무거워서 듣기만 해도 내 몸이 짜부라질 것 같았다. 병원에서는 한 번도 들어본 일 없는 목소리였다. 시현은 거친 동작으로 이불을 박차고 일어나 옷을 입고 가방을 챙겨서 방을 빠져나왔다. 방에서 나오기까지 진 빠지게 오랜 시간이 걸렸지만 아침도 먹지 않고 세수도 하지 않은 채 현관으로 직진하는 마지막 순간은 놀랄 만큼 빨랐다. 도우미 아주머니가 안녕히 다녀오시라고 공손하게 배웅한 것 말고는 아무도 말을 하지 않았다.

엘리베이터의 사면을 두른 황금빛 거울에 어디로 보나 한 가족으로 손색이 없는 네 사람의 모습이 비쳤다. 지금까지 진짜 가족의 대화, 진짜 가족의 외출, 진짜 가족의 아침 점심 저녁이 어떤 것인지 궁금하게 여겨왔지만 이런 분위기일 거라고는, 특히 곽은태 선생님 가족의 아침이 이렇게 깔깔한 억지웃음뿐일 거라고는 예상하지 못했다.

학교에서 아이들은 다소 의례적인 친절로 나를 다시 맞이했다. 내가 시현네 집에서 살게 된 것을 비웃는 아이는 아무도 없었다. 내가 결석한 동안 실시된 엄청난 학교폭력 예방교육 덕분이기도 했지만 다소 괴상한 방식으로라도 그들과 비슷한 가정의 일원이 되었다는 것이 나를 대하는 태도에 커다란 변화를 가져왔다.

나는 부모가 운전하는 차를 타고 등하교하는 아이들의 대열에 자연스럽게 합류했다. 아침저녁으로 시현 엄마가 우리를 학교에 데려다주었다. 수업이 끝난 후 교문 앞으로 나가면 나를 기다리는 짙은 회색 자동차의 콧등엔 동그라미 네 개가 겹쳐 있었고 반쯤 열린 창문에 벡터가 하얀 앞발을 걸치고 꼬리를 쳤다. 선글라스를 벗으며 활짝 웃는 아름다운 여인에게 한 발짝 한 발짝 다가가면서 나는 남몰래 숨이 막혔다.

"당분간은 집에서 푹 쉬자. 몸이 좀 나아지면 시현이와 같이 공부를 시켜줄게."

시현이를 학원 앞에 내려주고 돌아서면서, 시현 엄마는 사과하듯 말했다.

"장을 봐야 하는데, 같이 슈퍼에 갈래?"

시현네 가족이 살고 있는 고층 건물 지하에는 화려한 슈퍼마켓이 있었다. 슈퍼마켓이 아니라 선물 가게라고 해야 할 것처럼 모든 것이 알록달록 예뻤다. 두부나 양파처럼 흔히 보던 것들도 거기선 예뻤다. 한 번도 보지 못한 과일이나 야채도 많았다.

"설이 냉면 좋아해? 저거 살까?"

시현 엄마가 즉석 냉면 하나를 집어 들었다. 내 시선이 즉석 냉면 코너에 오래 머문 줄 그제야 깨달았다. 지난여름, 오이채 듬뿍, 삶은 달걀 반쪽을 얹어서 먹었던 그 냉면이었다. 내가 아직 비실비실하던 때라서 이모는 무척 망설였지만 그날 우리는 국물 한 방울 남기지 않고 다 먹어치웠다. 이제는 시현이네 대리석 식탁에서 크리스털 그릇에 담긴 냉면을 먹게 되었다. 시현 엄마의 아름다운 얼굴이 기대에 차서 지켜보고 있었지만 실은 그 맛이 아니었다.

진통 패치의 약효가 떨어지면 부러진 갈비뼈의 통증이 폭풍처럼 몰려왔다. 정말 신기하도록 정확했다. 냉면 그릇이 내 앞에 놓일 때부터 실은 옆구리가 아프기 시작했다. 진땀이 쏟아지고 숨을 쉴 수 없었다. 나는 냉면을 절반도 먹지 못했다.

"저런, 어느새 시간이 이렇게 되었네. 학교 다녀오면 씻고 패치를 바꿔 붙이라고 했는데. 설이 많이 아프니?"

움직임이 불편했기 때문에 어쩔 수 없이 시현 엄마에게 샤워를 신세 져야 했다. 그녀는 조심조심 내 옷을 벗기고 비누 거품으로 구석구석 꼼꼼히 문질렀다.

"정말 말랐구나. 시현이보다도 더 말랐어."

가랑이를 쩍 벌리고 쭈그려 앉아 물방울이 튕기는 것에 개의치 않으며 나를 씻겨주는 시현 엄마는 이모와 퍽 비슷해 보이기도 했다. 샤워를 마치자 시현 엄마는 푹신한 샤워가운을 나에게 둘러주고 환하게 웃었다. 벡터의 앞머리처럼 가볍고 몽실몽실한 그것에 온몸이 푹 감싸지는 기분은, 아찔했다.

"딸이 있으면 이런 걸 꼭 입혀주고 싶었어. 아들은, 재미가 없단다."

피부를 잘 말린 후 진통 패치를 바꾸어 붙여주고, 콧노래를 부르며 머리카락을 말려주고 나서 시현이가 올 때까지 푹 쉬라고 했다.

"잘 지낸 것 같아. 저녁엔 냉면을 먹었어. 그런데 계속 아무 말도 안 해."

시현 엄마가 곽은태 선생님과 이야기하는 나직한 목소리를 듣고서야 나는 내가 그동안 아무 말도 하지 않은 것을 깨달았다. 격렬하고 갑작스러운 변화를 감당하기 힘들 때 늘 그랬듯 나는 함묵증이라는 편안하고 몽롱한 구름 속에 숨었다. 내 귀와 뇌는 정상이었고 필요한 소리는 모두 들었지만 내가 대답을 해야 할 타이밍에는 적당한 딴생각에 자연스럽게 정신을 실어 날려 보냈다. 그런 식으로 나는 별다른 죄책감이나 부담감을 느끼지 않으면서도 아무 말도 하지 않고 지낼 수 있었다.

시현이 부모가 피해자인 나의 위탁부모가 되는 것으로 학교폭력 소동은 일단락되었다. 시현의 얼굴에서는 웃음도 비웃음도 모두 사라졌다. 친하게 지내던 무리와도 말을 섞지 않고 스스로를 고립시켰다. 그렇다고 시현이 반성하고 자숙했다는 뜻은 아니다.

"가족인 척하지 마."

시현은 싸늘한 얼굴로 경고했다.

"우리 집에서 살게 됐다고 진짜 가족인 거 아니니까."

시현이 그러는 건 놀랍지도 않았다. 시현과 진짜 가족이 되고 싶은 생각은 내 쪽에서도 눈곱만큼도 없었다. 나는 그저 곽은태 선생님 부부를 조금 나누어 가질 수 있는 것으로 기꺼웠다. 시현에겐 너무 과분한 부모님이었다. 찬바람을 내뿜는 시현을 대신해 아무 잘

못도 없는 시현 엄마가 여러 번 사과했다.

"시현이가 참 까다롭지. 애기 땐 얼마나 귀여웠는지 몰라. 잘 웃고…."

시현 엄마는 PC를 켜고 시현의 어린 시절 사진들을 보여주었다. 곽은태 선생님의 진료실에서 뜨거운 곁눈질로 보았던 그 사진들이었다. 사과처럼 볼이 빨갛고 눈꼬리는 지금처럼 상큼 올라간 아기 시현. 아이스크림에 눈독을 들이고, 동물원의 사슴에게 당근을 내밀고, 공을 향해 힘차게 다리를 뻗치면서 사진 속의 시현은 쑥쑥 자라나갔다. 그렇게 세상을 다 가진 듯 웃는 사진들이 수백 장, 수천 장이나 하드디스크에 쌓여 있었다.

"사춘기가 오고 나선. 어휴, 정말."

시현 엄마가 아름다운 입술을 삐죽거렸다. 사진 속의 시현도 서서히 표정을 잃어가고 있었다. 아름다운 유럽의 성당 앞에서 시현은 마침내 나에게 익숙한 그 모습이 되었다. 세상 기막혀 죽겠다는 듯 비웃음을 깨물고 분노에 찬 눈빛으로 카메라가 아닌 다른 곳을 응시하는 모습 말이다.

"프라하에 갔을 땐데, 겨우 이거 한 장뿐이란다. 절대로 사진을 안 찍는다고 난리를 쳐서. 정말 왜 그러나 몰라."

앨범 폴더의 가장 최근 여행 사진까지 훑어보고서 시현 엄마는 모니터를 껐다. 그리고 엔지니어처럼 능숙하게 PC 본체의 전원 코드와 모니터 연결선까지 분리하더니 핸드백에 넣었다.

"이러지 않으면 하루 종일 게임만 하거든. PC방에서 잡아 온 게 몇 번인지 몰라. 얌전한 딸을 키웠더라면 나도 이런 일들을 하나도 몰랐을 텐데!"

나는 곧 곽은태 선생님보다 시현 엄마를 더 가깝게 느끼게 되었다. 학교가 끝난 후 시현을 학원 앞에서 내려주고 나면 곽은태 선생님이 퇴근할 때까지 긴 시간 동안 시현 엄마와 나, 단둘이 지냈다. 우리 둘이서 서점에 가기도 하고 밀크티를 마시기도 했다. 백화점에서는 이것저것 립스틱을 발라보았다. 우리는 립스틱 바른 입술을 도톰하게 내밀고 셀카를 찍었다. 이분과 나란히 한 화면 안에 있는 내 모습이 믿어지지 않았다. 세상 사람들이 모두 나를 부러워하는 것 같았다.

"정말로 딸이 생긴 것 같았다니까. 그러기에 내가 딸을 낳자고 했잖아."

"낳았다고 해도 설이 같은 딸이 나오리라는 보장이 있어?"

사과를 한입 크게 베어 문 곽은태 선생님의 시큰둥한 얼굴은 '자칫하면 시현이 같은 아들이나 하나 더'라고 말하는 것 같았다.

우리는 정말로 한 가족인 것 같았다. 시현 엄마와 내가 함께 찍은 사진들을 보며 덩치 큰 곽은태 선생님이 너털웃음을 웃는 그런 모습은 내가 상상했던 가족의 화목한 저녁 시간과 정확하게 똑같았다. 시현이 학원에서 돌아오기 직전까지는 말이다.

공용 로비에서 시현이 들어온다는 알림음이 울리는 순간부터 대화가 끊기고 부부의 얼굴에는 긴장이 감돌았다. 현관 비밀번호를 누르고 들어온 시현은 아무 말도 하지 않고 자기 방으로 직행했다.

고작 몇 초도 되지 않는 시간 동안 우리는 그 아이가 얼마나 기분이 나쁘고 화가 나 있는지 똑똑히 알 수 있었다. 곽은태 선생님은 사과를 내려놓으며 저놈 참, 하고 혀를 찼고, 시현 엄마는 남편의 무릎을 지그시 눌렀다. 벡터만 기뻐 날뛰며 문고리 없는 방문을 콧등으로 밀고 시현을 따라 들어갔다.

"설아, 시현이가 너 때문에 그런 거 아니란다."

곽은태 선생님 부부는 섬세하게 나를 안심시켰다.

"네가 오기 한참 전부터도 저랬어. 이유는 없어. 사춘기라서 그런 거야. 해야 할 일들은 많아지는데 하기는 싫으니까 그러겠지. 오히려 네가 와서 우리는 시현이가 좀 더 빨리 철이 들지 않을까 기대하고 있단다."

"자기가 얼마나 어린애같이 철없는 생각을 하는지, 너를 보면서 좀 배우면 얼마나 좋을까."

"다음 주부터는 시현이랑 같이 학원에 다니자. 선생님께, 아주 똑똑한 아이가 함께할 거라고 말씀드려놓았어!"

내가 이 집에 조금이나마 쓸모가 있다는 생각에 안도하는 한편, 과연 내가 있다고 해서 시현이 철이 빨리 들 수 있을까, 내가 그 방면으로 전혀 쓸모가 없다는 게 밝혀지면 그다음엔 어떻게 되는 걸까, 다시 걱정하지 않을 수 없었다.

복대와 진통 패치 없이도 일상생활을 할 수 있을 만큼 회복된 후, 나는 시현과 함께 학원에 다니기 시작했다. 3학년 때 학교 앞에 영어 학원이 개업했을 때 무료 수강권을 얻어 두 달 동안 다녀본 것을

158

제외하면 처음이었다. 우리나라에서 가장 유명하다는 수학과학 학원은 생각보다 평범한 외양이었다. 하지만 그 학원에 발을 디딘 것만으로도 영광이라는 듯 모두 엄숙한 표정이었다.

"영재학교 트랙을 생각해야겠네요. 그쪽이 유리할 수도 있어요. 설이는 사회통합전형 중에서도 우선순위가 높으니까."

"선행이 전혀 안 되어 있어서…."

"걱정 마세요. 우리 딥브레인은 오로지 선행만 하는 곳이 아닙니다. 수학적 사고가 중요하죠."

"설이가 따라갈 수 있을까요? 지금부터 해도?"

"설이의 잠재력을 믿고, 중등 선행 심화 병행하면서 영재고 특별반 선발을 준비해보기로 하지요, 어머니."

상담실장이 마지막에 자연스럽게 붙인 '어머니'라는 말에 나는 쉽사리 매혹되었다. 훗날 학원 사람들이 모두 직업병이다시피 모든 문장의 마무리를 그렇게 한다는 걸 알게 되었지만 시현이 엄마가 내 엄마인 것처럼 자연스러운 그 풍경에 나도 모르게 가슴이 뛰었다. 저렇게 고귀하고 든든한 엄마가 있고 사람들이 나를 저분의 딸로 대하는 그 기분은 말로 형언할 수 없었다. 이모와 함께할 때는 느낄 수 없던 감정이었다.

수업은 생각보다 어렵지 않았지만 진도가 매우 빨랐고, 무엇보다도 숙제의 양이 어마어마했다. 첫 숙제를 받아 들고 내 눈을 의심했고, 과연 내가 이걸 다 해낼 수 있을까 하는 생각에 초조해졌다. 시현은 숙제 따위 대충 끄적이고 끝이었다. 수업 시간에도 관심 없이 몸만 앉아 있는 것 같았다. 내가 숙제를 열심히 하는 것이 시현에게 좋은 영향을 미치는 길 아닐까 싶어 나는 열심히 했다.

"딥브레인에서 영재학교 이야기를 하더라니까? 테스트 딱 한 번 해보더니 금방 그러더라."

"영재학교? 지금부터 해도 될까?"

"충분히 할 수 있대, 설이 정도라면. 근데 영재학교 보내려면 학원비 장난 아닐 텐데."

"돈은 생각하지 맙시다. 설이라면 얼마가 들더라도 밀어주고 싶어."

"정말, 설이 같은 딸이면 열이라도 키우겠어. 숙제하라고 잔소리할 필요도 없이 저렇게 알아서 한다니까. 보기만 해도 힐링돼."

"저렇게 키워야 하는 건데, 휴."

늦은 밤 숙제를 하다가 듣게 된 곽은태 선생님 부부의 나직한 대화는 내 열성에 휘발유를 끼얹었다. 그분들이 피 한 방울 안 섞인 나를 이토록 믿고 응원해주신다니, 그곳이 영재학교가 아니라 지옥이라 해도 전력을 다해 달려갈 각오가 불끈불끈 솟았다.

시현 엄마는 흥분한 얼굴로, 논술 학원에 다니자고 했다.

"다른 아이들은 초등 저학년 때 다 했는데, 지금 얼른 조금이라도 해두는 게 좋아, 설아. 중학교에 가면 바빠서 책 읽을 시간이 없으니까."

시현 엄마의 아름다운 얼굴을 보면 그분을 실망시켜선 안 된다는 생각만 들어서, 나는 또다시 열성적으로 고개를 끄덕일 수밖에 없었다. 논술 학원 실장님의 반응도 딥브레인 실장님과 비슷했다.

"교과서에 소개된 작품 위주로 읽었네요. 그러니까 아무리 똑똑하다고 해도 혼자 하는 독서에는 한계가 있는 거예요. 설아, 이제 곧 중학생이 될 테니까 흥미 위주의 독서를 넘어서 진지한 책들을 읽을 때야."

내가 읽어야 할 책은 유발 하라리의 《사피엔스》였다. 보통 책 세 권을 합친 것만큼 두꺼웠다. 책을 잘못 준 것이 아닐까 의심했지만 바로 그 책이 맞았다. 이건 초등학생이 읽을 책이 아닌 거 같은데, 라고 생각하다가 이전과는 다르게 살고 있으니까, 라고 스스로 대답했다. 두껍고 무거운 책이었지만 학교에도 들고 가서 쉬는 시간에 틈틈이 읽었다. 그런 책을 읽게 된 내 모습이 퍽 우쭐했고 인터넷을 뒤져 모르는 내용을 보충하기도 했다. 시현은 그런 나에게 비웃음도 아까워했다.

"영어는 꼭 해야 해, 설아. 네가 지금까지 혼자 해온 걸 넘어서 이제 체계적으로 공부할 때가 된 거야."

감당할 수 있는 범위를 넘어선 지 오래였지만 영어도 빼놓을 수 없는 건 당연했다. 읽기와 쓰기 레벨 테스트 결과 나는 꽤 높은 그룹에 들어갈 수 있다는 판정을 받았다. 시현이보다도 높은 그룹이라고 했다. 말하기 레벨은 함묵증이 나은 후 다시 테스트하기로 했다.

"얘가 혼자서 공부했다고요?"

"《헝거게임》을 영어로 혼자 읽었대요. 그게 전부래요."

학원 선생님들은 비정상적으로 높게 나온 나의 영어 레벨에 대해

수군수군 의견을 나누었다. 어휘와 문법을 거의 아는 게 없으면서도 정답을 거의 맞힌 것에 특히 관심이 집중되었다. 내가 어떤 비법을 털어놓기를 기대하는 것 같았는데, 미안하게도 나는 함묵증이라서 아무 해명을 할 수 없었고 말을 할 수 있었더라도 비법 따윈 없었다. 맞는 보기는 자연스럽게 읽히고 틀린 보기는 그냥 뭔가 어색해 보였을 뿐이다.

예를 들자면 캣니스는 헝거게임에 다시 출전하게 되자 "If I had just killed myself with those berries, none of this would've happened"라고 후회했다. 누가 그 문장을 분석하고 설명해주지 않아도 그것이 후회인 것을 알 수 있었다. 차라리 그때 독이 든 딸기를 먹고 자살했더라면 이런 일을 겪지 않았을 텐데, 하고 후회하는 캣니스의 마음은 조금도 헷갈리거나 착각할 수 없었다. 가정법이 뭔지 조건문이 뭔지, 과거분사와 현재완료 시제가 뭔지는 하나도 몰랐다. 왜 맞는지 왜 틀리는지 하나도 설명할 수 없이, 그냥 후회할 땐 원래 그렇게 말하는 거였다. 오히려 그걸 꼬치꼬치 따져 묻는 사람들이 이상했다. 이게 가정법 과거완료 문장이며 'If + 주어 + had + 과거분사, 주어 + would, could, should + have + 과거분사'가 되어야 한다는 설명을 듣자 완전히 외계 은하에 떨어진 듯 아무것도 이해할 수 없게 되어버렸다. 나는 그냥 캣니스의 후회를 떠올리는 게 편했다.

"아이가 눈치가 정말 빠르네요. 정답을 고르는 촉이 있어요. 지금까지는 잔머리로도 좋은 성적을 낼 수 있었겠지만 앞으로 수준이 높아질수록 한계가 있지요. 문법과 어휘를 체계적으로 보충해야 해요."

내가 영어를 느끼는 방식은 모두 눈치이고 잔머리라고 했다. 다른 아이들에 비해 터무니없이 뒤처졌으므로 엄청난 양의 숙제가 주어졌다. 밥도 먹지 않고 잠도 자지 않고 단어와 문법만 외워야 할 것 같았다. 함묵증인데도 중얼중얼 단어를 외우는 나를 보며 시현은 기가 막혀 콧방귀를 뀌었다.

수학과학, 논술, 영어 학원에 다니게 되었는데 세 학원에서는 각자 경쟁이라도 하듯 숙제를 쏟아냈다. 각각의 학원은 내가 학교도 다니고 다른 학원도 다니는 형편을 고려해주지 않았다. 각자 자기 분야가 가장 시급하고 중요하다고 목청을 높였다. 이제 겨우 시작이었는데도 벌써 압도되는 기분이었다. 다른 아이들은 어떻게 이 모든 걸 해내는지 곁눈질해보았지만 그들은 모두 덤덤한 일상으로 받아들이는 것 같았다. 나만 놀라고 나만 겁에 질려 있었다.

학교가 끝난 후 교문 앞에서 어김없이 나를 기다리는 자동차를 보고 문득 놀랐다. 교문 앞에 차가 서 있으면 그걸 타는 수밖에 없는 거였다. 집에 갈 때 지하철을 탈지, 버스를 탈지, 걸어갈지 그런 작은 결정조차 할 수 없이, 아무 선택의 여지가 없는 삶이라는 걸 뒤늦게 깨달았다. 편안함과 안락함이 차츰 목을 죄는 굴레처럼 여겨지기 시작하더니 나는 어느덧 아무 설렘 없이 무감하게 차에 오르는 아이들 중 하나가 되었다. 매일매일이 똑같았다. 시현과 내가 탄 차가 어느 학원으로 향하는지, 약 50미터 안팎의 차이가 있을 뿐이었다.

"설이는 역시 대단해요. 저 눈빛을, 의지력을 보세요."

"우리 아이들이 모두 설이에게 이런 점을 배워야 한다고 생각해요."

숙제란 것은 반드시 해야 한다고 생각했으므로 나는 산더미 같은 숙제를 다 해내려고 발버둥 쳤다. 어른들은 내가 발전하는 모습에 기쁨을 함께 나누었다. 아직 그들을 실망시키지 않아서 다행이었지만 모든 걸 다 완벽하게 해내는 건 불가능했다. 그건 의지나 실력의 문제가 아니라 시간 문제였다. 시간상으로 불가능했다. 학원에 숙제를 줄여달라고 했더니 몹시 놀라며, 다른 아이들보다 시작이 많이 늦었으니 따라가려면 더 많이 해내야 한다는 대답이 돌아왔다. 무엇을 얼마큼 따라가야 하는 건지 모른 채, 다른 아이들처럼 어떤 것은 대충 넘기고 어떤 것은 답을 베끼는 기술을 배웠다. 당장 실망시키는 일은 면했지만 내가 오랫동안 간직했던 중요한 자부심 하나가 무너졌고 언젠가는 내 꼼수가 들통나고 말 거라는 불안이 그 자리를 대신했다.

어느덧 쫓기는 듯 초조한 기분 속에 살게 되었다. 하지만 창밖으로 구름이 흐르는 아름다운 건물에 살기 위해선 그 정도 노력은 해야 하는 거려니 했다. 나는 꿈꾸던 훌륭한 부모를, 곽은태 선생님 부부는 꿈꾸던 훌륭한 딸을 얻은 기쁨으로 힘든 것을 퉁쳤다. 하지만 원래부터 곽은태 선생님 부부의 아들로 태어난 시현은 아무 노력 없이 그 집에 살 권리가 있으므로 그 기쁨과 노력에 동참하지 않았다. 시현이 방엔 문고리가 없어서 하얀 강아지 벅터도 콧등으로 밀고 드나들 수 있었다. 하지만 벡터 말고는 아무도 그 아이에게 가서 닿지 못했다. 곽은태 선생님이 소리를 질러도, 시현 엄마가 규칙을 수정하고 새로운 당근을 약속해도, 시현은 사람이 살지 않는 섬처럼 홀로 저 멀리 불만의 바다 위에서 흔들렸다. 내가 오기도 전, 이미 오래전부터 그 바다의 파도는 항상 거칠어, 콧등으로 문을 여는 벡터 말고는 아무도 그 섬에 가 닿을 수 없었다.

"네가 뭐가 부족해서 이래! 네가 누리는 것들, 이 모든 걸 감사하게 여겨본 일이 단 한 번이라도 있니? 내가 너처럼 자랐다면…. 난 내 아들이 너 같을 줄은 꿈에도 몰랐다!"

시현에게 소리를 지르는 곽은태 선생님은 한 번도 본 적이 없는 낯선 사람 같았다. 우상초등학교에 전학 와서 시현을 처음 만났을 때, 시현이 그토록 못되고 독기 서린 아이인 것을 곽은태 선생님이 알까 궁금하게 여겼다. 이제는 시현이 온곡동의 곽은태 선생님을 알까 궁금해졌다. 한 치 틀림없는 손가락 체온계를 자랑하고, 진료실에서 실룩실룩 엉덩이춤을 추고, 유쾌한 농담과 한결같은 관심으로 아픈 아이들과 엄마들에게 웃음과 작은 휴식을 주는 그 곽은태 선생님 말이다.

"시현아, 아빠는 어려운 환경에서도 열심히 공부해서 훌륭한 의사가 되셨잖니. 아빠는 부모에게 아무 도움도 받지 못하고 모든 학비를 스스로 벌면서도 열심히 공부했어. 듣고 있지? 너도 아빠처럼 훌륭한 사람이 되려면 지금 열심히 해야 하는 거야. 하루하루를 열심히 살아낸 사람만이 좋은 직업을 갖고 행복하게 살아갈 수 있어.

시현아, 지금 엄마 말 듣는 거야? 곽시현 너 정말 이럴 거야?"

시현 엄마는 그날그날 달랐다. 어떤 날은 와이파이가 켜지고 어떤 날은 꺼지고, 어떤 날은 스마트패드를 허락하고 어떤 날은 금지했다. 어떤 날은 웃으며 달래고, 어떤 날은 야단치며 빼앗았다. 나는 그날의 학원 과제와 시현의 기분과 곽은태 선생님의 표정과 날씨와 벡터의 배변과 시현 엄마가 즐겨 보는 TV 프로그램까지 모두 종합적으로 고려해 오늘이 어떤 날인가를 점치게 되었다. 내 몸에 무수히 돋아난 촉수에도 불구하고 적중률은 높지 않았다.

좋아하는 웹툰을 보려고 PC를 켰다가 인터넷이 연결되지 않았다는 메시지가 뜨면 격렬한 짜증이 치밀어 올랐다. 차라리 인터넷도 스마트패드도 없는 이모네 집에 있을 때는 답답한 줄 몰랐는데 온갖 첨단으로 무장한 시현네 집 와이파이가 꺼지면 그냥 곧바로 돌아버릴 것 같았다. 그게 그렇게 화낼 일인지 스스로도 신기할 지경이었다. 곽은태 선생님 부부가 공주처럼 위해주긴 하지만 더부살이였으므로 나는 행동을 조심했다. 나도 곽은태 선생님의 친딸이었다면 시현이처럼 문짝에 발길질을 했을지도 모른다. 시현이 왜 매일 반쯤 미쳐 있는지, 종잡을 수 없이 꺼졌다 켜졌다 하는 와이파이 하나만으로도 어느 정도는 이해할 수 있었다.

"설이는 확실히 수과학에 재능이 있어요. 늦지 않았으니 영재고 트랙 돌리세요, 어머니."

"설이는 논리적이고 사고력이 풍부해요. 국제중 국제고 가면 딱이에요, 어머니."

"이번 달 평가고사 결과로 특별반 편성합니다. 마지막까지 관리해주세요, 어머니."

중학 진학을 앞두고 학원마다 아우성이었다. 우리는 각자 입맛에 맞는 쪽으로 미치는 길을 택했다. 나는 새로운 삶 속에서 살아남는 투쟁에 미쳤고 곽은태 선생님은 시현에게 미쳤고 시현 엄마는 와이파이에 미쳤다. 원래부터 미쳐 있었던 시현이 그나마 제일 정상인처럼 보일 지경이었다. 시현이는 제각각 미쳐 어쩔 줄 모르는 우리를 차갑게 비웃었다.

어느 날 시현 엄마의 자동차가 학원이 아닌 다른 곳으로 향했다.

"오늘은 멋진 저녁을 먹을 거야. 시현 아빠 생일이니까."

우리는 우리나라에서 가장 높은 건물에 있는 레스토랑으로 향했다. 창밖으로 길게 늘어진 강물에 저녁 햇살이 반짝였고 한강을 가로지르는 여러 개의 다리들이 한눈에 들어왔다. 붉고 노란 단풍이 강가를 뒤덮고 있었다. 이 레스토랑의 가장 전망 좋은 테이블이 바로 우리 것이었다. 나는 누구나 눈이 휘둥그레지도록 아름다운 세 사람과 함께 자리에 앉았다.

"여기 근사하지 않아? 세계에서 가장 높은 곳에 있는 바닷가재 레스토랑이래."

"와! 여기 진짜 멋있다."

아름다운 풍경과 공간은 사람을 행복하게 하는 힘이 있는 것 같았다. 곽은태 선생님은 모처럼 환하게 웃었다. 시현도 모처럼 기분 좋아 보였다. 레스토랑 예약을 담당한 시현 엄마의 얼굴도 활짝 펴졌다.

"벌써 가을이네. 시간 참 빠르네. 곧 초등학교 졸업하면 벌써 중학생이라니. 시현아, 중학생 될 준비 잘 하고 있지?"

"응."

"초등학생으로 지내는 마지막 시간, 알차게 보내자. 응?"

"응."

"어떻게 준비하고 있는데?"

"잘."

"시현아, 싱겁게 대답하지 말고."

"…예술발표회 날 아빠 올 거야?"

"응?"

"마지막 공연이잖아. 아빠 올 수 있어?"

"…날짜 보고."

"26일이야. 지난번에 말했잖아."

"26일? 그날은 딥브레인 영재고 특별반 선발고사 보는 날이잖아."

"공연 끝나고 가면 되잖아."

"중요한 날인데, 공연에 신경 쓰느라 시험에 집중할 수 있겠어?"

"아, 진짜. 됐어!"

시현은 금세 사나워진 시선을 창밖으로 던져버렸다. 모처럼 이어지던 대화는 끊기고 곽은태 선생님은 굳은 얼굴로 시현을 노려보았다. 당황한 시현 엄마만 어떻게든 분위기를 수습해보려 애를 썼다.

"시현아, 아빠 생신이니까 좋게 이야기하자. 응?"

"아, 뭘?"

"그러지 말고, 모처럼 가족 외식이잖아."

"누가 가족이야?"

"곽시현."

"여보, 그냥 먹자. 괜히 따지지 말고."

"너 지금 그거 무슨 뜻이야. 누가 가족이냐니?"

"알았어, 알았다고."

"여기까지 와서 너 때문에 이렇게 망쳐야겠어?"

"누가 여기 오고 싶다고 했어?"

"그만 좀 해! 늘 이래야겠니?"

"그래, 다 나 때문이란 거지? 알았다고."

"곽시현! 그만 좀 하라고!"

"그럼 누구 때문인데?"

"너 정말!"

곽은태 선생님이 식탁을 쾅 내리쳤다. 꽉 움켜쥔 커다란 주먹, 푸른 수염 자국 아래에서 울근불근 움직이는 턱과 목의 근육. 덩치가 제발 좀 작았으면 좋겠다는 생각이 절로 들 만큼, 곽은태 선생님은 정말 무서웠다. 아버지가 그렇게 무서운 모습인데 맞받아 흘겨보는 시현도 제정신이 아니었다.

남극처럼 얼어붙은 우리 테이블에 거대한 바닷가재가 놓였다. 생일축하 케이크가 뒤따라왔다. 점원이 바닷가재의 커다란 집게발에 작은 양초를 맵시 있게 물려주었다. 오늘은 곽은태 선생님의 생일인 것이다. 우리는 망연하게 생일 케이크를 바라보았다. 점원이 카메라를 들고 머뭇거렸다. 지금 우리에게 사진까지 찍으라는 건 정말 너무하다. 너무 힘겨워서 생일축하 노래도 바닷가재가 불러야할 것 같다.

곽은태 선생님은 시현 엄마에게 성난 눈길을 던진다. 그 눈길에 찔리기라도 한 것처럼 시현 엄마는 시현에게 가족의 사랑과 영재고 특별반 선발고사의 중요성을 설명하고 또 설명한다. 시현은 바닷가재가 하나도 맛이 없다고 사람 속을 긁으며, 나에게 우리가 가족이 아님을 일깨워주는 날 선 비웃음을 날린다.

시선으로 이어진 먹이사슬의 끝에 놓인 나는 바라볼 사람이 없다. 여기 아닌 다른 곳에 있고 싶었다. 아예 세상에서 사라지고 싶었다. 나를 둘러싼 사람들이 화를 내면 왠지 나 때문인 것처럼 생각하게 되었다. 이 멋진 곳에서 바닷가재를 앞에 놓고 시현과 시현 엄마 그리고 곽은태 선생님이 서로를 노려보는 이유가 혹시 내가 여기 끼었기 때문이 아닐까, 아직도 나에게는 음식물 쓰레기통 냄새가 조금쯤 남아 있어서 사람들을 미치게 하는 게 아닐까, 나는 자꾸 무서워졌다. 그런 생각에 한번 사로잡히면 헤어나기가 정말 힘들었다. 정말로 음식물 쓰레기 냄새가 진동하는 것 같았다. 그래서, 너울거리는 촛불을 든 바닷가재를 바라보며 나는 곰곰 딴생각에 빠졌다.

원장님의 칠순에, 동생들이 찾아와주었을까?

창밖으로 맑고 차가운 가을날이 펼쳐져 있었다. 단풍이 붉고 노랗고 푸르렀다. 요양원 앞마당에 천막을 치고 잔치하기 좋은 날씨였다. 잔칫상엔 떡과 잡채를 동산처럼 높이 올렸을 것이다. 나는 떡과 잡채를 먹듯이 바닷가재를 천천히 입에 넣고 씹었다. 칠순이나 팔순을 맞이한 노인들은 한복을 입고, 가족과 자손들은 노인들에게 넙죽넙죽 큰절을 올린다. 노인들이 아이들을 껴안고 기뻐하는 모습을 사진으로 남긴다. 감사의 노래를 부르는 가족들도 있다.

그곳에, 원장님은 어떤 모습으로 계실까?

형제들과 선물과 꽃다발에 둘러싸여 행복하게 웃고 계실까?

원장님의 웃는 얼굴은 잘 생각나지 않았다. 젊고 멋있던 날에는 잘 웃으셨지만, 요양원에 가신 뒤로는 늘 화가 나 있었다. 원장님은 나에게 소리 지르며 화를 냈다. 우상초등학교에 전학 간 후 모든 과목에 만점을 받지 못하고, 담임선생님의 책상을 닦지 않았다는 이유였다. 모두 맞는 말이었다. 대답할 말을 찾지 못하고 나는 울었다.

덜컹. 곽은태 선생님의 화난 엉덩이에 떠밀린 의자가 요란한 소리를 내며 밀려났다. 우리는 사람들의 시선 속에서 맛없는 바닷가재를 절반도 먹지 않고 음식점을 떠나고 있다. 세계에서 가장 높은 바닷가재 레스토랑은 정말 별로라서 나는 그냥 계속 요양원에 있기로 한다. 그날, 원장님께 야단맞고 울었던 그날도 힘들었지만 어쨌거나 그 일은 지나간 옛일이 되었고 감당할 만하게 정리되었기 때문이다.

원장님이 나에게 화를 냈던 것이 칠순에 형제들이 찾아오지 않을까 봐 두려워서라고 이모는 말해주었다. 내가 공부를 열심히 안 해서, 담임선생님의 책상을 닦지 않아서 화를 낸 게 아니란 소리에 깜짝 놀랐다. 사람들이 나에게 화를 내지만, 그 이유가 실은 다른 곳에 있을 수도 있다는 걸 깨달은 날이었다. 그걸 알고 나서 내 마음에 끼었던 먹구름이 깨끗이 사라졌다. 지금 누군가가 네 잘못이 아니라고 말해주면 고맙겠다. 그들이 화를 내는 진짜 이유까지 알게 된다면, 상처는 나을 것이다.

지금은 아무도 말을 하지 않는다. 누구든 입을 연다면 이렇게 말할 것이다. 바로 너 때문이야. 곽은태 선생님은 아내에게 성난 눈길을 던지고, 시현 엄마는 아들을 야단치고, 시현은 나를 노려보고 있다. 그러니까 최종적으로는 나 때문인 것이다. 지금은 침묵 속의 비난을 조용히 견디고, 숨은 이유는 차차 찾기로 한다. 일단은 마음속으로 힘겹게 중얼거렸다. 나 때문이 아닐 거야. 다른 이유가 있을 거야. 사람들은 누군가에게 화를 내지만 그 진짜 이유는 얼토당토않은 곳에 따로 있다. 이모가 나에게 가르쳐준 그 놀라운 비밀은, 지금 내가 이 고통스러운 죄책감을 견딜 수 있는 유일한 힘이 되어주었다.

그날 밤 양치를 하다가 문득 떠오른 생각은, 그렇다면 곽은태 선생님이 화를 내는 게 시현이 때문이 아닐 수도 있겠다는 거였다. 이리저리 뒤집어 생각해봐도 그 생각은 논리적으로 틀린 데가 없었다.

7

우상초등학교의 가을 예술발표회는 규모나 수준 면에서 내가 이전에 알던 초등학교 발표회와는 전혀 달랐다. 나는 오케스트라 연주를 듣고 충격을 받았다. 드레스와 턱시도를 입은 아이들의 복장뿐 아니라 음악의 수준도 조잡한 구석이 없는 전문 클래식 연주단 같았다.

나는 늦게 전학 와서 속할 만한 특별활동부가 마땅치 않았다. 하다못해 음악줄넘기반조차도 서커스단처럼 수준이 높아서 낄 수가 없었다. 나는 리코더연주반에서 불협화음만 가까스로 면하는 정도로 발표회를 마치고 다른 아이들의 수준 높은 공연을 구경만 했다. 교장선생님이 자부심을 눌러 담아 말한 대로, 발레도 연극도 뮤지컬도, 모두 전문가급 수준이었다. 전문가의 수준이란 게 어떤 건지 잘 몰라도 온곡초등학교의 발표회와는 현격한 차이가 있었다. 이렇게 어린 아이들이 벌써 이 정도 높은 수준에 도달했다면 훗날 이 아이들은 보통 사람들과 어떤 격차를 가지게 될까. 나도 모르게 두려움에 빠지고, 내가 기적처럼 붙잡은 이 황금 동아줄을 결코 놓치지 말아야겠다는 생각이 간절해졌다.

시현은 아이돌댄스 그룹으로 무대의 마지막에 등장했다. 어둡던 조명이 일순간 밝아지면서 잠시 마비되었던 우리 망막에 거미처럼 기다란 시현의 팔다리 실루엣이 보이기 시작하자 우리는 모두 발작하듯 소리를 질러댔다. 그건 정말 뜻밖의 일이었다. 다른 아이들이라면 몰라도 나는 시현과 한집에 사는 사이였다. 그의 눈곱 낀 눈이나 입가에 말라붙은 빨간 국물에 점점 익숙해져서 더 이상 시현의 멋진 외모에 열광하거나 가슴 설렐 일은 없겠다고 생각하고 있었다. 그런데 무대에 나타난 사람이 누구인지 알아차리기도 전에 나는 이미 소리를 질러대고 있었다. 경련이나 재채기처럼, 비명을 멈출 수 없었다. 알 수 없는 일이었다. 시현에게는 사람을 그렇게 무력하게 만드는 힘이 있었고 그 힘은 내가 생각한 것보다 훨씬, 훨씬 더 강했다.

시현은 단 한 명의 시선도 놓쳐서는 직성이 풀리지 않는 욕심 많은 아이였다. 무대에는 다섯 명의 남자아이들이 있었지만 우리의 시선은 모두 시현에게만 꽂혔다. 사람의 손목과 허리의 움직임이, 팔꿈치와 어깨의 선이 그토록 아름답고 격렬할 수 있다는 걸 시현에게서 처음 알았다. 이전까지 우리를 정화시켰던 클래식 음악들은 깡그리 잊었다. 이날의 발표회가 이렇게 끝나리라는 걸, 오로지 시현의 마지막 무대를 더욱 빛나게 하기 위해 다른 이들이 그 모든 수고를 했다는 걸 우리 학교 아이들은 모두 알고 있는 것 같았다.

아니 잠깐, 내가 지금 우리 학교라고 했나? 이 재수 없는 우상초등학교가 우리 학교라고? 뭐지? 내가 미쳤나? 공연이 끝나고 눈물을 줄줄 흘리며 체육관을 나오는 아이들 틈에서, 나는 나 자신이 어이없었다. 그런데도 내 어리석음은 가히 끝이 없어서, 나는 이 학교가 우리 학교요, 울고 있는 이 아이들이 내 친구들이라고 받아들인 것을 넘어서 잠시 후면 시현과 같은 자동차를 타고 같은 집으로 하교할 내 처지가 이루 말할 수 없이 우쭐해지는 거였다.

발표회가 끝나자 시현과 사진 한 번 같이 찍기 위해 우리 학교의 모든 아이들이 몰려들었다. 그 무리 속에 달려들고 싶어 하는 내 몸을 달래느라 발을 비비 꼬았다. 시현에게 잘했다고, 멋있었다고, 최고였다고 외치고 싶었다. 누구보다 큰 소리로 외칠 수 있을 것 같았다. 난생처음으로 나는 스마트폰을 가진 다른 아이들이 부러웠다. 아이들은 춤추는 시현의 모습을 녹화해 돌려보고 또 보고 있었다.

시현은 극성 맞게 달려드는 팬들을 휩쓸고 가다가 나와 눈이 마주쳤다. 그는 내 눈빛을 읽고 슬며시 웃었다. 비웃음은 전혀 아니었다. 잘난 척하는 웃음도 아니었다. 이 순간 그 아이는 진정 잘났기 때문에 그걸 잘난 척한다고 해서는 안 된다. 자기 자신을 잘 알고, 만족하고, 자신만만한, 그 아이에게 가장 잘 어울리는 웃음이었다. 그 웃음에 잠시 넋을 잃었다. 몰려드는 아이들의 서슬에 떠밀려 내가 비틀거리자 시현은 재빨리 손을 내밀었다. 아주 잠깐이었지만 내가 넘어지지 않게 잡아주고 슬쩍 몸을 비켜 자리를 떠나면서 조심하라고 말하는 소리를 들은 것 같기도 했다. 자연스러운 동작이었지만 분명 따뜻함이 담겨 있다고 생각했다. 쿵쾅거리는 심장은 들키지 않을 수 있었지만 얼굴이 새빨갛게 달아오른 것까지는 어쩌지 못했다. 미친, 나는 혼자 속으로 중얼거렸다. 존나 멋있네.

"시현 엄마는 전생에 우주를 구했나 봐. 어쩌면 저런 아들을 낳았을까."

"아이돌 어머님, 친하게 지냅시다."

"졸업하면 아쉬워서 어째요. 시현이 공연을 더 이상 못 보겠네."

사람들에게 둘러싸여 축하와 칭찬을 받는 시현 엄마는 난감해 보였다. 발표회를 보러 온 아빠들 사이에 곽은태 선생님은 보이지 않았다. 나는 시현이 받은 산더미 같은 꽃다발과 선물 들을 시현 엄마와 나누어 들고 자동차로 힘겹게 발걸음을 옮겼다.

"발표회가 너무 늦게 끝났어. 특별반 편성고사 보는 날인데."

오늘 시현이 멋지지 않았나요? 난 시현이가 원수처럼 미울 때도 많지만, 심지어 악마라고 생각한 적도 있지만 오늘은 솔직히 멋지던데. 내 눈에도 시현이가 멋질 지경이면 그건 대단한 것 같은데. 하지만 그 엄청난 공연이 방금 끝났는데도 시현 엄마는 조금도 기쁜 것 같지 않았다. 아름다운 얼굴은 초조해서 굳어져 있었다. 오늘만큼은 시현이가 자랑스럽지 않을까, 오늘조차 기쁘지 않다면 언제 기쁜 것일까.

"설아, 너처럼 야무지고 똑똑한 아이들만 있으면 엄마 노릇도 얼마나 쉽겠니. 우리 시현이 이제 곧 중학생인데 언제 철이 들려는지 모르겠다."

아무리 문자를 쳐도 시현에게선 답이 없었다. 사실 스마트폰을 빼앗긴 뒤로 시현은 구석기폰을 쳐다보지도 않았다. 시현이 오지 않는 자동차 안에서 시현 엄마와 나는 말없이 기다렸다. 받지 않는 전화를 몇 번째 걸던 시현 엄마는 결국 왈칵 눈물을 쏟았다.

"아, 정말. 아들 키우긴 너무 힘들어."

곽은태 선생님은 아들의 그 멋진 공연을 보러 오지 않았고 시현이 엄마는 그런 공연 따위는 아무것도 아니라고 울고 있었다. 세상에서 가장 높은 바닷가재 레스토랑에서 시현이 바닷가재가 맛없다고 삐죽거렸던 것이 생각났다. 그들은 각각 최고의 것을 눈앞에 놓고도 그건 하나도 좋은 게 아니라고 손발을 내저었다. 가족이란 내가 결코 이해할 수 없는 이상한 세상이다. 결국 시현 엄마는 은수 엄마에게 나를 학원에 데려다달라고 부탁하고 시현을 찾아 나섰다. 말을 하지 못하는 나는 자동차 뒷자리에 앉아서 은수 엄마와 은수가 나누는 이야기를 잠잠히 들었다.

"시현이는 왜 공부를 시키려고 하지? 아이돌 시키면 좋을 텐데."

"시현이도 아빠처럼 의사를 시키고 싶어 하니까."

"아이돌이 의사보다 돈도 훨씬 많이 벌 텐데?"

"진짜 아이돌이 되는 게 어디 쉬운 일인 줄 알아?"

"시현이라면 할 수 있을걸? 시현이는 아이돌이 될 거야!"

"맞아. 시현이 같은 애들이 연예인 돼야 해. 끼가 넘쳐서. 근데 은

수 씨는 아이돌 될 가능성이 없으니까 오늘 선발시험이나 잘 보시라고요."

딥브레인 학원에서 영재학교 진학 특별반을 선발하는 오늘 시험은 무엇보다 중요했다. 불과 얼마 전까지만 해도 그런 세상이 있는 줄도 모르고 살았지만, 이 동네에서는 가장 중요한 일이었다. 곽은태 선생님도 시현 엄마도 우리가 이 시험에 붙기를 간절하게 소망했다. 이것이 가장 중요했고, 다른 것은 아무것도 중요하지 않았다.

아이들은 시험장으로 들어가고 자식들이 선발시험에 붙기를 소망하는 부모들은 복도를 서성였다. 시현과 나는 다른 고사실에 배정되었다. 시험장으로 들어서며 나는 머릿속이 혼란스러웠다. 시현 엄마는 시현을 찾았을까? 시현은 시험을 잘 볼 수 있을까? 시현이 떨어졌는데 나만 붙으면 시현의 부모는 기분이 나쁘지 않을까? 그렇다고 내가 떨어진다면, 나는 시현에게 모범을 보이지 못한 것이 아닐까? 나는 붙어야 하나 떨어져야 하나? 알파고라면 신의 한 수를 계산해낼 수 있을까?

이런 기분은 처음이었다. 시현과 이상한 방식으로 얼기설기 얽혀, 이 시험은 내 시험이 아닌 것 같았다. 시험지가 돌려지고 아이들이 사각사각 문제를 푸는 소리가 교실을 채웠지만 나는 내 이름을 쓴 뒤로는 더 이상 아무것도 쓰거나 생각할 수 없었다. 시험지에 그려진 묘하게 비틀린 도형을 보고서도 남의 세상 일인 듯 멍하다가, 문득 어릴 때 풀잎보육원에서 갖고 놀던 삼각도형 장난감이 떠올랐다. 평범한 직선 모양이었지만 각각의 마디를 요령껏 회전시키면

178

탑 모양, 회오리 모양, 공 모양까지 자유자재로 모양을 바꿀 수 있었다. 마디를 분리하거나 이어 붙일 수도 있었다. 나는 그 신기한 장난감을 아주 좋아해서 별별 모양을 다 만들곤 했다. 시험지에 그려진 도형의 원리가 그것과 비슷하다는 걸 깨닫고 흥미를 느꼈다.

'여섯 번째 칸을 왼쪽으로 두 번 비틀면 세로축을 중심으로 반전시켜도 같은 모양이 되겠어.'

계산이 복잡한 다른 문제들은 손도 대지 못했지만 머릿속으로 도형을 비틀고 돌리면서 풀 수 있는 것들은 다 풀었다. 처음에 심란했던 마음을 잊고, 퍼즐처럼 재미있었다. 내가 할 수 있는 건 다 했으니 붙든 떨어지든 더 이상 내 소관이 아니란 생각이 들었다. 콧노래라도 부를 것처럼 묘하게 흥겨운 마음으로 고사장을 나와 시현 엄마와 눈이 마주치는 순간, 현실로 돌아왔다. 시현 엄마는 복도에서 눈물을 훔치고 있었다.

"시현이는 시험에 늦게 들어갔어. 설아, 어쩌면 좋으니."

시현이 고사장에서 시무룩하게 나왔다. 그 아이를 요정처럼 돋보이게 했던 화려한 무대화장은 얼룩덜룩 번지고 초라해져 있었다. 무대에서 그 아이를 빛나게 했던 생기의 잔해조차 남아 있지 않았다. 살그머니 두 엄지손가락이라도 세워주고 싶었지만 시현은 계속 외면했다. 마음이 아팠다. 시현 엄마는 이리저리 전화를 돌려 시험 문제가 어땠는지, 다른 아이들은 시험을 어떻게 보았는지 정보를 수집했다. 우리는 자동차 뒷자리에서 각자 반대쪽 창밖만 내다보았다.

곽은태 선생님은 일찍 퇴근해서 우리보다 먼저 집에 와 있었다. 곽은태 선생님이 이렇게 일찍 퇴근하는 건 드문 일이었다. 그분이 다른 어느 때보다 기분이 나쁘다는 걸 한눈에 알 수 있었다. 시현 엄마는 다급한 변명을 늘어놓았다.

"시험 문제가 굉장히 어려웠대. 다들 너무 놀랐다고 하네. 못 푼 문제가 많다고도 하고. 시현이가 조금 늦게 들어가긴 했지만….."

"당신 그만해. 설이는 방에 들어가 있어라. 오늘은 시현이랑 이야기를 해야겠으니까."

곽은태 선생님은 시현 엄마의 말을 자르고 무뚝뚝하게 말했다. 시키는 대로 내 방으로 들어가다가 충동적으로 문을 잠갔다. 내 방에는 아직 문고리가 남아 있으니까, 문을 잠글 수 있는 것도 특권이었다. 침대와 책상과 예쁜 옷이 가득 찬 옷장이 있는 그 방은 언젠가부터 조금도 아늑하지 않았다. 창밖으로 강과 숲이 펼쳐져 거인의 어깨 위에 올라온 것처럼 신기하게 생각한 적도 있었지만, 거인의 어깨 위, 살아보니 별로였다.

"대체 무슨 생각으로 그런 거야? 오늘이 중요한 시험인 거, 몰라?"

"일부러 그런 거 아니야! 애들이랑 사진 좀 찍느라 그런 건데….."

문을 잠갔지만 가족의 대화는 하나도 걸러지는 것 없이 다 들렸다. 곽은태 선생님의 목소리는 가차 없이 우렁우렁했고, 시현의 목소리엔 단박에 울음이 섞였다. 저렇게 큰 소리로 말하면 벡터가 무서워할 텐데, 방으로 데리고 올걸 그랬나 하는 생각이 들었다. 이럴 때 벡터라도 껴안고 있으면 훨씬 위안이 될 것 같았다.

"누가 공연하고 사진 찍지 말래? 아빠가 다 참아줬잖아! 그럼 너도 최소한의 분별력이 있어야지! 맨날 정도를 넘어서 이런 문제를 일으키니까 아빠가 이러는 거잖아!"

"마지막 공연이었잖아! 다른 아이들은 오늘 모두 놀이공원 야간 개장에 가기로 했어! 시험 보느라 나만 빠졌단 말이야!"

"다른 아이들이 그렇게 중요해? 네 인생은 생각하지도 않아?"

"그래서 안 가고 시험 봤잖아! 어쩌다 조금 늦은 건데….”

"뭐가 중요한지 아직도 그렇게 분별이 안 돼? 공연을 했으면 공연으로 끝나야지! 그것 때문에 중요한 시험도 망치고 약속도 모두 어긴다면, 너를 어떻게 믿을 수가 있겠냐고!"

"너무해! 나도 열심히 했는데! 내가 잘한 건 하나도 인정해주지 않고! 믿을 수 없다는 소리만 맨날 하고!"

"머릿속이 텅텅 비어서 춤추고 멋 부리는 거나 좋아했지, 올바른 판단력은 쥐뿔만큼도 없는데 뭐를 인정하란 말이야?"

"됐어! 아빠랑 얘기 안 해! 아빠는 아빠처럼 공부 잘하는 재만 있으면 되잖아! 나 같은 건 아들이라고 하고 싶지도 않잖아!"

문고리가 없는 시현의 방문이 크게 흔들렸고, 마루를 가로지르는 시현의 발소리, 그리고 "벡터! 벡터!" 하고 부르는 소리가 들렸다. 시현은 화가 나면 늘 벡터를 데리고 공원에 나가곤 했다. 하지만 벡터는 시현에게 달려오지 않았다.

"벡터는 없다."

곽은태 선생님의 목소리가 들렸다.

"처음부터 약속이었잖아. 공부를 열심히 하면 개를 키우기로. 네가 약속을 지키지 않은 거니까, 너는 벡터를 키울 자격이 없다."

시현이 무어라 울부짖는 소리가 잠깐 들렸던 것 같다.

벡터는 없다. 나는 내가 방금 들은 말 속에 갇혀버렸다.

벡터는 온몸이 복슬복슬한 하얀 강아지였고, 영재학교에 가기 위해 우리가 배워야 할 수학 공부의 마지막 단원 제목이기도 했다. 처음부터 공부를 열심히 하는 조건으로 데려온 개였다. 약속은 아마 지키는 게 옳을 것이다. 시현은 열심히 공부해야만 했다. 공부를 열심히 하지 않았으니 개를 키우기로 한 약속은 깨진 거라는 곽은태 선생님의 말은 아무리 생각해도 논리적으로 틀린 데가 없었다. 그런데 눈앞이 하얗게 바래고, 고막이 터질 것처럼 안에서 무언가가 부풀어 오르고, 숨쉬기조차 힘들었다. 학교에서 그 저주받은 동영상을 처음 보았을 때처럼 숨을 쉬려면 온몸을 쥐어짜야 했고, 가슴에서 짐승의 울부짖음 같은 비명이 치받쳐 올라왔다.

이 방에 혼자 있다가는 숨이 막혀 죽을 것 같아서 나는 황급히 문을 박차고 나가려 했다. 문이 잘 열리지 않아서 문이 부서져라 뒤흔들고 발로 차고 문 열라고 소리를 질렀다. 알고 보니 내가 아까 문을 잠갔던 거였다. 잠금쇠를 풀고 문을 열자 곽은태 선생님의 놀란 얼굴이 보였다. 라운드 티셔츠와 파자마를 입은 모습이었다.

어느새 나는 곽은태 선생님의 통나무 같은 팔뚝에 이빨과 손톱으로 매달려 있었다. 고함치는 목구멍에서 피 맛이 나는데도 소리는 멀게만 느껴지고, 곽은태 선생님을 아무리 할퀴어봐도 손톱조차 남의 것처럼 감각이 닿지 않아서, 나는 점점 더 손톱과 이빨에 극악하게 힘을 주었다. 그리고 언제 함묵증이 깨끗이 나았는지 목이 터지도록 소리를 질러댔다.

"너무해! 이런 법이 어디 있어? 당신은 아이를 키울 자격이 없어! 당신이야말로! 당신이야말로!"

눈이 뒤집혀 곽은태 선생님의 팔뚝을 할퀴고 깨물고 심지어 목을 조르려다가 실패하고, 다음 순간 나는 어두운 밤거리를 헤매고 있었다. 패악을 부리다 도망쳐 나왔지만 설마 곽은태 선생님이 내 손에 죽지는 않았겠지. 선생님이 쓰러졌는지 의식을 잃었는지, 아니면 간지러움에 코웃음 쳤는지 나는 그 마지막 장면을 기억하지도 못했다. 그냥 정신 차려보니 밤거리를 내달리고 있었다.

지갑이라도 챙겨서 나올걸, 아니 겉옷이라도. 어느새 가을이 깊어져 저녁 바람은 쌀쌀했다. 시현 엄마는 나에게 깜짝 놀랄 만큼 넉넉한 용돈을 주었지만 지갑을 챙겨 나오지도 못했으니 그림의 떡이었다. 부잣집 딸로 살았는데, 그 돈을 쓸 기회가 한 번도 없었다.

시현네로 돌아갈 생각은 조금도 없었다. 그렇다고 이모네도 아니었다. 그 사람들이 달아난 나를 찾으려면 제일 먼저 온곡동으로 향할 것이다. 하지만 나는 이모 집으로 돌아갈 생각이 없었다. 모두 개를 쉽게 버리는 사람들이었다. 나는 추위가 아닌 분노로 몸을 떨며, 엉엉 울면서 걸었다. 아코와 벡터가 세상에서 사라지듯이, 그렇게 사라지고 싶었다.

세상은 이전과 똑같았다. 집을 뛰쳐나간 계집애를 찾기 위해 서치라이트가 하늘을 휘젓고 호각을 부는 경찰들이 거리를 내달리는 일은 일어나지 않았다. 나는 사람들의 눈에 띄지 않도록 조심하며 아파트 단지의 샛길을 따라 걸었다. 주민들이 사용하는 피트니스 센터 뒤쪽 버려진 화분 아래 내가 숨겨둔 비상금 3만 원은 꼬깃꼬깃한 모습 그대로 있었다. 집 바깥 비밀 장소에 비상금을 숨겨두라고 가르쳐준 사람은 이모였다. 이모네 집 앞 화분 아래에도 내가 숨겨둔 3만 원이 있을 것이다. 통통한 금붕어처럼 굼뜨게 움직이던 이모가 생각나면서 또다시 울컥 분노가 치밀었다. 지금은 무얼 봐도 무얼 생각해도 분노 말고는 아무것도 느껴지지 않았다. 손에 쥔 3만 원을 내려다보다가 무엇을 해야 할지 생각이 났다.

아코를 찾으러 가야겠다.

그건 내가 살면서 해낸 가장 좋은 생각이었다.

아코는 시골로, 아는 사람의 마당이 넓은 집으로 갔다고 했다. 그곳에서 마음껏 뛰어놀면서 행복하게 살고 있다고 했다. 개는 그렇게 뛰어놀아야 행복한 거라고 했다. 이모는 그 시골이 어딘지 정확하게 말해주지 않았지만 갑자기 격렬하게 고양된 내 정신은 이모가 어물어물 숨기려 했던 흐릿한 정보의 미세한 속뜻까지도 한 번에 꿰뚫었다.

아코는 통백리에 있다.

통백식당 할머니는 식당을 큰딸에게 물려주고 고향으로 돌아갔다. 넓은 마당이 있는 집에서 텃밭을 가꾸며 지낸다고 했다. 길고양이가 창고에 자꾸 새끼를 낳아서 골치라고, 개를 구해야겠다고 했다. 통백식당 할머니의 고향이니까 통백리다. 아코는 통백리의 작은 집에서 고양이를 쫓으며 살고 있다.

통백리에 찾아가서 아코를 만날 것이다. 만나서 어쩌겠다는 계획은 없다. 그냥 찾아가서 보기만 하면 된다. 이모 말처럼 아코가 넓은 뜰에서 뛰놀며 행복하게 살고 있다면 그걸로 좋다. 혹시 나를 원망했을지도 모르는데, 아코에게 내가 너를 버린 것이 아니라고 꼭 말해주고 돌아설 것이다.

아코가 나를 그리워하며 불행하게 살고 있다면, 아코와 함께 떠날 것이다. 아코는 내 개니까, 함께 굶어 죽을 것이다. 그런데 이 세상이 나와 아코가 함께 굶어 죽게 내버려둘지 모르겠다. 경찰이나 보호센터, 그런 곳에서 나와 아코를 찢어놓으려 할 것이다. 그들에게 보이는 건 사나운 고아 계집애와 겁 많은 잡종 개일 뿐이고, 우리가 서로 사랑한다거나 헤어지고 싶어 하지 않는다는 사정 따위는 그들이 알 바 아닐 것이다. 그들이 중요하게 생각하는 건 나에게 꾸역꾸역 밥을 먹여서 숨 쉬고 살아 있게 만드는 것뿐인데, 아코 없이 살고 싶지 않다는 이야기는 100만 년을 설명해도 알아듣지 못할 것이 분명하다.

다시 붙잡혀 풀잎보육원으로 돌아가거나 이모네, 시현네, 또는 또 다른 위탁가정을 만나게 된다면, 그러느니 그냥 죽어버리고 싶다. 진심이다. 나에게 더 이상의 가짜 가정은 필요하지 않다. 그리고 진짜 가정이란 것도 이젠 뭔지 알았는데, 그것도 음식물 쓰레기통이

나 별반 다르지 않은 거였다.

　나는 고속버스를 타고 횡성까지 간 다음에 거기서 통백리로 가는 버스로 갈아탈 생각이었다. 통백식당 할머니가 그렇게 서울에 다닌다는 소리를 들은 적이 있었다. 고속버스 터미널 휴게실 TV 앞에서 졸다 깨다 하면서 밤을 보내고 화분 밑에서 찾아낸 3만 원으로 버스표 구매까지 해냈다. 버스에 달랑 올라앉아서 세상을 다 속여 넘긴 승리감을 만끽하고 있었는데 난데없이 곽은태 선생님 부부가 나타났다. 알고 보니 어른들이 감쪽같이 나를 속인 거였다. 그들은 나에게 가짜 표를 주고, 버스에 앉혀놓고, 가출한 아이가 있다고 경찰에 연락했다. 편의점에서 산 소시지를 냠냠 먹고, 버스 출발이 좀 늦어지는 것 같아 의아하게 여기는 내 눈앞에 곽은태 선생님 부부가 들이닥쳤다.

　나는 두 사람이 내 부모가 아니라고, 따라가지 않겠노라고 뻗대다가 경찰에게 꿀밤 한 대를 더 벌었다.

　더위를 많이 타서 어제까지도 반팔을 입던 곽은태 선생님은 드디어 긴팔 셔츠 차림이었다. 셔츠 아래로 내 이빨 자국을 널찍하게 가린 붕대가 아른아른 비쳤다. 두 사람 다 퀭한 얼굴이었다. 나는 미안하다고 말하지 않았다. 함묵증이 다 나아서 이제는 욕도 잘하고 소리도 잘 지른다는 게 이미 다 밝혀졌지만 어젯밤엔 어디서 잤느냐, 지갑도 안 가져갔던데 돈은 어디서 났느냐는 질문에 모두 대답하지 않았다.

　"설아, 벡터는 잘 있단다. 동물병원에 하루 맡아달라고 부탁한 거였어.”

“내가 너무 심했다. 벡터를 버리지 않을 거야. 그냥 시현이가 정신을 차리라고 그렇게 말한 거였어. 시현이에게도 사과했고 설이 너에게도 정말 미안하다. 우리 사과를 받아다오.”

나는 곽은태 선생님의 사과를 받지 않을 생각이었다. 벡터를 버릴 생각이 아니었다는 것도, 벡터가 버려지지 않을 것이란 약속도, 하나도 믿을 수 없었다. 어른들은 이런저런 이유를 대며 개들을 버렸다. 시현이 중요한 시험을 망치면 벡터는 다시 버려질 것이고, 시현이 계속 공부를 하지 않으면 벡터처럼 나도 버려질 것이다. 벡터의 운명은 어찌 될지 모르겠다. 벡터는 나의 개가 아니니까. 나에겐 아코가 중요했다. 내 개 아코는 여전히 통백리에서 나를 기다렸고 나는 어떻게든 아코를 찾으러 가야 했다.

그때 이모가 나타났다. 늘 입는 낡은 겨울 점퍼 차림에, 늙고 어리둥절한 모습이었다. 이모는 나를 덥석 껴안으려고 달려오다가, 내가 이모를 흘겨보는 것을 보고 벌린 두 팔을 내렸다.

“이모님, 면목이 없습니다. 제가 설이를 잘 돌보지 못하고… 설이가 저 때문에 또 상처를 많이 받았습니다.”

이모는 새파랗게 심지를 세우고 흘겨보는 내 눈꼬리만 멍하니 바라보았다.

“설이가… 아직도 말을 안 하나요?”

“어제는 말을 했어요. 지금은 저한테 화가 나서 그런 것 같습니다.”

하지만 내가 지금 미워하는 건 곽은태 선생님이 아니라 이모였다.

곽은태 선생님 따위는 관심도 없었다. 곽은태 선생님은 내 이모가 아니니까. 이모는 내 이모였고, 나는 세상에서 이모가 제일 미웠다.

"설아, 말 좀 해봐. 어디로 갈 생각이었니?"

"횡성 표를 끊었던데, 횡성에 가서 무얼 하려고 그랬어?"

횡성이라는 말을 듣자 이모의 얼굴이 실룩거렸다.

"횡성?"

이모는 이 세상에서 제일 멍청하고 바보 같고 못된 사람이었다. 어젯밤 눈앞이 하얗게 되도록 세상을 덮었던 불 같은 분노가 다시 끓어오르기 시작했다. 어제보다 더 난폭하게, 곽은태 선생님한테 한 것보다 백만 배나 흉포하게 이모를 깨물고 할퀴고 목을 조르고 싶었다.

"설아⋯ 횡성에⋯ 통백식당 할머니한테 가려고 그랬니?"

그렇지. 자기가 한 나쁜 짓을 알기는 아는구나. 나는 그 모습에 더욱 기가 막히고 분이 치밀어 이대로 폭발하고 말 것 같았다.

"아코⋯ 아코를 보러?"

그 이름이 이모 입에서 나오자 더 이상 참을 수 없었다. 내 목에서 솟구치는 쇳소리와 피 냄새에 내가 고개를 돌리고 싶을 지경이었다. 하지만 터져 나오는 고함을 멈출 수 없었다.

"그래! 아코! 이모가 아코를 내다 버렸지! 내가 돌아왔는데도 데려오지 않고! 이모는 거짓말쟁이야! 세상에서 제일 나쁜 사람이야! 난 이모가 미워! 아코한테 갈 거야!"

8

내 아가 설아.

그동안 이모가 너에게 했던 모든 거짓말을 용서해다오.

이모는 배운 것 없는 무식한 사람이다.

부끄럽지만 중학교도 마치지 못했어.

배운 사람들이라면 누구나 쉽게 처리할 간단한 문제들조차 이모는 어려워서 쩔쩔맬 때가 많았다.

그리고 정말로 어쩔 줄 모를 때에는 거짓말을 하곤 했어.

어떻게든 그 순간은 넘겨야 하고, 어떻게 하는 것이 좋은 처신인지 알 수가 없었으니까.

그렇게 너에게 했던 많은 거짓말을 지금은 너무나 후회한다.

그것이 너에게 더 큰 상처가 될 줄은 몰랐어. 알았다면 그렇게 하지 않았을 거야.

나는 네가 조금이라도 덜 상처받기를 바랐고, 그래서 부족한 머리로 이런저런 거짓말을 궁리하곤 했지.

실은, 좋은 거짓말을 생각해낼 겨를조차 없을 때도 있었어. 그럴 땐 그냥 아무렇게나 입에서 나오는 대로 말을 해버린 거야.

지난여름, 네가 앤더슨 가족에게 파양되어 돌아왔을 때가 그랬다.

너는 정말 심하게 아팠고, 나는 네가 죽기라도 할까 봐 너무 겁이 났어.

네가 무사히 낫는 것에만 신경을 쓰느라, 좋은 대답을 미리 준비해놓지도 못했던 거야.

네가 정신이 돌아오자마자 아코를 찾을 거라는 건, 누가 생각해도 뻔한 일이었는데….

나는 그렇게 어이없이 생각이 짧은 사람이란다.

한참 늦어서 사실대로 말하는 게 더 이상 아무 의미 없을지 모르지만, 나는 너에게 거짓말을 하지 않겠다고 약속했으니 사실을 가르쳐줄게.

아코는 죽었단다.

너에게 차마 그 소식을 전할 수가 없었어.

너는 열두 살이었는데 체중이 25킬로그램이었고, 물 한 숟가락도 넘기지 못하고 모두 토했어.

그런 너에게 아코가 죽었다는 말을 할 용기가 나지 않았어.

그랬다가는 네가 살아갈 마지막 용기조차 잃고 아코를 따라갈까 봐 너무나 겁이 났거든.

지금 나의 거짓말을 이렇게 후회하면서도, 생각해보니 그때로 다시 돌아가더라도 나는 또다시 바보 같은 거짓말을 할 것 같구나.

나는 도저히 사실대로 말할 수가 없었단다.

아코는 똑똑한 개였어. 네가 떠나자마자 무슨 일이 일어났는지 금세 알아차린 거지.

네가 수련회에 갔다든지, 며칠 후 돌아올 거라든지, 그렇게 생각하지 않았어.

녀석은 끊임없이 울었어. 멍멍 짖거나 깽깽 두려워하는 게 아니라 진짜로 울었어.

어어엉, 우우웅, 하는 아주 길고 비통한 울음이었어.

네가 있을 땐 한 번도 들어보지 못한 소리였지.

아코가 나만큼이나 슬퍼하고 있다는 건 누가 보아도 분명했어.

아코가 그렇게 슬퍼하고 있는 걸 알면서도, 아코를 보살펴주지 못했어.

네가 앤더슨 가족에게 입양된 후 나는 무슨 정신으로 살았는지 모르겠어.

늘 하던 대로 동백식당에서 일을 했지만, 무슨 일을 해도 팔다리에 힘이 없고 몸이 둥둥 뜬 것 같았어.

손님에게 덜 익은 고기를 주고, 쟁반을 엎고, 심지어 뜨거운 고기 기름을 내 무릎에 쏟기까지 했지.

아코가 사료를 잘 먹지 않는데도 이 녀석도 슬퍼하는구나, 하고만 생각하고 말았어.

무엇을 어떻게 해야 하는지 아무 생각도 나지를 않았던 거야.

그리고 너도 알다시피, 아코는 아주 소심한 개였어.

보통 개들처럼 산책을 가자고 보채거나 현관 밖을 노리는 법이 없었지.

아코는 너하고만 산책을 다녔어.

아코가 좋아한 건 너하고 함께하는 시간이었지, 바깥세상을 싸돌아다니는 것 따위에는 아무 관심이 없었거든.

그래서 나는 아코가 집을 나간 줄도 몰랐단다.

여느 때처럼 동백식당에서 쪽파를 다듬고 있는데, 꽃집 언니가 와서 그러는 거야.

나와봐요. 요 앞에서 개가 죽었는데, 그 집 개인 것 같아요.

우리 집 개요? 아코? 아코가 왜?

정신이 아득하고 무릎이 덜덜 떨려서 앉은뱅이 의자에서 일어나는 데만도 한참이 걸렸지.

길가에서 죽은 그 개는 아코가 맞았어.

세탁소 정 씨가 그러는데, 아코는 아침부터 상가와 놀이터를 울면서 헤매고 다녔대.

위태로워 보여서 잡으려고 하면 재빠르게 사라졌고.

그러다가 지나가던 차에 치인 거야.

입가에 피가 맺히긴 했지만 흉한 모습은 아니었단다.

이건 정말 맹세코 사실이야.

192

아코가 흉한 모습으로 죽었다면, 며칠 새 야위어버린 가련한 옆구리와 덥수룩한 목덜미를 내가 그렇게 오랫동안 쓰다듬어줄 수는 없었겠지.

내가 아침에 문단속을 잘했더라면 아코가 죽지 않았을 거라고 수없이 자책하기는 했지만 나는 실은 그 개를 조금은 이해했단다.

아코는 네가 없는 세상에서 살고 싶지 않았던 거야.

그러니까 내가 정신 빠진 틈을 타서 살그머니 현관을 나설 때 아코는 이미 그렇게 마음을 먹었던 거지.

너를 찾거나, 아니면 죽거나.

자기 생각대로 하다가 떠나서 그런지, 아코의 마지막 모습은 편안해 보였단다.

실은, 아코가 나보다 낫다고 생각했어.

개들은 아주 단순하고, 그래서 사람보다 훌륭할 때가 있거든.

이것이 내가 너에게 숨겨왔던 아코의 실제 이야기란다.

거짓말이라고는 티끌만큼도 없다고 맹세할 수 있어.

아코는 통백리에 가지 않았어. 할머니의 너른 텃밭에서 뛰놀며 행복하게 살지 않았어.

네가 아코를 데리고 산책하던 길가에 아코를 묻었어.

키 큰 나무가 그늘을 드리우는 벤치 뒤편에, 작은 꽃과 돌멩이로 표시를 해놓았어.

아코는 그렇게 죽었어.

너에게 거짓말을 하지 않겠다고 맹세했으니 끝까지 그 약속을 지켜야 하겠지.

하지만 또다시, 거짓말을 하고 싶어지는구나.

예전에 그래왔던 것처럼, 거짓말로 사실들을 감출 수만 있다면 내 영혼이라도 내놓고 싶다.

사실이라는 건 이 세상에서 제일 무서운 것 같아.

그게 그렇게 무서우니까 세상엔 그렇게 많은 거짓말들이 있는 거겠지.

나는 거짓말하는 사람들을 다 이해해. 너무너무 이해해.

나는 지금도 거짓말을 하고 싶어서 미치겠거든.

원장님이 돌아가셨다.

요양원의 칠순잔치가 어떻게 되었냐고 네가 지나가듯 물어보았을 때 나는 또다시 이 세상의 모든 거짓말을 다 하고 싶어졌어.

머리가 나쁜 사람이지만, 이것저것 둘러댈 수 있었겠지.

칠순잔치엔 미국에 사는 동생들이 찾아왔고, 형제들이 의논한 끝에 원장님을 미국의 더 좋은 요양원에서 모시기로 했다거나.

네가 스무 살이 넘을 때까지, 또는 그보다 더 오래 나는 거짓말로 너를 속일 수 있었을 거야.

아코가 동백리에서 뛰놀 듯이, 원장님은 미국에서 형제들에게 둘러싸여 있었겠지.

194

내가 아는 원장님은 한평생 외로운 사람이었어.

풀잎보육원이 그분의 인생이었어.

그분이 외로운 분이었다는 말이 믿어지지 않나 보구나.

하긴, 그분은 언제나 많은 사람에 둘러싸여 있었으니까.

보육원 아이들, 보육사들, 행정기관 사람들, 기부자들, 자원봉사자들, 나와 같은 직원들까지.

네가 풀잎보육원에 있었던 그 기간이 원장님 인생의 절정기였단다.

네가 신년 방송에 나가고 사람들의 주목을 받으면서 한동안 풀잎보육원은 시끌벅적했지.

그때 그분은 정말 행복해 보였단다.

활기차게 인터뷰를 하고 기부자들을 맞이하던 모습이 눈에 선하구나.

하지만 사람들의 관심은 짧고, 더구나 원장님은 곧 건강을 잃었으니까.

요양원에 들어간 후 그분의 외로움이 시작되었지.

늘 일하던 분이 거동의 자유마저 잃고 나니 얼마나 괴로우셨겠어.

점점 더 어둡고 까다로운, 네가 기억하는 말년의 원장님이 되셨단다.

그분은 그렇게 생각하셨지. 늙고 병드니 모두 자신을 외면하고 버렸다고.

그런데 좀 더 꼼꼼하게 들여다보자면, 그분의 외로움은 요양원에서 시작된 게 아니야.

그분은 이전부터 외로운 분이었어. 늘 바쁘고 시끌벅적하니까 스스로 외롭다고 느끼지 못하신 거지.

왜 그렇게 생각하냐고?

풀잎보육원에 있을 때, 그분의 친구나 가족이 찾아오는 걸 본 적이 없으니까.

사람이 일하느라 바쁠 때는 늘 그런 법이야. 주변에 사람이 많고 시간이 없지.

그러니 외롭다고 느낄 이유도 시간도 없어.

하지만 일이 끝나면 일 때문에 사람을 만날 일도 없어지고, 혼자 있는 시간이 계속되지.

사람이 외롭지 않으려면 사랑하는 사람이 있어야 한단다.

사랑하는 사람은 할 일이 있어서 만나는 게 아니거든.

그냥 보고 싶으니까, 마음이 쓰이니까 만나게 되지.

요양원에서 비로소, 그분이 외롭다고 느낀 시간이 시작된 거야.

우리는 그분을 사랑했어.

그러니까 요양원으로 매달 그분을 찾아간 거야.

하지만 우리 사랑으로 그분의 시간을 모두 채울 수는 없었지.

원장님은 우리가 더 자주 찾아가고 더 많은 사랑을 드리길 원하셨지만, 그럴 수 없었어.

네가 힘들어했거든.

요양원에 찾아가는 주말이 다가오면 너는 눈에 띄게 말이 없어지고 얼굴이 어두워졌어.

원장님은 늘 무엇을 해야 한다, 이것이 중요하다, 내가 말한 대로 했니? 그런 말씀을 하셨는데, 그 말들이 어린 너에게 너무 힘들었겠지.

놀랍게도 그분은 수많은 아이를 돌보는 원장님이셨는데도 어린아이들의 굳어진 어깨나 작은 한숨들이 의미하는 것을 알아차리는 능력이 거의 없으셨어.

그렇다고 원장님이 나쁜 사람이었다는 말은 아니란다.

훌륭한 분이셨어. 나는 그분께 한없이 감사하고, 원장님을 아주 존경하고 사랑했어.

내가 너를 만나게 된 것도, 네가 좋은 교육을 받으며 자란 것도 모두 그분 덕분이었어.

그분은 이곳저곳에서 후원과 지원을 받고, 그 적은 돈으로 많은 아이를 가르치고 먹여 살리는 일에 아주 유능하셨지.

후원금으로 받은 돈을 한 푼도 빼돌리지 않고 모두 아이들에게 쓰셨어.

조금쯤은 자기를 위해 써도 좋을 텐데, 라는 생각이 들 때도 아낌없이 보육원을 위해 모든 걸 내놓으셨지.

하지만 뜻밖에도 그분은 사랑을 주고받는 일에는 아주 서툰 분이셨던 거야.

보육원 아이들이 모두 그분의 은덕을 입었지만, 그분과 사랑을 주고 받을 수는 없었단다.

그분께 정작 필요한 건 사랑이었는데 말이야.

그분은 너를 아주 예뻐하셔서 늘 따로 원장실에 있게 했지만, 언제나 책을 읽고 학습지를 풀게 하셨어.

대화를 나눌 땐 어제 읽은 책의 내용이 무엇이냐고 물으셨지.

그러지 말고 그냥 너를 껴안고 바닥에 누워서 오른쪽으로 세 바퀴, 왼 쪽으로 세 바퀴씩 데굴데굴 굴렀으면 좋았을 텐데.

그러면 웃음이 드문 네 얼굴에도 정말 예쁜 미소가 피어오르곤 했는 데 말이야.

네가 곽은태 선생님 댁으로 가고 난 후 또다시 나는 정신이 온통 엉클 어졌단다.

아코가 내 무릎 밑으로 빠져나가는 줄도 모르던 그때처럼, 그렇게 넋 이 나가 있었던 거지.

그런 멍청한 정신으로 원장님을 찾아갔어.

너라는 아이를 누구보다 잘 알고 있는 그분과 네 이야기를 하고 싶 었어.

가르마가 있는 정수리 부분만 유난히 심한 네 곱슬머리라든지, 유리 컵은 항상 두 손으로 잡는 조심스러운 성격이라든지, 누가 뭐라 하지 도 않았는데 혼자서 왼손잡이를 오른손잡이로 바꾸어버린 악바리 기 질 같은, 너를 키운 사람들만 함께 나눌 수 있는 그런 이야기 말이야.

그런 이야기를 하다 보면 너를 보내고 고통스러운 마음이 달래질 것 같았어.

하지만 원장님은 그때 온통 자신의 괴로움에만 사로잡혀 있었던 거야.

바로 칠순잔치 문제였지.

맥이 탁 풀렸지만, 그래, 그분께는 그게 제일 중요한 일이었으니까 어쩔 수 없다고 생각했지.

꼭 네 이야기가 아니더라도, 무슨 다른 이야기라도 하다 보면 기분이 좀 나아질 테니까.

걱정하지 마시라고, 나도 칠순에 찾아올 거고 오랫동안 원장님과 함께 일했던 다른 직원들도 잊지 않고 찾아올 거라고 원장님을 안심시켜드렸지.

하지만 그분은 그날, 무엇으로도 행복하게 해드릴 수 없는 기분이었어.

그러면, 설이는 그날 못 온다는 말이냐?

네가 아직 몸이 다 낫지도 않았는데 오히려 서둘러 곽은태 선생님 댁으로 갈 수밖에 없었던 형편을 설명해드렸지만 그걸로는 이해하지 못하셨어.

내 덕에 잘 자라고 이제 좋은 가정까지 가졌으면서, 제 배가 부르니 은혜 따위는 잊은 게로구나.

예전 같으면 내가 그때쯤 입을 다물고 그냥 원장님 불평을 들었겠지.

하지만 그날은 나도 그러지 못했어. 나도 너무 속이 새까맣게 썩어 있었던 거야.

좋은 가정이라니요. 그 집에 보내지 말걸 그랬나 걱정이 되는데요.

왜?

그 아이가 설이에게 그… 그 동영상을 보여줬잖아요!

사실 그게 걱정이었단다. 곽은태 선생님은 믿을 만한 분이라고 생각
했지만 그 시현이란 아이가 한 짓이 워낙 괘씸했어야 말이지.

아이를 그렇게 기른 부모라면 과연 믿을 만한 분이 맞는가, 그런 생각
이 떠나질 않았던 거야.

그런데 원장님은 다른 소리를 하셨어.

무슨? 그 비디오 보여준 거? 왜? 그게 무슨 대단한 일이라도 된다고?

그럼요! 설이한테는 힘들죠!

힘들기는 뭐가 힘들어?

네? 친구들이 그 모습을 다 보고, 원장님! 애가 그렇게 상처를 받았는
데!

무슨 모습? 음식물 쓰레기가 좀 묻은 거 말이냐? 그게 뭐가 어때서?
나라면 쓰레기통 속에서 발견됐어도 이만큼 훌륭하게 자란 것이 자랑
스럽다고, 당당하게 말할 게다!

우린 그렇게 아이들처럼 입씨름을 시작한 거야.

그때라도 내가 입을 다물었으면 어땠을까. 그랬다면 지금 원장님은
살아 계실까?

나는 그런 생각을 하루에도 백만 번씩 한단다, 설아.

그게 아마도 후회라는 거겠지.

하지만 그날 나는 입을 다물지 못했어. 오히려 소리를 지르기 시작했지.

원장님은 늘 그런 식이라고. 온통 자기 생각뿐, 남이 힘들 거라는 생각은 할 줄 모른다고.

그 TV 방송 덕분에 후원금을 많이 받을 수 있었지만, 정작 설이에게는 그 일이 무엇보다 괴로웠을 거라는 생각은 한 번도 안 해보셨냐고.

원장님도 지지 않고, 네가 그렇게 멍청하니까 설이를 제대로 돌보지 못한 거라고 맞받으셨어.

그 방송이 아니었으면 무엇으로 설이가 그렇게 좋은 환경에서 자랄 수 있었겠냐고.

설이는 그 일을 자랑스럽게 여기고 누구에게나 당당하게 말할 수 있어야 하는 거라고.

우리는 서로 지지 않으려고 점점 더 목청을 높여댔어.

길거리에서 욕설을 퍼부으며 싸워대는 중학생들처럼 추한 꼴이었지.

그렇게 서로 소리나 꽥꽥 질러대다 끝났으면 그냥저냥 속이 후련해지기라도 했을 텐데, 적당한 선에서 멈추지 못한 거야.

눈이 뒤집혀서, 해서는 안 될 말을 해버린 거야.

우리 다툼을 말리러 온 간호사 앞에서, 나는 끝내 이렇게 소리를 질러버렸어.

그러면 원장님도 그렇게 하세요! 방송을 불러서 이렇게 입이 비뚤어진 모습도 다 보여주시고, 형제들도 하나도 안 오지만 자랑스럽다고,

당당하게 말씀을 하시라고요! 기부금을 많이 받아서 미국에 가시면 되잖아요!

그 순간 접견실에 흐르던 정적을 무어라고 말해야 할지 모르겠구나, 설아.

우리 말고 다른 사람들도 많았는데, 모두 아무 말도 하지 않았지.

내가 그렇게 가시 돋친 말을 해버렸다는 걸, 나는 지금까지도 믿을 수가 없다.

하지만 그건 내 입에서 나온 말이었어, 분명히.

그리고 그 순간 원장님의 마음에서 무언가 중요한 것이 부러져버렸다.

내 귀에 그 우두둑 소리가 들리는 것만 같았어.

원장님의 눈이 왕방울만 하게 커지고 입가가 실룩거렸어.

무언가 더 말씀을 하실 것 같았는데 말이 되어 나오지 않았어. 싸움은 끝나버렸지.

나는 급히 죄송하다고, 말이 심했다고, 잊어버리시라고 빌기 시작했는데, 이미 늦은 일이었어.

벌써 말이 나와버렸으니까, 없던 일로 돌이킬 수는 없었던 거야.

원장님은 다시 소리를 지르기 시작했는데, 그분은 더 이상 원장님이 아니었어.

야아아아! 이 거지야, 이 도둑아! 이 콧물, 코딱지야! 오줌아! 똥아! 이 꼬추, 똥꼬, 똥구멍아!

마지막으로 휠체어에 실려 가면서 나에게 소리 지른 말들은 그런 거였어.

눈물과 콧물이 온통 그분의 얼굴을 뒤덮고 있었지.

원장님은 어린애로 돌아가버린 거야. 울고 발버둥 치고 욕하는, 상처받은 어린아이.

내가 원장님에게 아주 못된 일을 했다는 걸 바로 알 수 있었어.

요양원에서 버스 정류장까지 걸어가는 동안 몇 번을 주저앉았는지 몰라.

이튿날 요양원으로 다시 찾아갔어.

소용없는 일이겠지만, 정말로 죄송하다고 빌고 싶었지.

사람의 상처를 그렇게 찌르는 게 아니었으니까. 후회가 너무 컸어.

그런데 원장님이 병원으로 옮겨졌다는 거야.

언제나 위태롭던 뇌혈관이 터져버린 거라고, 간호사가 이야기를 해주더구나.

우리가 길거리 똥개들처럼 싸우던 모습을 다 지켜본 바로 그 사람이었지.

원장님은 다시는 의식을 회복하지 못했어.

중환자실에 계셔서 마지막 인사도 드릴 수가 없었지.

이틀 후 새벽에 돌아가셨어.

원장님은 언제나 형제들이 자기를 미국에 데려가길 바랐어.

나이가 들고 몸이 아프고 외로우니까 혈육 곁에 있고 싶었겠지.

그 일은 끝까지 일어나지 않았단다.

그들은 칠순잔치 대신 장례식에 왔지.

내가 누굴 욕할 처지는 아니지만, 영정사진을 바라보면서 눈물조차 흘리지 않더라.

나한테 인사는 잘 차리더구나. 끝까지 언니 곁을 지켜주셔서 감사하다고.

내가 어떤 사람인지 알았더라면 그러지 않았을 텐데.

그게 원장님의 마지막이었어.

여기서 이야기를 마무리하고 싶지만, 아직도 하나가 더 남았거든.

이 이야기를 너에게 하는 것이 무엇보다 고통스럽다는 것을, 네가 알아주면 좋겠다.

아코나 원장님의 이야기도 정말 힘들었지만 이 이야기에 비하면 그건 너무 단순한 이야기처럼 느껴지기도 해.

개와 사람이 죽는 건, 그들이 태어났다가 삶이 다하는 건, 너무 당연한 일이잖아.

지금 하려는 이야기는 어디에도 당연한 구석이 없단다.

너의 생채기를 휘젓고 덧나게 하는 일이겠지만, 지금 꼭 해야만 한다는 생각이 든다.

지금 하지 않으면 영원히, 이야기하기 좋은 때란 것은 찾을 수 없을 거야.

우리 이야기의 모든 시작, 네가 처음 풀잎보육원에 온 날의 이야기야.

그해가 끝나던 송년의 밤에, 나는 어느 때보다도 허전했다.

크게 금실이랄 것은 없어도 평생 의지하고 살 줄 알았던 남편이 뜻밖에 일찍 세상을 떠났거든.

종교는 없었지만 근처에 보이는 교회에 갔어. 거기선 사람의 온기를 좀 느낄 것 같아서.

그런데 거기서도 사람들은 다들 자기 가족들, 친구들, 아이들과 함께 있더구나.

어디에도 끼어들 자리가 없는 것 같아서 나는 어물어물 뒷걸음쳐 교회를 빠져나올 생각이었어.

교회 현관에는 이런저런 안내 포스터가 붙어 있었는데 그중에 풀잎보육원의 것도 있었어.

그곳에서도 마을 주민들이 함께하는 신년 행사를 한다는 거야.

아기들이 있는 곳! 갑자기 어떤 희망이 떠올랐어.

나는 아가들을 좋아했는데, 나에게는 자식이 생기지 않았으니까.

외로운 아기들 곁에 있으면 함께 따뜻할 수 있을 것 같더라고.

그곳으로 가야겠다고 마음먹었지.

교회와 가깝다고 했는데, 엄청나게 멀었어. 나중에 보니 산을 하나 넘었더구나.

네가 기억하는 그곳과는 다른 곳이야. 이사하기 전에는 더 높고 외진

곳에 있었어.

마을을 지나서 인가가 드물어진 작은 길을 한참 걸었어.

불빛이 사라지자 무서워졌어.

아주 추운 밤이었고, 길을 잘못 들었나 싶은 생각이 더럭 들었는데, 돌아가기에도 너무 멀리 온 거야.

깜깜한 내리막길에 빙판이 있을까 봐 벌벌 떨며 걸었던 기억이 나.

사람들이 사는 집이 아주 드문드문 있었고, 숲과 산비탈 텃밭으로 둘러싸인 곳이었어.

잘 보이진 않았지만 우수수 우수수 하는 바람 소리나 찬 공기에 섞인 숲 내음이 그랬지.

서울을 밝히던 불빛이 모두 사라진 다음에야 풀잎보육원이 나왔어.

보육원이라는 간판도 보이지 않았고, 그냥 낡고 찌그러진 작은 집이었어.

분명 포스터에는 신년 행사를 한다고 했는데, 내가 잘못 보았나 싶을 만큼 인기척이 없었지.

그래도 문은 열려 있어서 살그머니 들어가보았어.

작은 식탁에 몇 가지 과자와 음료수가 놓여 있었고, 마을 노인들이 몇 명 앉아서 TV를 보고 있었어.

초등학교에 다닐 성싶은 아이들이 서너 명.

반쯤은 졸면서, 킥킥거리고 장난을 치기도 하면서 자기들끼리 웅크리고 앉아 있었지.

어떤 여자에게 말을 걸어보았어. 이곳엔 아가들은 없나요?

더 어린 애들은 자고 있지요. 늦었으니까. 그녀가 대답했어.

맞아. 아가들이 함께하기엔 너무 늦은 밤이었어.

별다르게 행사랄 만한 것이 없다는 걸 깨달았지만 나는 그곳에서 그 날 밤을 보내기로 했어.

굳이 빈집으로 가고 싶지도 않았고, 새해 첫아침을 이곳에서 맞는 것도 괜찮다고 생각했지.

노인들과 아이들은 적당한 공간을 찾아 잠을 청하기 시작했지만 나는 쉽게 잠들지 못했어.

그 무렵엔 늘 잠이 오지 않아서 밤새 뜬눈으로 새우곤 했지.

새벽 네 시쯤이었을 거야. 머리가 아파서 더 이상 누워 있을 수가 없었어.

바깥바람을 쐬면 좀 나을까 생각하고 밖으로 나왔어.

새해 첫날, 눈이 내리고 있었어.

살이 찢어질 것 같은 추운 공기를 몇 번 들이마시며, 마음을 진정시키려고 했지.

올해의 첫날을 이렇게 맞이하는구나, 이제 어떻게 살아가야 하지, 그런 생각들을 하면서.

그 깊은 밤에, 사람들이 웅성거리고 있었어.

많지는 않았어. 한 서너 명쯤? 어둠 속에 조명을 켜고 있어서 그들의 움직임이 보였지.

눈 속에 아기를 안고 있는 원장님이 제일 먼저 눈에 들어왔어.

그 아기가 너야. 내가 원장님을 처음 본 순간이기도 해.

아기다, 내 가슴이 두근거렸지. 나는 유령처럼 그들에게 다가갔어.

이거론 부족한데. 좀 더, 좀 더 확 당기는 거 없나? 뭐 좀 없어?

두툼한 패딩을 입은 남자의 목소리가 들렸어.

이거 어때요?

원장님의 목소리는 덜덜 떨리고 있었지. 눈발은 굵어져 가는데 그때 그분이 입었던 모직 코트는 그 새벽 추위엔 좀 얇았단다.

뭐야? 과일 바구니? 여기 담아서 온 걸로? 오케이.

그럼 이제 들어갈까요?

아닌데. 아직도 좀… 더 확 당겨야 해요, 뭐 더 없나?

아직도 더 해야 해요? 추운데….

설날 첫 방송이니까 자칫하면 묻혀거든요. 다들 잔치 분위기로 떵까떵까 하는데 우리만 버려진 아기가 있습니다, 이렇게 칙칙하게 나가니까, 충격을 확 줘야 해요. 아주 확 놀라게. 뭐 없나? 쓸만한 거? 이거 뭐야? 윽, 냄새.

여기서 찾았다고 해요?

그거 좋네. 이렇게 선물 바구니에 넣어서. 아기 엄마가 아기를 여기 버리고 간 거야. 그리고 원장님이 새벽기도 갔다 오다가 음식물 쓰레기통에서 아기 울음소리를 듣고 꺼낸 거야. 오케이. 그걸로 가죠.

실제로 아기를 넣지는 않아도 되겠지요? 어머나… 진짜로요…?

꽝꽝 얼었는데요.

차에서 토치 가져와. 녹여. 녹여서 발라. 화면에 보여야 하니까 등에도 다 발라. 안아 올렸을 때 등도 다 젖고 그런 거 다 보이게.

그들은 내가 곁에 있는 줄도 몰랐을 거야. 조명은 아주 작았고, 일은 은밀함 속에서 진행되었으니까.

그다음부터는 네가 알고 있는 대로야. 설아.

너는 그렇게 풀잎보육원에 왔단다.

9

"저는 스펜서 반으로 갈래요."

"설아, 스펜서는 4학년 클래스야. 밀즈반이 6학년들 다니는 반이잖니."

"알아요. 근데 밀즈는 책이 너무 어려워요. 나는 《사피엔스》가 무슨 이야기인지 하나도 못 알아듣겠어요. 스펜서반 애들이 읽는 책은 좀 재미있어 보였어요."

"설아, 그렇게 네 마음대로 할 수 없는 거 알잖아. 네가 끼면 4학년 동생들도 불편해요."

"그러면 하는 수 없죠. 그만 다닐래요."

독서논술 학원 실장님은 탁 소리가 나게 클리어파일을 덮었다. 나는 될 대로 되라는 기분이었다. 이미 영어 학원은 그만두었고 독서논술은 반을 바꿔준다면 계속 다녀볼까 했는데 안 된다니 어쩔 수 없는 일이었다.

시현 엄마와 나는 논술 학원을 나와서 천천히 걸었다. 멀지 않은 곳에 하늘을 찌를 듯 높이 솟은 시현네 집이 보였다. 겉면 대부분이 유리로 된 그 건물은 하늘의 구름과 건물을 두른 강과 숲, 주변의 또 다른 건물들까지, 내 방 창밖으로 내다볼 수 있는 그 모든 것을 비추는 멋진 화면이 되기도 했다. 이곳의 삶이 행복했다고 말할 수는 없지만 그 건물의 위용만은 내가 사랑했다고 고백해야 할 것 같다. 저런 곳에 산다는 게 어떤 것인지 맛을 본 지금은 다소 씁쓸함이 섞였지만 여전히 그 건물을 볼 때마다 나는 가벼운 설렘을 느꼈다.

"얘야… 좀 쉬었다 가자."

시현 엄마는 결국 걸음을 멈추고 벤치에 털썩 앉았다. 동물병원에 하루 맡겨진 동안 미용을 해서 더욱 말쑥해진 벡터가 시현 엄마의 무릎 위에 톡 뛰어 올라갔다.

나는 약간 죄책감을 느끼며 그 곁에 앉았다. 그분이 꿈꾸었던 착한 딸에 대한 로망을 나는 모래알처럼 산산이 박살 내고 말았다. 세계 최고의 AI와 빅데이터와 3D 프린터를 모두 동원한다고 해도 그 것을 원래 모습대로 다시 복구할 수는 없을 것이다. 시현 엄마는 침착하려 애쓰며 이야기를 시작했다. 그분의 목소리가 가늘게 떨렸다.

"그래, 다른 건 모두 좋아. 영어나 독서논술 같은 건, 그건 뭐 그만둬도 좋아. 너 혼자 힘으로도 할 수 있을 테니까. 하지만 딥브레인 영재고 대비반은… 설아, 네가 거기 붙었다는 건 정말 보통 일이 아니야. 넌 지금 잘 모르겠지만, 그건 정말 대단한 거라고."

시현 엄마가 어떤 숭고한 느낌까지 담아서 이야기하는 그 '딥브레인 영재고 대비반'에 대해 나는 약간 어리둥절한 느낌뿐이었다. 대부분의 문제를 손도 못 대고 도형 문제를 몇 개 풀었을 뿐인데 나는 뜻밖에도 선발자 명단에 이름이 올랐다. 나의 합격에 대해 몇몇 학부모들이 격렬하게 이의를 제기했다. 평소 수업을 들을 때 나는 알아듣는 것이 거의 없는 지진아에 가까웠기 때문이다. 그러나 학원의 대답은 뜻밖이었다.

"이 아이는 우리가 가르친 적도, 자신이 배운 적도 없는 방식으로 문제를 풀었습니다. 총점이 낮기 때문에 논란이 된 것을 이해합니다만, 영재고 진학에 월등히 유리한 논리 구조를 갖고 있습니다. 우리 딥브레인은 될 만한 아이를 뽑습니다."

이곳은 도깨비 같은 동네다, 나는 속으로 혼잣말을 했다. 이곳 사람들이 살아가는 방식을 도저히 이해하기 힘들었다. 딥브레인이 합격자를 뽑는 방식이나 곽은태 선생님 부부가 시현을 사랑하는 방식, 모두 내가 이해할 수 있는 범위 바깥에 있었다.

"설아, 한 번만 더 생각해보지 않을래? 딥브레인은 다니자. 응? 거기 하나만 다니자고."

"딥브레인 안 다닐래요."

시현 엄마가 무슨 말을 더 하려다가 멈추었다. 아름다운 아랫입술이 바르르 떨렸다.

"어쩌면 좋으니. 아이들을 기르는 건 나한텐 너무 어렵구나."

결국 시현 엄마는 울음을 터뜨렸다. 내가 이상한 방식으로 도형 문제들을 풀었던 그날, 벡터가 시현 엄마의 금속 버클 구두를 사랑하듯, 나는 하늘과 강이 아른아른 비치는 웅장한 건물 같은 이 동네의 어떤 점들을 사랑한 거였다. 우리는 서로 이해하지 못하면서도 서로에게 매료되는 어떤 지점들이 있었는데 시현 엄마는 그 안타까운 엇갈림에 결국 눈물을 흘리고 말았다.

"우리 집에 올 때 너는 지금과 달랐어. 마른 스펀지처럼 지식을 흡수하고, 뭐든 해내겠다는 의욕에 넘쳤어. 난 정말 기뻤어. 너 같은 아이를 한번 키워볼 수 있어서 꿈만 같았어. 그랬던 네가, 불과 몇 달 만에 이렇게 되었구나. 그건 내 양육 방식이 틀렸다는 뜻이겠지? 시현이도 저렇게 망쳐놨는데 이제 너까지. 난 정말 망손이야."

그분의 눈물을 보는 건 정말 가슴 아픈 일이었다. 나는 진심으로 그분을 좋아했기 때문이다. 곽은태 선생님 댁으로 올 때, 시현 엄마에게서 흔히 말하는 차별이나 구박을 받지 않을까 속으론 은근히 걱정도 되었다. 속을 썩이기는 해도 시현이는 그분의 외아들이었고, 나는 피 한 방울 섞이지 않은 남, 부모조차 알 수 없는 유기아동이었으니까 말이다.

하지만 그 면에서 시현 엄마는 훌륭하고도 남음이 있었다. 그분에게서 차별이나 구박을 받았다고 느낀 적은 단 한 순간도 없었다. 오히려 시현이 샘을 낼 만큼 시현 엄마는 나를 예뻐하셨다. 백화점 샘플 립스틱을 바른 두 얼굴을 같이 거울에 비춰보고, 굵은 빨대로 포도알만 한 버블이 올라오는 밀크티를 함께 쪽쪽거릴 때면 진짜 그분의 딸인 것처럼 한없는 행복감에 젖었다.

그분이 나에게 쓰신 학원비도 적지 않은 돈이었을 것이다. 그분은 나라에서 대주는 내 교육비 정도에 만족하지 않았다. 시현에게 쓰는 것과 똑같이, 최고의 학원만을 고집하셨고 남들이 유난하다고 숙덕거려도 흔들림이 없었다. 나에게 그렇게 해주는 것이 기쁘고 보람이라고 늘 말했다. 그런데 내가 이렇게 단기간에 비뚤어진 아이가 되는 바람에 그분은 낙심천만이었다.

"시현 엄마 잘못이 아니에요. 그렇게 말씀하지 마세요."

그녀는 눈물로 얼룩진 얼굴을 들어 나를 바라보았다. 진심으로 그분을 위로하고 싶었다. 나 때문에 올 이유가 하나도 없다고 이야기하고 싶었다.

"고맙다. 하지만 네가 아무리 그렇게 말해도 난 정말로 이 모든 게 다 나 때문인 것만 같아. 말해봐. 그렇게 공부를 좋아하던 네가, 왜 갑자기 이렇게 된 거니?"

"벌써 말씀드렸잖아요. 너무 어렵고 많아서 힘들고 너무 재미가 없다고요. 그래서 하기 싫어진 거라고요."

"공부는 언제나 힘들고 어렵지. 근데 너는 그동안 남들을 깜짝 놀라게 할 만큼 잘해왔잖니. 왜 갑자기 하기 싫어졌냐니까?"

"혼자 조금씩 할 때는 그렇게 힘들지 않았어요. 재미있기도 했고요. 근데 여기서 하는 건 하나도 재미가 없어요. 너무너무 힘들기만 하다고요."

"그게 대체 무슨 소리니. 아이들이 학원에서 좋은 선생님들의 도움을 받는 건 그게 더 쉽고 편하기 때문이야. 앞으로 중학교 고등학교에서는 공부할 내용이 훨씬 많아지기 때문에 초등학교 때처럼 혼자서 하는 거로는 한계가 있다고."

"그러면 성적이 떨어지면 그때 도움을 받겠어요. 지금까지는 잘해왔으니까, 그냥 제가 하던 대로 하고 싶다고요."

"성적이 한 번 떨어지면 이미 늦은 거야. 그땐 돌이킬 수 없이 힘들어져. 그러니까 미리 준비해야 한다는 거야. 그리고 영재학교는, 혼자 공부해서는 결코 갈 수 없어."

"영재학교 안 갈래요. 나는 거기 가기 싫어요."

"얘야, 제발! 어른 말을 들어라! 거긴 너처럼 똑똑한 아이들이 마음껏 공부하라고 나라에서 만든 곳이야! 그곳에 얼마든지 갈 수 있는 축복받은 재능을, 그냥 허비하겠다는 말이니?"

나는 이 모든 질문에 대해 모두 성실하게 대답했다. 다섯 번, 열 번, 어쩌면 스무 번도 넘게 대답했을지도 모른다. 하지만 무한한 반복이었다. 답은 모두 정해져 있었다. 나는 재능이 있기 때문에 영재학교에 가야 하고, 영재학교는 혼자서 공부해서는 갈 수 없는 곳이고, 그러니까 나는 딥브레인 학원에 다녀야 했다. 영재학교에 안 가는 건 축복받은 재능에 대한 배신이었고 재능을 배신하지 않으려면 딥브레인 학원에 다녀야만 했다. 이 무한궤도에 꼼짝없이 붙잡혀 며칠째 뱅글뱅글 돌고 있었다. 딥브레인 학원에 다니지 않고 영재학교에 가지 않겠다고 고집을 부리는 나는 하늘이 주신 소중한 재능을 허투루 낭비하는 교만의 죄를 저질렀기 때문에 어느 날 천둥벼락을 맞거나 덤프트럭에 깔리는 천벌을 받을지도 모른다.

"말해봐! 왜 내 말에 대답하지 않니?"

"여태 대답했는데, 내 말은 하나도 듣지 않잖아요!"

결국 나는 바락 소리를 질러버렸다. 지나가던 사람들이 우리를 쳐다보았다. 함께 립스틱을 바르고 밀크티를 마실 때는 세상 없이 좋았지만, 학원 이야기가 나오면 그냥 끝장이었다. 밀크티의 시현 엄마와 딥브레인의 시현 엄마는 완전히 다른 사람인 데다가 딥브레인을 거절하자 밀크티도 사라져, 결국 딥브레인의 답 없는 시현 엄마만 남았다. 함묵증에서 벗어난 지 일주일도 되지 않아, 나는 어른에게 소리 지르는 아이가 되었다. 좋은 가정에서 사랑받고 자란 많은 아이들이 고마우신 부모님께 왜 함부로 빽빽 소리를 지르고 못된 반항을 하는지, 나는 완전히 체득했다. 내가 받은 것이 축복받은 재능이든 유복한 환경이든, 그것을 땅바닥에 내팽개치고 발로 쾅쾅 짓밟기 전에는 이 저주받은 고리에서 벗어날 수 없었다.

"세상에. 시현이랑 똑같네."

그래서 시현이의 그 비웃는 눈꼬리와 버릇없는 말대답도 똑같이 보여주었다.

"왜요, 제 방 문고리도 뜯어버리시게요?"

"윤설!"

그다음에 우리는 각각 다른 길을 걸어서 같은 집으로 돌아갔다. 당연하다는 듯이 내 방문을 잠갔다. 그런 일을 하고 있는 내 손을 신기하게 바라보았다. 태어나 내 방이란 것을 가진 지 이제 두 달밖에 되지 않았다. 문을 잠그지 않으면 대화 좀 하자고 시현 엄마가 문을 열고 들어오고, 그러면 또 지겨운 도돌이표가 계속되었다. 잠긴 문 안에서 저녁도 굶어보았다. 나는 간식을 먹지 않고 밥심만으로 사는 아이라서 고통스러운 일이었다. 시현 엄마가 꼬박꼬박 주는데도 쓸 일이 없었던 용돈의 쓸모를 처음으로 생각해냈다. 초코파이와 멸균우유, 오래 두고 먹을 수 있는 비상식량을 숨겨놓아야 했다.

다음 날 아침, 나는 평소보다 일찍 일어나 학교 갈 채비를 마쳤다. 곽은태 선생님 부부의 둥그레진 눈앞에서 시리얼에 우유를 부어 얼른 아침 식사를 해치우고 선언했다.

"학교에 혼자 가겠어요."

"애! 어떻게 너 혼자 간다고 그러니?"

"지하철 타고 갈 거예요."

"지하철을 타면 시간도 훨씬 더 많이 걸리고, 이 시간엔 엄청 붐벼! 너 정말 왜 이래!"

"지하철 타고 학교에 가는 게, 제가 나쁜 일을 하는 거예요?"

"윤설! 그런 식으로 말해야 하니?"

"왜요? 제가 함묵증일 때가 더 좋았어요?"

시현 엄마는 이마를 짚었다. 곽은태 선생님은 당황해 어쩔 줄 모르는 얼굴이었다. 물어뜯거나 싸가지 없이 말하거나 두 가지뿐인 내 입을 틀어막아버리고 싶었을 것이다. 사실 함묵증일 때 나를 어른들은 가장 좋아했다.

굉장한 기세로 현관을 나설 때, 시현이 평소와는 달리 이른 시간에 일어나 비웃음 없는 얼굴로 나를 곰곰 보고 있었다.

지하철 등굣길은 겨우 붙은 갈비뼈가 다시 으스러지지나 않을까 두려울 만큼 초만원이었다. 어느새 동그라미 네 개짜리 고급 차에 익숙해진 내 몸은 온곡동에서 매일 지하철과 버스를 갈아타며 우상 초등학교에 등교했던 시절을 선사시대 제천행사처럼 까마득하게 회상했다. 아침마다 친모녀처럼 따사롭던, 머리 땋는 과정을 생략해서 이제 나는 그냥 긴 생머리였다. 아이들은 또 달라진 내 모습을 흥미롭게 흘끔거렸다.

학교가 끝나고, 교문 앞에는 시현 엄마와 벡터가 나를 기다리고 있었다. 나는 어색하게 꾸벅 인사하고 그대로 지나치려 했다. 시현 엄마가 간절하게 물었다.

"설아, 진짜로 차 안 탈 거야?"

"네."

"집으로 바로 올 거지?"

"아니요."

"어디 갈 건데?"

"…."

"이모님께 갈 거니?"

"몰라요."

"언제 들어올 건데?"

"진짜로 몰라요. 그만 물어보시면 안 돼요? 그냥 돌아다닐 거예요."

나는 홱 돌아서서 종종걸음 쳤다.

어디로 갈지는 정말로 생각해보지 않았다. 예전에 그랬던 것처럼 그냥 발길 닿는 대로 돌아다닐 생각이었다. 까진 초등학생답게 사람 많은 대학가에 가서 거리 공연도 보고 옷과 구두도 구경하고 화장품 가게의 테스트용 샘플도 마음껏 바르면서 돌아다니곤 했다. 하루 종일 혼자 싸돌아다녀도 지루하거나 피곤한 줄 몰랐다.

하지만 시현 엄마의 눈을 벗어나 지하철역으로 들어가는 순간, 가장 가까이 보이는 벤치에 그냥 주저앉고 말았다.

아무것도 하기 싫고, 아무 데도 가기 싫었다.

마음속에 떠오르는 곳은 이모네 아파트 단지 오솔길이었다. 이모가 표시해놓은 작은 돌멩이를 찾아서, 그 서늘한 흙의 감촉을 손바닥에 느끼고 싶었다. 나를 찾아서 두려움을 떨치고 세상으로 뛰쳐나간 작고 용감한 개, 아코의 흔적 말이다.

하지만 그러려면 이모가 일하는 통백식당 앞을 지나 이모네 아파트 단지에 가야 했다. 그곳은 내가 세상에서 가장 가고 싶지 않은 곳, 거짓말쟁이가 살고 있는 곳이었다. 내가 태어난 날부터 마지막 헤어질 때까지 하루도 거짓말을 멈추지 않은 사람, 바로 이모 말이다. 이모를 생각하면 분하고 미운 마음이 주먹이 되어 목구멍 밖으로 튀어나올 것 같았다.

내 주머니에 돈이 있다! 그걸 써봐야겠다! 그동안은 돈만 있었지 그걸 쓸 시간이 없었다. 나는 대형서점의 절반 정도를 차지하는 멋진 문구점을 오락가락하며 내 수준의 사치를 즐겼다. 폭신폭신한 무릎담요, 수첩, 멋진 무늬가 나오는 마킹펜 같은 것들을 사면서 약간의 만족감과 해방감을 느꼈다. 다음 날에는 혼자 마블 영화를 보았고, 그다음 날에는 알록달록한 젤리빈을 한 바가지 사서 쪽쪽거리며 먹고 다녔다.

그리고 그다음 날, 나는 어디로 가야 할지 모르는 채 내 발걸음이 인도하는 대로 따랐다. 지하철역의 계단을 따라 올라가자 익숙한 사거리가 나왔고 그곳에서 가장 높고 화려한 건물, 그 건물 2층에 있는 병원 간판이 눈에 들어왔다.

곽은태 소아청소년과 의원.

그곳은 아프고 다친 아이들과 상심한 엄마들이 찾아오는 곳이었다. 체온계보다 더 정확한 손가락을 자랑하며 엉덩이춤을 추는 유쾌한 의사 선생님을 보면 아픈 것도 잊고 웃게 되는 곳이었다. 곽은태 선생님은 아이들은 좋아하는 일을 해야 한다고, 가슴이 들썩거리도록 큰 소리로 웃으라고 시범을 보였다. 아프거나 다치지 않았더라도 마음이 아프고 고민이 있거든 언제든지 오라고 하셔서, 나는 별일이 없어도 그냥 그분을 보러 병원에 들르곤 했다. 아픈 아이들이 아무리 많아도 그분은 나를 위해 시간을 내주셨다. 그런 그분을 보기만 해도 세상의 공기가 숨 쉴 만하게 가벼워졌다고 느끼곤 했다.

그분과 함께 살게 되자 그분을 만날 수 없었다. 어쩌면 그분께는 하얀색 의사 가운이 마블 히어로의 옷과 같은 것인지도 모른다. 집에 돌아와 라운드 티셔츠와 파자마로 갈아입은 곽은태 선생님은 다른 사람이었다. 굳이 이름을 붙이자면 시현이 아빠일 것이다. 늦은 밤, 곽은태 선생님이 돌아오면 집 안의 공기는 끈적하게 가라앉았다. 온곡역 세방빌딩 2층, 곽은태 소아청소년과 병원에 와야 내가 그리워하는 그분을 만날 수 있을 것 같았다. 나는 그분을 다시 만나고 싶었다.

내 얼굴을 본 곽은태 선생님은 숨을 크게 들이쉬었다. 이제 나를 만나는 것이 그렇게 큰 숨 쉬며 마음을 다잡을 일인가 싶어 미웠다. 무적의 하얀 가운조차 그분의 그 환한 웃음을 돌려주지는 못했다. 세상에서 가장 환하게 웃던 그분은 이제 어디에도 없었다.

"와줘서 고맙다, 설아."

나를 껴안아주는 그 품은, 예전처럼 넓고 든든했다. 그럴 생각이 조금도 없었는데, 갑자기 눈물이 치밀어 올랐다.

그간 울지 못했다. 아코가 떠나고, 원장님이 떠나고, 내 전설적인 출생의 신화가 떠나고, 너무 많은 것들이 한꺼번에 내 곁을 떠났는데 한 번도 울지 못했다. 머리와 가슴이 모래로 채워진 인형처럼 무겁고 버석버석한 느낌뿐, 다 귀찮고 지겨워 울지도 못했다.

"거짓말하지 마세요."

울면서 말하니 앙탈같이 들려서 탈이지만, 그 말을 꼭 하고 싶어서 왔다. 어른들은 모두 거짓말쟁이였다. 나도 이미 굉장한 거짓말쟁이였고 어른이 될 무렵이면 완전한 거짓말쟁이가 되겠지만, 내안에 아직 조금의 정직함이 남아 있을 때 이 문제를 얼른 해결하고 싶었다. 어른이 되면 착한 마음으로 거짓말을 하고, 사랑하기 때문에 거짓말을 하고, 그것이 이상하다는 생각조차 하지 않을 것이다.

누구나 그렇게 사니까 나도 그렇게 능숙하게 거짓말을 하면서 살면 된다고, 어른이 되면 이 모든 일들을 다 잊거나 혹시 기억하더라도 당연한 일로 여기게 될 것이다.

그렇게 괜찮아지기 싫었다. 이대로 괜찮아지면 너무 억울해서 죽을 것 같았다. 태어나자마자 거짓말 속에 빠져 거짓말 속에서 자라고, 거짓말에 불과한 것을 사랑하고, 무엇보다도 희망을 걸었던 것이 너무 분했다. 나를 그렇게 천치 바보 멍청이 취급한 사람들에게 내가 당한 것을 조금이라도 돌이켜 갚아주지 않고서는, 나는 너무 분해서 한강에 뛰어들어도 죽지 않고 둥둥 뜰 것 같았다.

"선생님은 거짓말쟁이예요. 그 말을 하러 왔어요."

선생님의 몸이 굳어졌다. 용기가 사라지기 전에 나는 서둘러 그분의 팔을 떨쳐내고 할 말을 재촉했다.

"오늘도 아이들에게 많이 웃으라고 하셨어요? 엄마들에게는 아이가 좋아하는 일을 하면 된다고 하셨어요? 저는 선생님 그 말이 진짜인 줄 알고, 정말 웃으려고 노력했고, 정말 좋아하는 일을 하려고 했어요. 그런데 선생님은 시현이가 웃고 춤추면 기뻐하지 않으셨어요. 부족함을 모르고 자라서 나태하다고 하셨어요. 저는 선생님한테 속았어요."

"그게 아니야, 설아. 아이들은 웃고 즐겁게 자라야 하지. 하지만 시현이처럼 좋은 환경에서 혜택받고 자란 아이들은, 훌륭하게 커서 자기가 받은 사랑을 사회에 돌려주어야 할 책임도 있는 거야. 나는 그 이야기를 한 거란다."

곽은태 선생님은 당황해 어쩔 줄 몰랐다. 이렇게 버릇 없는 아이는 처음 보았을 것이다. 시현이도 못된 아이지만 나도 못지않다. 내 안에는 태어나자마자부터 방울방울 쌓인 억울함의 휘발유가 가득하고 그것엔 쉽사리 불이 붙어 폭발한다. 나는 사나운 아이다. 하고 싶은 소리를 모두 퍼붓고, 그걸로도 부족하면 팔뚝에 이빨을 박아버린다. 곽은태 선생님의 변명에, 내 안의 휘발유 통에 더 불이 붙어 시커먼 연기를 내뿜기 시작했다.

"그러면, 시현이처럼 좋은 환경에서 자란 아이는 보답해야 하니까 열심히 공부해야 하고, 나처럼 나쁜 환경에서 자란 아이는 보답할 거 없으니까 그냥 웃으면 된다는 소리였어요? 나한테, 온곡동 아이들이랑 엄마들한테, 그렇게 이야기한 거였어요?"

"얘야, 그만. 제발 그만해다오. 너무 아프구나."

"아파요? 날 속여놓고서 선생님이 아파요? 그럼 난 속고도 아픈 줄도 모르는 바보인 줄 알아요? 시현이는 열심히 공부해서 훌륭한 사람이 되어야 하고, 나는 바보처럼 웃으면서 하고 싶은 대로 살면 돼요?"

곽은태 선생님은 심장이 멈출까 봐 두려운 듯 가슴에 손을 얹었다. 평소에 여러 소리가 뒤섞여 있던 대기실도 쥐 죽은 듯 조용했다. 언제나 울고 있던 아기들조차 울음을 멈추고 이 세상에서 가장 버릇 없는 아이가 바락바락 내지르는 고함 소리에 귀를 기울이고 있었다.

"그래 그래. 너에게 그런 소리를 들어도 할 말이 없다. 네 말이 맞아. 나는 거짓말쟁이야. 그걸 너에게 들키다니, 부끄러워서 죽고 싶은 마음뿐이구나."

곽은태 선생님의 호흡은 거칠었고, 두 눈은 쉬지 않고 껌벅여 눈물을 막고 있었다.

"하지만, 이제 내가 무슨 말을 해도 믿지 않겠지만, 너에게 솔직히 말할게. 바보 같은 사람은, 자기가 거짓말을 하는 줄도 모른단다. 그게 거짓말인 줄 몰라서 더욱 자신 있게 큰 소리로 말하는 거야. 나도 그랬던 것 같다. 내가 거짓말을 하는 줄도 모르는, 목소리만 커다란 바보였어."

"그러면 누구에게 거짓말을 하신 거예요? 시현이한테 한 거예요, 아니면 나한테요?"

"…시현이에게."

나는 어지럼증을 느꼈다. 반대의 대답을 예상했었다. 어느새 소리 없는 눈물이 곽은태 선생님의 얼굴을 온통 뒤덮고 있었다. 내 눈앞에서 눈물을 흘리는 덩치 큰 남자는 처음 보는 사람 같았다. 행복한 북극곰처럼 엉덩이춤을 추던 사람도, 부글부글 끓는 무언가를 억누르고 자기 아들을 매섭게 노려보던 사람도 아닌, 또 다른 사람이 튀어나왔다. 하나의 곽은태 선생님 안에 대체 몇 사람이 들어 있는 것일까.

"시현이에게 거짓말을 했다고요? 선생님, 지금 또 거짓말을 하는 거 아니에요? 나에게 거짓말을 해놓고, 내가 따지니까 또 거짓말로 둘러대는 거 아니에요?"

"얘야, 미안하다. 너에게 너무나 큰 상처를 주었지만, 너에게 한

224

말이 맞아. 아이들은 많이 웃어야 해. 자기가 좋아하는 일을 해야 하고."

"그런데 시현이한테는 왜 그러셨어요? 시현이가 그렇게 멋진 공연을 할 때, 왜 기뻐하지 않고 화만 내셨어요?"

"내 아이니까. 시현이가 내 아이라서 그런 거야. 시현이에게, 시현이처럼 좋은 환경에서 자란 아이는 감사한 마음으로 공부를 열심히 해야 한다고, 거짓말을 했지."

이건 뭐지. 남의 집 아이들에겐 사실을 말하고, 세상에 하나뿐인 자기 자식에게만 거짓말을 한다는 건 대체 뭐지. 나는 이제 무엇이 참말이고 무엇이 거짓말인지를 분간할 수 없었다.

"나는 시현이를 세상 그 누구보다 사랑했지만, 그 아이를 이해할 수는 없었어. 자꾸 내 어린 시절의 모습이 시현이에게 겹쳐 보였거든. 내 아버지는 술주정뱅이였고 어머니는 허드렛일을 하며 나를 키웠지. 스무 살이 되기 전부터 내 학비를 내 손으로 벌면서 살았어. 나는 시현이를 사랑하면서도 한편으론 참을 수 없이 답답한 거야. 저 아이는 좋은 학교에 다니고 과외 선생님까지 있는데 이렇게 쉬운 수학 문제를 틀리다니. 제 방 가득히 책이 있는데 읽지 않다니. 외국에서 온 원어민 선생님에게 영어를 배우는데 영어가 싫다니. 나는 그 모든 걸 혼자 힘으로 다 해냈는데, 이 아이는 이렇게 서투르다니! 하나도 이해할 수 없었단다. 그래서 나는 화가 났고, 그 아이가 점점 미워졌던 거야. 그래, 나는 그 아이를 사랑하면서도, 한편으로는 그렇게 미워했단다."

방금 들은 그 말을 믿을 수 없었다. 곽은태 선생님은 시현이를 미워했다. 이 세상에 하나뿐인 자기 아들을 미워했다. 나를 버린 내 부모를 제외하고, 세상의 부모는 모두 자기 자식을 사랑하는 줄 알았다. 24시간 자식을 생각하기만 해도 사랑으로 이글이글 불타오르는 줄 알았다. 곽은태 선생님처럼 훌륭한 사람이라면 누구보다 완벽하게 자기 아이를 사랑할 줄 알았다. 그런데 시현이를 미워했다고, 지금 곽은태 선생님은 자기 입으로 실토했다.

　"시현이가 공연하는 걸 보신 적 있으세요? 그 아이가 무대에서 얼마나 대단한지 보셨다면 달랐을 텐데. 시현이는 정말… 저는 사실 시현이를 미워하기도 했지만… 춤출 때 시현이는 정말 대단하거든요."

　그 말은 곽은태 선생님에게 도움이 되지 않았다. 실은, 내가 쏜 총알에 맞은 거대한 짐승이 천천히 옆으로 쓰러지는 모습이 떠올랐다. 선생님은 눈물 속에서 어떻게든 웃으려 애썼는데, 그 모습을 보니 괴상하게 일그러져 보기 괴로웠던 원장님 얼굴이 떠올랐다.

　"우리 아버지… 술만 마셨던 우리 아버지가 그렇게 춤을 잘 추셨어. 노는 데 정신 팔려서 가정도 인생도 다 망친 그 양반을 시현이가 닮은 것 같아서 소름이 끼쳤어."

　춤을 잘 추는 아버지와 춤을 잘 추는 시현이 사이에서 곽은태 선생님은 미움의 덫에 걸렸다. 내가 지금도 음식물 쓰레기통을 똑바로 보지 못하는 것과 비슷한 마음이 아닐까. 내가 들어갔던 그 쓰레기통은 이미 세상에서 사라진 지 오래되었지만, 나는 거리 모퉁이

마다 그것을 만나고, 몸서리치고 증오했다.

"시현이는 명랑하고 즐거운 아이였어. 언제 어디서나, 음악이 들리기만 하면 나비처럼 팔랑팔랑 춤을 추었어. 그러면 나는 시현이에게 수학 문제를 냈지. 3 더하기 8은? 시현이는 대답하지 못했어. 놀라고 겁먹은 그 눈을 보면서 춤만 추지 말고 공부에도 신경을 쓰라고 말했어."

내가 본 시현은 화내고 비웃는 시현이었다. 그 모습 이전에는 나비처럼 춤추다가 얼어붙어, 놀라고 겁먹은 눈으로 아빠를 보는 시현이 있었다고 한다. 내가 알지 못하는 모습이지만, 왠지 방금 내 눈으로 본 것처럼 낯이 익었다.

"설아, 네 말이 맞다. 병원에 온 아이들에겐 웃으라고 하면서 내 아들의 웃음은 악착같이 지워버렸어. 나는 가장 비겁한 거짓말쟁이 아빠였어. 시현이가 학교에서 심술을 부리고 사고를 치면서 나는 시현이에게 화낼 일들이 점점 더 많아졌지. 시현이가 잘하는 일에 대해서 내가 칭찬하고 기뻐해줬다면 시현이가 지금 같은 모습은 아니었을 텐데…."

우리 사이엔 대화가 끊어졌다. 곽은태 선생님은 울어야 할 일이 더 많이 떠올랐고 나는 생각할 것이 너무 많았다. 선생님의 눈물이 흐느낌에서 통곡으로 변해갔다. 내가 가장 고통스러울 때 그러는 것처럼, 숨을 쉴 때마다 짐승 소리가 났다.

"애야, 가슴이 찢어질 것 같다. 어리석은 사람은 이런 식으로 벌을 받는구나."

한때 저분의 동산처럼 넓고 든든한 어깨를 동경했던 적이 있었다. 그 위에서 자라는 아이라면 흔들림이 없을 거라고 생각했다. 하지만 나는 세상의 부모와 자식 들에 대해서 대단한 착각을 하고 살았던 것 같다. 곽은태 선생님의 어깨는 한없이 흔들리고 있었다. 그 위에서는 나비 한 마리도 중심을 잡기 힘들 것 같았다. 어딘가 흔들림 없는 곳이 있을 거라고 간절하게 꿈꾸었던 나는, 또다시 꿈조차 빼앗겨 얼얼한 뺨을 마른 두 손으로 거칠게 비볐다. 꿈을 빼앗기는 건, 그 무엇보다 고통스럽다.

쾌 시간이 흐른 후 다시 입을 열었을 때, 내 새된 목소리에 내가 깜짝 놀랐다.

"근데요, 제가 시현이 교육에 아무 도움이 되지 않아도 저를 계속 키우실 거예요?"

10

"어머, 저 독한 계집애, 하얗게 흘겨보는 눈 좀 봐."

통백식당 아줌마는 나를 보고 그렇게 말했다. 그분 말이 맞을 것이다. 나는 이모를 눈이 찢어지도록 흘겨보고 서 있었을 것이다. 그래서 허겁지겁 달려 나오던 이모가 멈칫, 얼어붙었을 것이다.

"너 여태 길러준 이모를 그런 눈으로 봐? 저런 은혜도 모르는 계집애 때문에 속 태운 언니가 불쌍하우."

이모는 아줌마를 손으로 제지하고 앞치마를 벗었다. 입을 꾹 다물고, 서둘러 나를 몰고 통백식당을 떠났다.

"너 툭하면 여기 와서 얼쩡거리면서 이모한테 인사도 안 하고 간 거, 우리가 모를 줄 알고?"

통백식당 아줌마의 마지막 말이 뒤통수에 와서 박혔다.

이곳에서 이모와 함께 살았던 것이 천년 전 일처럼 아득하게 느껴졌다. 야트막한 상가에서 물건이 담긴 비닐봉지를 들고나오는 사람들, 오래된 놀이터에서 뛰노는 아이들, 푹신하게 낙엽이 쌓인 산책길. 이곳을 떠난 지 겨우 두 달밖에 되지 않았다는 게 믿어지지 않을 만큼 머나먼 풍경 같았다.

"감기는 안 걸렸고?"

나는 응도 아니고 네도 아닌 어색한 대답을 했다.

"얼굴에 살이 좀 붙었네."

통백식당 아줌마의 말처럼, 나는 독하고 은혜를 모르는 계집애가 맞을 것이다. 지금까지 이모가 나를 키워준 건 하나도 고마울 게 없다는 듯 나는 이모를 마음껏 미워했다. 아코도 원장님도 쓰레기통도 모두 내가 감당할 수 없는 엄청난 거짓말들이었다. 나를 죽도록 괴롭혔던 그 모든 비밀과 거짓말에 이모는 한 번도 빠짐없이 끼어 있었다. 나는 이모를 도저히 용서할 수 없을 것 같았다.

곰곰 생각해본 결과 내 인생에 아코를 빼고는 나에게 거짓말을 하지 않은 존재가 없다는 결론을 내렸다. 아코만이 나에게 온전히 진실했다. 그러므로 나는 죽을 때까지 아코만 사랑하기로 했다. 그렇게 생각하니 견딜 수 없이 아코가 그리웠고 아코에게 해주지 못한 많은 일들만 뼈에 사무쳤다. 꿈에라도 아코가 나와주길 기도했으나 아코는 한 번도 나를 찾아오지 않았다. 아코는 아직도 내가 자기를 버렸다고 생각하고 원망하고 있을 것이다.

나는 여러 번 몰래 행복아파트에 숨어들었다. 이모에게 들키지 않게 조심하면서 이모가 말했던 그곳을 찾으려 했다. 이모는 내가 아코를 데리고 산책하던 길가, 키 큰 나무가 그늘을 드리우는 벤치 뒤편 작은 수풀에 아코를 묻었다고 했다. 하지만 키 큰 나무 아래 벤치가 한두 개가 아니었다. 이모가 표시해놓았다는 잔돌과 작은 꽃은 도무지 눈에 띄지 않았다. 처음엔 쉽게 찾을 수 있을 거라 생각했는데, 슬픔은 곧 당혹으로 바뀌었다. 몇 번이나 행복아파트에 찾아와 배회했지만 나는 아코의 무덤을 찾지 못했다.

당혹은 쉽사리 미움으로 변했다. 원래 밉던 이모가 더 미워졌다. 쉽게 흩어지는 잔돌과 작은 꽃으로 무덤을 표시하다니, 이모는 정말이지 바보 같은 사람이었다. 혹은 나를 골탕 먹이려고 일부러? 정말로 이모를 만나고 싶지 않았는데, 날이 더 추워지기 전에 아코를 찾기 위해서 어쩔 수 없이 통백식당에 가는 수밖에 없었다.

"아코를 어디 묻었냐고?"

이모는 금세 당황해서 허둥거렸다. 키 큰 나무 아래 벤치가 있는데… 하는 말만 되풀이했다. 둘이 함께 꼼꼼히 공원을 뒤졌지만 이모가 다시 들여다보아도 벤치 뒤에 표시해놓았다는 잔돌은 찾을 수 없었다.

"기억이 안 난다고?"

나는 믿을 수 없었다. 자기 손으로 개를 묻은 곳을 저렇게 까맣게 잊을 수도 있다는 소리인가? 나에게 그렇게 많은 거짓말을 해놓고 또다시 하나의 거짓말을 보태려는 이모를, 난 정말 눈으로 보면서도 믿을 수가 없었다.

"정말이야. 이 의자인 것 같기도 하고 저 의자인 것 같기도 하고… 다 똑같이 생겨서….”

“이모, 정말 너무한 거 아니야? 아코가 죽었는데, 묻어준 자리가 기억이 안 난다는 게 말이 돼? 기억을 못 할 것 같으면 좀 더 성의 있게 표시를 했어야지!”

“그러게 말이다. 그때는 이럴 줄 몰랐지. 내 손으로 묻고서도 기억을 못 할 줄은 몰랐지. 아코를 묻고 바로 옆 벤치에 멍하니 앉아 있었던 생각은 나는데….”

“그러지 말고 생각 좀 해봐, 이모! 벤치에 앉아 있을 때 뭐가 보였는지 생각을 해봐. 무슨 건물이 눈앞에 있었는지, 그런 걸 생각하면 어딘지 알 수 있잖아!”

“아무것도 생각이 안 나.”

이모는 정말 슬프고 지친 얼굴이었다.

“사실은, 아무것도 눈에 보이지 않았어. 그냥 앉아 있었지. 아이들이 떠드는 소리가 시끄럽게 들렸고, 나무 그림자가 흔들거리면서 가끔 햇볕을 가려준다는 그 정도… 그냥 어쩔 줄 몰라서 앉아 있었던 거야. 너는 떠났고, 아코도 그렇게 가고. 혹시라도 네가 아코를 찾으러 오면 어쩌나 그런 생각… 머릿속도 눈앞도 온통 하얗게 되어서, 아무것도 보이지도 들리지도 않고, 숨 쉬기조차 힘든 그런 거였단다.”

아코와 내가 마지막까지 이렇게 거지 같은 식으로 작별을 한다는 생각에 머리 꼭대기까지 화가 치밀다가 문득 나는 이상한 기분에 휩싸였다. 이모가 그날 느꼈던 무력함, 눈도 귀도 마비될 것 같은 막막힘, 몸부림쳐도 아무 소용이 없을 것 같은 그런 느낌에 나는 익숙했다. 진저리 치게 싫은 그 느낌, 굳이 이름 붙이자면 음식물 쓰레기통 안에서 숨 막히던 순간의 느낌이었다.

실은 그 느낌조차 거짓이었다. 내 인생엔 음식물 쓰레기통 안에서 울까 말까 고민하던 순간 따윈 없었다. 새까맣던 하늘이 동그랗게 열리고 원장님이 놀란 얼굴로 나를 내려다보던 기억도 사실이 아니었다. 나는 그냥 평범하게 버려진 아이였고, 신년 방송의 압박에 시달리던 한 PD의 머릿속에 못된 아이디어가 떠오르기 전까지는 음식물 쓰레기와 아무 관계가 없었다. 하지만 나는 그 좁은 공간에 버려진 수치심, 외로움, 절망감, 악취까지 이미 알뜰히 내 것으로 섭취한 뒤였다. 그들은 사실이 아닌 것을 내 것으로 선사해주었다. 도대체 내 삶에서 무엇이 진짜이고 무엇이 거짓일까? 발밑이 허물어지는 혼란 속에서 오로지 아코, 아코만이 유일한 진실이라고 믿었는데, 그 가련한 한 점 진실마저 행방이 묘연했다.

"설아! 얘, 설아!"

어느 정도 호흡이 가라앉고 정신이 돌아왔을 때 나는 이모의 품에 안겨 있었다. 반가사유상처럼 한쪽 다리만 둥글게 말아 나를 앉히고, 턱을 내 머리꼭지에 얹고, 한 팔로는 나를 단단히 휘감고, 한 손으로는 등을 쓸어주고 있었다. 어릴 때부터 잔병치레가 잦았던 나에게 아주 익숙하게 느껴지는 자세였다. 이모는 순두부처럼 물렁하고 온몸에 근육 하나 없는 사람 같았는데, 나를 이렇게 휘감아 안을 때만은 아나콘다처럼 힘이 셌다.

233

내가 숨을 쉬지 못하고 헐떡일 때 오히려 더 숨 쉬기 힘들 만큼 꽉 안아주는 것이, 그것만이 효과가 있다는 것을 이모는 잘 알고 있었다. 놀라거나 성깔이 치밀면 깔딱깔딱 숨이 넘어가던 나를 이모는 이런 식으로 여러 번 되살려냈다. 자기 아이를 길러본 적 없는 이모가 그런 것들을 혼자 깨우쳤다는 것이 나에게는 신비하게까지 느껴졌다. 자기 아이들을 낳아 키운 앤더슨 부인도 시현 엄마도 그런 것은 전혀 몰랐다.

내 숨결이 안정되자 이모는 팔을 풀었다. 내가 한 번 난리를 칠 때마다 10년씩 더 늙어서 이모는 이제 파파 할머니가 되어버렸다. 불길 같던 미움이 호흡곤란으로 질식해, 이모의 늙은 얼굴이 안쓰럽게 보였다. 나는 이모가 한 말을 이해했다. 눈도 보이지 않고 귀도 들리지 않는 막막함이 거짓이 아닌 것을 알았다. 자기 손으로 묻은 아코를 찾을 수 없는 사정도 이해가 되었다. 내게 또 거짓말을 한 것이 아니라고, 저 슬픈 얼굴로는 거짓말을 할 수 없다고, 내 마음속 어딘가에서 울리는 소리가 있었다. 우리는 그렇게 한참 동안 벤치에 앉아 있었다. 나는 또다시 아코를 잃어버렸다. 더 이상 이모를 원망하고 싶지는 않았지만, 뼈아픈 상실이었다.

"나 갈래요."

"그래."

이모는 넋을 아주 먼 곳에 떼어둔 사람처럼, 이제 괜찮냐, 밥을 먹고 가라는 말도 하지 않았다. 내가 벤치를 떠난 뒤로도 그곳에 그대로 앉아 있었다.

주머니 속에서 휴대폰이 계속 진동했다. 진동에 내내 시달리다 시현네 집 근처에서 마지못해 휴대폰을 열어보았다. 어디 있느냐, 늦게 올 땐 연락을 해라, 너를 사랑하고 염려한다는 곽은태 선생님 부부의 문자였다. 지하철역 입구에 서 있는 쓰레기통이 눈에 들어오자마자 나는 충동적으로 휴대폰을 던져 넣었다. 내가 너무 막나간다는 생각이 스쳤지만 팔다리가 먼저 움직였고 한번 그렇게 된 이상 휴지통을 뒤져 휴대폰을 다시 꺼낼 마음은 들지 않았다.

"너무하네."

뒤를 돌아보니 오히려 시현 쪽에서 어이없다는 듯이 말하는 거였다. 손에는 방금 내가 골인시킨 구석기폰이 들려 있었다. 발끈해서, 너야말로 왜 사람을 따라다니냐고 쏘아붙였다. 시현은 나를 따라다녔음을 부인하지도 않았다.

"대체 언제부터 날 따라다닌 거야?"

"네가 키우던 개 때문에 그러는 거야?"

시현의 얼굴은 늘 그렇듯 예쁘고 쌀쌀해 보였다. 원래 그렇게 생긴 아이였다. 집에 와이파이가 꺼졌다 켜졌다 하는 것 말고는 예쁜 얼굴, 뛰어난 재능, 유복한 환경까지 세상에 아쉬울 것이 없는 아이였다. 그러나 한때 내가 가졌던 불길 같은 부러움과 질투심은 한집에서 사는 몇 개월 사이에 어디론가 사라졌다. 이제 나는 나 자신을 보는 것 같은 동정심을 가지고 그 아이를 볼 수 있었다.

"내가 찾아줄까?"

이건 또 무슨 소리래. 어이가 없어서 나도 모르게 코웃음을 쳤다.

하지만 시현은 꽤나 진지하게 여기서 기다리라고 하더니 그 아이가 가진 여러 재능 중 하나를 선보였다. 두루미처럼 긴 다리로 가볍게 몸을 튕겨 올리듯, 하나도 힘들어 보이지 않으면서도 믿을 수 없이 빠르게, 달리기 시작한 거였다.

눈 깜짝할 새 사라진 시현을, 나는 묘한 기대감 속에서 기다렸다. 더 이상 아무도 믿지 않겠다고 단단히 결심한 게 불과 얼마 전인데 그새 그의 말을 믿고 이 자리를 지키다니 이상한 일이었다.

시현은 벡터와 함께 돌아왔다. 등뼈를 활처럼 구부렸다 쭉쭉 펴며 네발이 땅에 닿지 않게 달리는 그 활기찬 개는 멀리서 보기에도 함박웃음을 짓고 있었다. 아코가 저렇게 웃은 적이 있었던가? 너무 짜증 나게도 시현이 내 앞에 섰을 때 나는 울고 있었다.

"울지 마. 벡터가 찾아줄 거야."

시현은 내가 우는 모습을 못 본 척 걸음을 멈추지 않고 나를 지나쳐 지하철역으로 향했다. 벡터는 지하철역 계단 앞에서 잠시 움찔했다가 시현을 따라 바쁘게 다리를 놀렸다. 시현 엄마에게 단호박은 싫고 고구마를 달라고 간식 투정이나 부리다가 시현을 따라 나왔을 저 개가 아코를 찾아줄 거라니 어이가 없다고, 나는 시현을 뒤따르며 중얼거렸다.

"거긴 온갖 개들이 다 다니는데, 벡터가 아코 냄새를 어떻게 알아?"

시현은 점퍼 안주머니에서 의기양양하게 개 목걸이를 꺼냈다. 내 눈을 의심했지만 붉은 바탕에 갈색과 회색이 뒤섞인 목털이 잔뜩

묻어 있는 그 물건은 아코의 낡은 목걸이, 그것이 확실했다.

"비밀번호 좀 바꾸시라고 해. 0101이 뭐야."

이모네 집 현관 비밀번호는 내가 기억하는 한 그 번호가 아니었던 적이 한 번도 없었다. 내가 풀잎보육원에 처음 온 그날, 그 저주받을 동영상을 본 사람이라면 누구나 쉽게 알 수 있을 1월 1일이었다.

우리가 행복아파트 놀이터에 다시 섰을 때 이미 어스름이 내려앉고 있었다. 시현은 벡터에게 진지하게 아코의 목걸이를 내밀었다. 앞머리를 마시멜로처럼 동그랗게 부풀린 하얀 개가 낡은 목걸이에 코를 박고 킁킁거리는 것은 조금도 미더운 모습이 아니었지만 시현은 그 어느 때보다 자신감에 넘쳐 있었다.

"네가 자기를 구해준 걸 알거든. 그러니까 벡터도 아코를 찾아줄 거야."

바보같이 나는 또다시 울기 시작했다. 매미처럼 시도 때도 없이 울어대는 나 자신이 마음에 들지 않아 미칠 것 같았지만, 그냥 울음이 나오는 걸 어쩔 수 없었다. 내가 흑곰 같은 곽은태 선생님의 팔뚝에 앞니를 박았던 그 순간의 외로움과 두려움은 아무에게도 털어놓지 못했다. 그것이 잘한 일이라거나 누군가에게 도움이 되었다고 생각한 적은 없었지만 시현의 그 말은 백만 번의 고맙다는 말보다 더 크고 강한 위로가 되었다. 시현은 내가 우는 것을 또다시 못 본 척했다.

이후 우리는 묵묵히 벡터의 뒤를 따랐다. 나무둥치마다 벤치 다리마다 코를 킁킁거리고 조금씩 오줌을 깔기는 벡터는 어디로 보아도 탐지견이라기보다는 철없는 산책견이었지만 우리 눈에는 그 모습조차 엄숙해 보였다. 시현은 틈틈이 벡터의 코에 목걸이를 대어 주며 벡터가 임무를 잊지 않게 격려했다. 그렇게 공원을 절반쯤 돌았을 때, 벡터가 어느 수풀 그늘에 코를 박고 캉캉 짖었다. 우리는 우뚝 서서 긴장했다.

"여기인가 봐."

벡터는 코를 땅에 대고 낮게 으르렁거리다가 고개를 들고 눈을 반짝이며 앞발로 흙을 차듯 긁었다. 예전에 공원에서 앞발로 열심히 흙을 파서 누군가 곱게 파묻어놓은 옥수수를 찾아낸 적도 있었지만 그때와는 다른 모습이었다. 흙에 표시를 하듯 뒷발로 몇 번 긁고는 우뚝 서서 우리를 기다렸다. 벡터가 제대로 훈련을 받았다면 훌륭한 탐지견이 되었을지도 모른다.

사실 나는 이제부터 내가 해야 할 일이 무엇인지 알 수 없었다. 하늘이 무너지듯 울고 서 있을 뿐이었다. 아코와 관련된 일에는 무엇이든 마음이 한없이 약해져서 그냥 울기부터 했다.

"파볼까?"

시현이 물었지만 거세게 고개를 저었다. 죽은 지 한 계절이 넘은 아코를 파내는 것은 생각만으로도 끔찍했다. 먹다 남은 옥수수나 핫도그라도 찾아내면 또 어쩔 것인가. 세상에는 아무리 몸부림쳐도 끝까지 확인하지 못하고 흘려보낼 수밖에 없는 어떤 일이 있다는 걸 깨달았다. 아코와 나의 마지막 인사가 바로 그런 야속한 일에 속했다. 그냥 여기까지, 여기까지였다. 아코가 여기 묻혀 있지 않더라도 아코는 나를 용서했을 것이다. 내가 자기를 버린 게 아니고 끝까지 찾으려 애썼다는 걸 하늘에서 알아주었을 것이다. 이 순간에 벡터와 시현이 함께여서 감사했다. 하얀 네발에 흙이 잔뜩 묻은 벡터와 거미원숭이처럼 팔다리가 긴 시현이 함께 있어서, 아코와 나의 마지막 인사는 엄숙하면서도 보기 좋은 어떤 기운이 감돌았다.

벡터와 시현은 내가 우는 동안 또다시 모른 체하며 기다려주었고, 그다음에 우리는 집으로 돌아왔다. 돌아가는 지하철 안에서 우리는 멀찍이 따로 앉았다. 이렇게 늦게까지 어디를 돌아다녔냐고 시현 엄마에게 야단을 맞았지만 우리는 입을 꼭 다물고 대답하지 않았다. 두 마리 개와 두 초등학생에 관한 오늘 일은 우리들만 아는 것으로 하고 싶었다.

11

크리스마스가 다가올 무렵 나는 온곡동 행복아파트로 돌아왔다.

이모는 두 팔 벌려 나를 단단히 끌어안고 얼굴을 부비고는 당장 돼지불고기를 달달 볶아 내놓았다. 이모에겐 좋은 점이 여러 가지 있지만 그중에 이렇게 단순한 것도 포함된다고 생각한다. 이모는 내가 못되게 굴었던 것을 괘씸하게 여기지 않았다. 내가 곽은태 선생님 댁에서 돌아온 것을 슬퍼하지도 않았다. 아무 일도 없었던 것처럼, 내가 이곳에 돌아오는 건 너무나 당연한 일이고 집에 오면 돼지불고기를 먹는 거였다. 나는 아무것도 설명할 필요 없이 그냥 마루에 누우면 되었다.

돼지불고기와 파김치로 저녁밥을 먹고 나서 이모는 바로 어제까지 내가 온곡초등학교에서 꼬박꼬박 하교했던 것처럼 완전히 심상하게, 요즘 관심이 있는 저녁 드라마로 흠뻑 빠져들었다.

"그건 뭔데?"

"응응, 별거 아닌데, 재밌다. 저 남자가 저 착한 아가씨랑 실컷 사귀어놓고선, 즈이 회사 사장 딸이 저를 마음에 들어 하니까 배신을 하려고 그러는 거야. 세상엔 나쁜 놈들도 많아."

이모는 별거 아니라고 하면서도 별것처럼 흥분하고 남자 주인공을 욕했다. 나는 이모 곁에 앉아서 같이 드라마를 좀 봤다. 중간부터 보려니 별 재미가 없어서 나는 방으로 들어갔다. 몇 달 전, 내가 이모네를 떠날 때와 하나도 달라진 것 없이 그대로였다. 내가 좋아하는 책들은 모두 시현네로 가져갔기 때문에 책장에는 별로 손이 가지 않던 책들만 꽂혀 있었다. 나는 그중 몇 권을 꺼내서 읽었다. 내가 책을 읽든 냉장고를 뒤지든 뭘 하든 이모의 시선은 진지하게 텔레비전만 향했고, 나는 오랜만에 낡은 옷을 입은 듯한 편안함을 느꼈다.

그러고 보면 나는 이모에게서 한 번도 뭘 해라, 하지 마라 하는 소리를 들어본 적이 없었다. 이모는 내가 뭘 하는지도 잘 몰랐고, 내가 하는 일이면 다 좋은 거려니 생각했다. 이모가 내 친부모가 아니라서 사랑과 관심이 부족해서 그랬다고는 결코 말할 수 없다. 이모가 나에게 퍼부어준 그 많은 미소, 언제나 든든하게 안아준 팔뚝, 내가 아플 때마다 곁에서 하얗게 새운 많은 밤들, 그리고 내가 입양과 파양을 거듭하며 머릿속이 하얗게 되어 돌아올 때마다 단 한 번도 빠짐없이 내가 돌아온 그곳에 있어주었던 긴 세월. 친부모의 사랑이 무엇인지 잘 모르지만 이모가 나에게 준 것이 그보다 하찮다고는 결코 말할 수 없다. 그렇게 말해선 안 된다. 그렇게 말하는 사람이 있다면 그는 그 짧은 생각에 대해 훗날 지옥에서 알맞은 훈계를 받아야 한다.

드라마에 온통 집중한 이모의 등허리를 한참 동안 지켜보다가 꺼낸 소리는 내가 내내 잠겨 있던 고마운 감상과는 전혀 다른 볼멘소리였다.

"재미없어."

"왜, 응? 왜, 이모네 집 재미없어?"

이모는 재미있는 드라마의 세계에서 완전히 빠져나오지 못한 채 허둥거렸다.

"내가 오랜만에 왔는데 어떻게 지냈냐고 물어보지도 않고."

이건 내가 생각해도 어이없는 생트집인 것이, 아까 저녁을 먹으면서 어떻게 지냈냐고 이모가 물어볼 때는 아 몰라, 다 좋았어, 하면서 성의 없이 대답했던 것이다.

"응? 이모가 이거 TV만 다 보고 물어보려고 그랬는데. 우리 애기, 선생님 댁에서 잘 지냈지? 시현이가 못되게 굴지도 않고? 그렇지?"

이모에게 자꾸 심술을 부리는 건 늘 바보 같은 이모가 화낼 줄도 모르고 이렇게 오냐오냐해주는 것이 좋기 때문이다. 나는 여기저기서 심술을 부리고 화를 내지만 그 이유는 모두 다르다. 어쩔 땐 정말 화가 나서, 어쩔 땐 정말 미워서 심술을 부린다. 그리고 이모가 정말 미워서 화를 낸 적도 있었다. 하지만 이모에게 심술을 부리는 건 이모가 나를 다 받아줄 거라는 확신이 있고, 그 확신이 너무너무 달콤하기 때문이다. 나 같은 아이는 그런 흔들림 없는 터전을 만나면 발을 쿵쿵 굴러서 그 튼튼함을 확인하고 내심 기뻐하곤 한다. 그리고 이모는 바보 같으면서도 어딘지 귀신 같은 데가 있어서, 내가 진짜 상태가 안 좋을 땐 정말 어쩔 줄 모르지만 이렇게 괜한 투정을 부리면 저런 저런 하면서 장단을 맞춰줄 뿐, 큰 걱정을 하지 않았다.

그새 나는 좀 더 못된 아이가 되어서 행복아파트의 허름한 출입구와 이모네 낡은 세간살이가 눈에 거슬렸다. 숲과 강을 끼고 있는 고급 빌딩 48층에 살았던 지난 몇 달 사이에 눈이 높아져버린 것이다. 부자의 삶과 가난한 삶이 어떤 차이가 있는지 조금은 맛을 보았다고 해도 좋다. 물론 나도 사람이니까 뭐든 세련되고 고급스러운 쪽이 더 좋다.

하지만 이곳에 녹아 있는 진한 자유의 향기, 내가 무엇을 해도 별 관심 없이 받아들여지는 이 느긋함은 저녁 식탁에 앉을 때마다 무엇을 배웠고 어떤 하루를 보냈는지 꼼꼼하게 물어보는 시현이네 가족이 잘 알지 못하는 것이었다. 시현이네 집에 있을 때 시현과 나는 항상 무대에 올라 공연하는 기분이었다. 어른들의 관심은 항상 우리에게 있었고 시선은 끊어지지 않았다. 눈부신 조명 아래 숨을 곳이라고는 없었다.

"이모는 내가 어떻게 되든 관심도 없지? 내가 하루 종일 스마트폰만 하면서 빈둥거리다 바보가 돼버려도 아무 상관 안 할 거지?"

"응? 스마트폰? 그건 요새 애들이 너무 그거만 하니까… 안 되지…."

이모는 금세 우물쭈물 자신이 없어졌다. 아무리 물러터진 이모라고 해도 내가 스마트폰만 하면서 내내 빈둥거리면 눈이 나빠진다고 잔소리를 좀 할 것이다. 하지만 이모의 잔소리는 내가 깨끗이 무시해버리면 그만이다. 이모는 내 폰을 빼앗거나 용돈을 끊는 식의 적극적인 제재를 가하지 않을 것이고, 공유기를 뽑거나 충전기를 빼앗는 등등의 방법은 알지도 못한다. 이모는 몇 마디 하다가 포기하거나 까먹을 것이고, 그날의 밥벌이를 하러 통백식당에 나갈 것이다. 이모가 나간 뒤 내가 하루 종일 휴대폰을 할 것인지 말 것인지는 온전히 내 결정에 달려 있다.

시현이 이모네 집에서 살아보면 어떨까. 나는 시현이네 집에서 살아보았지만 시현이는 이모네에서 산다는 게 어떤 것인지 모른다. 허름함의 첫 충격을 극복하기만 하면 시현은 스마트폰 아니라 그 무엇이라도 마음대로 할 수 있는 이곳을 좋아할 것이다. 하루 종일 유튜브를 들여다보며 춤동작을 연구할지도 모른다. 곽은태 선생님 부부가 꿈꾸는 시현의 미래와는 전혀 다른 길로 가게 될지도 모르고, 나는 그런 시현의 미래에 대해 아무 책임도 질 수 없다. 하지만 나는 이 달콤한 무심함을 시현에게 한 숟갈만 떠먹여주고 싶었다. 내가 가진 가장 좋은 것, 최고의 가정에서 자란 시현이 단 하나 가지지 못한 바로 그것, 허술하고 허점투성이인 부모 밑에서 누리는 내 마음대로의 씩씩한 삶 말이다.

내가 잠시 생각에 빠진 새 이모는 행복하게 다시 드라마의 세계로 돌아갔다. 오래 사귄 여친을 버리고 출세를 택하려는 약삭빠른

남자에게 저런저런 세상에 나쁜 놈, 하고 욕을 중얼거리기 위해서
말이다.

요즘 나는 밥을 한 숟갈 먹을 때마다 그게 다 심술로 가버리는 사
춘기라서 이모가 그렇게 드라마를 편히 보도록 내버려두고 싶지가
않았다. 뭐라도 투덜거리고 칭얼거려서 이모의 행복한 드라마 시청
을 방해하고 싶었다.

"이모, 이모는 정말로 괜찮아? 내가 하루 종일 맘대로 싸돌아다녀
도, 공부 안 하고 휴대폰만 해도, 아무렇게나 살아도 괜찮아?"

"응? 그게 무슨 소리야… 아무렇게나 살면 안 되지….."

"근데 한 번도 확인 안 하고 야단도 안 쳤잖아."

"그거야 이모가 식당 나가느라… 우리 설이를 챙겨야 하는데 못
챙기고….."

"그런 거 말고, 딴것도 있잖아. 내가 못되게 한 거. 이모한테 버릇
없이 굴고, 말대답하고. 그래도 이모는 야단 안 쳤잖아. 그건 왜 그
런 거야? 내가 못된 아이가 되어도 괜찮은 거야?"

"응? 그건 설이가 애니까 그런 거지… 원래 그 나이 때는 그런 거
니까, 지금 버릇없이 군다고 못된 아이가 되는 게 아니거든."

그래놓고는 서둘러 한마디를 덧붙였다.

"그리고 넌 버릇없게 군 적이 없는데. 네가 언제 버릇없게 굴었
어."

"못되게 굴었잖아? 그때 나, 교육 바우처가 나와서 학원에 공짜로
다닐 수 있었는데, 그래도 다니기 싫다고 했잖아?"

"그거야… 할 말을 한 거지. 다니기 싫으니까 싫다고 한 걸 가지고."

"그런 말 할 때 막 이모를 흘겨보고 소리 지르고 그랬잖아. 그게 버릇없는 거잖아."

"그거 다 애 때 하는 거야. 어릴 때 그렇게 하고 어른이 되는 거니까, 걱정하지 마."

"그러면 난 하고 싶은 대로 다 해도 괜찮아? 아무렇게나 다? 어른한테 소리 지르고 흘겨보고, 친구들하고 싸우고, 학원도 다니다 말다 하고, 휴대폰 보고… 아무거나 다 하고 싶은 대로 해?"

이모는 방바닥에 데굴데굴 굴러다니던 나의 머리통을 챙겨서 무릎에 얹었다. 두툼하고 든든한 이모의 손, 그리고 이모의 치마 냄새. 늘 쓰는 세제와 오래된 집 안의 묵은 살림 냄새가 다 합쳐진 그 냄새가 내 호흡기를 가득 채웠다.

"아이고, 꼬맹아."

이모는 내 티셔츠 자락을 걷어 올렸다. 햇볕을 본 적 없는 새하얀 뱃살이 형광등 아래 모습을 드러냈다. 간지럼을 태우려는 건가 했는데 아니었다. 이모의 두툼한 손이 내 홀쭉한 배를 쓰다듬었다.

"설아, 너 제일 예쁜 데가 어디라고 했지?"

그 난데없는 질문엔 쉽게 답할 수가 없었다. 이모는 내 앞뒤짱구 머리통이 예쁘댔다가, 외꺼풀 눈이 예쁘댔다가, 길쭉한 발가락이 최고라고 했다가, 그때그때 아무렇게나 말을 바꾸곤 했기 때문이다.

"설아, 넌 온몸에서 제일 예쁜 데가 이 배꼽이다, 배꼽."

배꼽이라니. 지금까지 한 번도 들어본 적 없는 새로운 대답이었다.

"넌 갓난아기 때부터 신기한 아이였어. 다른 아이들은 적당히 달래고 꼬드기면 넘어오는데, 넌 한 번도 그러지 않았지. 끝까지 자기 고집대로 했어. 나는 그게 늘 신기했어. 아무것도 모르는 쪼끄만 아기가 그렇게 자기 생각이 분명한 게, 그게 신기한 일 아니니? 근데 보니까 네 배꼽이 그렇게 생긴 거야."

나는 이모의 무릎을 벤 채로 고개를 목에 붙이고 배꼽을 내려다보았다. 늘 보던 그 배꼽 그대로였다.

"이것 봐라. 네 배꼽은 이렇게 세로로 좁고 길쭉하잖아? 다른 아이들은 배꼽이 참외처럼 동그랗거나 튀어나왔거나 아니면 이모처럼 살이 쪄서 가로로 길게 짜부라지거나 그렇거든. 너처럼 이렇게 똑바로 서 있는 배꼽은 한 번도 본 일이 없어. 그래서 네가 그렇게 생각이 분명한 거야."

어이가 없어서 나는 웃고 말았다.

"그게 무슨 소리야? 배꼽 때문에 내가 고집이 세단 말이야?"

"그러니까, 나침반 같은 거라고."

말도 안 되는 이야기를 하면서도 이모는 터무니없이 진지했다. 이모가 이렇게 자신만만한 것은 보기 드문 일이었다.

"아기 때부터 네 배의 중심에는 나침반이 딱 서 있었어. 그걸 보고 생각했지. 아, 이 아이는 방향을 잃어버릴 일이 없겠구나. 그러니까 난 아무 걱정을 할 필요가 없겠구나. 넌 항상 네가 원하는 걸 알고 그쪽을 찾아가거든. 나침반은 처음엔 원래 많이 흔들리지만, 결국 옳은 방향을 향하니까."

나는 이모의 치마폭에 머리를 파묻고 울기 시작했다.

이모는 언제나 바보 같았지만, 오늘은 그 최고봉이었다. 나에게 나침반이 있어서 언제나 옳은 방향을 안다니, 이모는 그렇게 바보 같은 생각을 하면서 나를 키웠단 말인가? 쓸데없이 고집을 부리는 꼬맹이를 보면서 배꼽에 나침반을 달고 있다고 기뻐했단 말인가? 내가 얼마나 헷갈리는데, 동서남북은커녕 앞도 뒤도 모르도록 깜깜해 멀미가 날 지경인데, 당장 내가 어떻게 살아야 할지, 학원을 가야 할지 말아야 할지, 시현네로 돌아갈지 이모네에 눌러앉을지 그것도 하나도 모르겠는데. 남들보다 백배는 더 흔들거리면서 사는데, 이모는 정말 바보다.

길고 서러운 통곡이 흐느낌 정도로 가라앉을 때까지 이모는 아무 말도 하지 않았다. 내 등을 토닥이고 뒷머리를 쓰다듬으면서 어쩌면 살그머니 드라마를 좀 보았을지도 모른다. 하지만 풀잎보육원에 처음 온 설날 아침부터 오늘까지 나를 토닥인 그 포근한 손바닥의 박자는 변한 적이 없었다. 내 배꼽에 나침반이 있다면 이모의 손바닥엔 메트로놈이 있을지도 모른다. 그리고 늘 어지러운 나에게는 그거 이상 필요한 게 없었다.

어느 정도 속이 풀릴 만큼 울고, 나는 그동안 나를 몹시 괴롭혀왔던 문제, 내 배꼽이 나침반이 아니라 세계 최고 컴퓨터라고 해도 풀지 못할 어려운 문제를 털어놓기로 했다.

"이모, 나 원장님한테 가봐야 해?"

이모의 손이 토닥임을 멈추었다. 한참 동안 아무 대답도 없었다. 나는 너무 겁이 나서 몸이 떨릴 지경이었다.

병든 몸으로 6년을 누워 있다가 요양원의 합동 칠순잔치를 며칠 앞두고 세상을 떠나신 원장님은 내 심장 밑에 가시가 되어 콕 박혀 있었다. 한 달 넘는 시간 동안 나는 차마 거울을 볼 수 없었다. 거울이 나를 욕할까 봐 무서웠다. 그분이 너를 얼마나 아끼셨는데, 너를 위해서라면 어떤 힘든 일도 마다하지 않으셨는데 그분의 장례식에도 오지 않고 그분의 묘소를 찾지도 않았다고, 키워주고 거둬주신 은혜를 모르는 계집애라고, 거울 속 얼굴이 입을 열어 세상에 존재하는 모든 욕설을 다 퍼부을까 봐 차마 볼 수 없었다.

하지만 나에겐 쉬운 문제가 아니었다. 그분이 나에게 베푸신 은혜에 감사하며 살아온 시간이 11년 11개월이었다면, 지금은 세상에서 가장 큰 혼란과 분노에 빠진 1개월을 보내는 중이었다. 밤마다 잠들기 전에 나는 어김없이 상상 속에 빠져들었다. 상상 속에서 나는 큰 성공을 거두어 이 세상 그 누구보다 유명해져 있었다. 나는 대한민국에서 가장 큰 방송국의 가장 인기 있는 프로그램에 출연하여 이렇게 말한다.

"오래전 설날 아침, 신생아였던 제가 음식물 쓰레기통에서 발견되었던 그 신년 방송은 조작된 것이었습니다. 시청률에 집착했던 PD가 쓰레기 같은 거짓말을 했던 것이지요. 풀잎보육원의 윤갑명 원장님은 그 거짓말에 적극 동참해서 후원금을 잔뜩 챙겼습니다. 어쨌거나 그 방송의 내용은 완전히 조작된 것이었습니다. 나는 쓰레기통에서 발견된 아이가 아닙니다."

상상이 이 무렵에 이르면 나는 언제나 베개를 물어뜯으며 울고 있었다. 말도 안 되는 상상이라서 울었고, 그런 꿈이 실제로 이루어진다 한들 하나도 좋을 일이 없어서 절망했다. 정말로 정정 방송을 한다면 그거야말로 큰일이었다. 지금까지 내가 누군지도 모르던 사람들까지도 나와 음식물 쓰레기통의 거지 같은 이야기를 새로이 알게 될 것이다. 한마디로 이건 돌이킬 수 없는 일이었다. 나와 음식물 쓰레기통은 엄마 배 속에서부터 함께 태어난 것처럼 하나로 연결되어 다시는 분리할 수 없게 되어버렸다. 지옥의 염라대왕이 직접 출동해서 일을 바로잡으려 한들 그의 모든 권세로도 뾰족한 수를 찾아낼 수 없을 것이다.

나는 그것이 미치도록 억울했다. 원장님이 나에게 베푼 모든 사랑과 은혜까지 모두 추악하게 변질시킬 만큼 치명적인 거짓말이었다. 그분이 그 거짓말에 동참한 덕분에 내가 좀 더 배부르고 따뜻하게 자랐다고 해도 기분이 나아지는 건 없었다. 어차피 나는 버림받은 아이였고 가난했으니 나에게 지금 선택할 권리를 준다면 지금보다 더 가난하고 외로웠던 채로 음식물 쓰레기통 따위와는 아무 관계가 없는 삶을 선택할 것이다. 백 번이라도 천 번이라도 선택할 것이다. 나는 늙어 죽을 때까지 원장님을 용서하지 않을 생각이었다. 나에게 왜 그런 거짓말을 했냐고 따져 물을 겨를도 없이 원장님이 세상을 떠나버린 것이 오로지 분할 뿐이었다.

분노의 안경을 쓰고 보니 원장님이 나에게 해준 다른 일들도 사랑이라고 할 만한 것이 별로 없었다. 태어난 날 발견되었는데 두 돌이 되도록 입양을 가지 않고 풀잎보육원에 있었던 것도, 아마 내가 있어야 기부금을 더 많이 받을 수 있었기 때문일 것이다. 일부러 입양을 보내지 않고 최대한 늦추었을 것이다. 내 덕분에 풀잎보육원은 번성했고, 원장님은 중요하고 힘 있는 사람이 되었을 것이다.

틈만 나면 멋을 부리고 방송에 나가서 책임감 없는 세태를 개탄했지만, 원장님이 선택한 내 양부모들은 모두 책임감이 강하지 않은 사람들이었다. 그들은 어려움이 찾아오면 제일 먼저 나를 버렸다. 아마도 내 양부모의 선택도 기부금의 잣대로 이루어졌기 때문일 것이다. 내가 파양되면 또 그걸 무기 삼아 기부금을 모았을 것이다. 모든 것이 기부금 때문이었다. 원장님은 나를 이용해 자기 욕심을 채웠을 뿐, 사랑한 것이 아니었다.

그런데 이상했다. 분하고 억울한 것은 나인데 잘못을 추궁당하고 쩔쩔매는 것도 나였다.

"왜 원장님의 묘소를 찾아 인사드리지 않니? 그분이 너를 어떻게 키워주셨는데, 너는 정말 은혜를 모르는 계집애구나."

거울 속의 얼굴이 내 입으로 그딴 소리를 지껄여대서 거울을 볼 수 없었다. 옳은 방향 따위는 하나도 알 수 없는데, 내 세로 배꼽이 나침반일 리가 없다.

"난 원장님이 너무 미워. 너무 화가 나. 근데 돌아가신 분한테 마지막 인사도 안 하면 안 될 것 같기도 해. 어떻게 해야 할지 모르겠어. 그냥 이모가 하라는 대로 할래. 나, 인사하러 가야 해?"

251

이모 입에서 가지 않아도 된다는 소리가 나와주길 간절히 바랐다. 이모는 언제나 내 편이었으니까 가지 말라고 해줄 것 같기도 했다. 거울 속 얼굴에게 이모가 가지 말라고 했다고 핑계라도 대고 싶었다.

"이모도 무섭다, 설아… 어떡하지….”

뜻밖의 대답에 내 머리를 친친 감고 있던 강하고 투명한 낚싯줄이 뚝 끊겼다.

"원장님은 나 때문에 돌아가셨어. 죄송하다고 말씀드릴 기회조차 없었어. 내가 그렇게 못된 말을 하지만 않았으면 지금도 살아 계실 텐데. 어떻게 내 입으로 그런 독한 말을 해버렸지? 난 지금도 그 일이 믿어지지 않아서 잠이 잘 안 와.”

이모의 목소리는 속삭임처럼 작고 작았다. 눈물이 글썽하고 얼굴이 떨렸다.

"원장님은 납골당에 계셔. 장례식날 간 이후로는 못 가봤어. 몇 번 납골당 앞까지 갔지만 들어가지 못했어. 그분을 차마 뵐 수가 없구나. 곧 새해인데, 한번 가봐야지 하면서도 용기가 안 나.”

나는 너무 놀라서 멍해졌다. 내 괴로움이 너무 커서 이모 또한 그토록 괴로울 것이라는 데에는 생각이 미치지 못했다. 이모가 못된 말을 해버린 것, 그 일 때문에 원장님이 세상을 떠난 것. 모두 얄궂은 일이었다. 이모는 만년의 외로웠던 원장님 곁에 유일하게 있어준 사람이었다. 풀잎보육원에서 함께 일한 보육사님도 많았지만 몸이 아픈 후 까다롭고 불평이 많아진 원장님 곁에 구순하게 있어준 사람은 이모 말곤 없었다. 바보처럼 네, 네 하는 이모 아니고는 아무도 배겨내지 못했다. 이건 어딘지 불공평했다. 곁에서 그 심술을 다 받아주다 보니 그렇게 된 것인데, 곁에 있어주었던 그 긴 시간은 어디로 가고 죄책감만 남았다.

"…이모도 원장님이 미워?"

"밉지. 너무하셨지. 내가 못된 말을 했기로, 그렇게 돌아가시면 어떡하니."

이모는 울기 시작했다. 내가 이모에게 거짓말쟁이, 세상에서 제일 나쁜 사람이라고 외쳤을 때, 그다음 날 이모가 죽어버렸다면 나는 남은 생을 어떻게 살아야 했을까. 그건 이모가 나에게 남길 수 있는 가장 큰 저주였을 것이다.

이모를 영영 괴롭히는 그 못된 말도, 실은 내가 원장님께 따져 묻고 싶은 바로 그 말을 이모가 대신 했을 뿐이었다. 내가 사실을 일찍 알기만 했더라면 백 번 천 번이라도 그 말을 했을 것이다. 원장님이 나에게 무슨 짓을 했는지도 모르고 원장님 앞에서 쩔쩔매면서 어쩔 줄 모르던 내 모습을 생각하면 불에 덴 듯 펄떡 뛰어 일어나곤 했다. 내가 원장님에게 똑같은 말을 했는데 원장님이 그 길로 죽어버렸다면, 나는 지금보다 백만 배나 더 깊은 지옥에 빠져버렸을 것이다. 가장 미운 그 사람에게 씻을 수 없는 미안함까지 지고 살아야 한다면 나는 폭주하는 두 갈래 마음을 감당하지 못하고 미쳐버렸을지도 모른다.

생각이 거기에까지 미치자 갑자기 화들짝 놀랐다. 원장님을 향한 미움만 해도 평생 허덕일 만큼 무거운데, 거기에 나 때문에 돌아가셨다는 미안함까지 얹을 뻔했다. 내 평생의 고통을 이모가 대신 짊어져준 셈이었다. 내 괴로움에 푹 빠져 이모의 괴로움을 돌아보지 않은 미안함도 뒤늦게 찾아왔다. 오히려 아코의 죽음을 숨겼다고 펄펄 뛰며 미워했다. 지금 생각하면 어이없는 일이었다.

그래서 새해 아침, 우리는 함께 원장님의 납골당을 찾기로 했다. 새해 첫 아침에 함께 납골당에 가자는 생각이 누구 입에서 처음 나왔는지 모르겠지만 세상에 둘도 없는 묘안을 짜내기나 한 것처럼 둘 다 기뻐 어쩔 줄 몰랐다. 이모는 소풍이라도 가는 것처럼 새벽같이 일어나서 김밥을 쌌다. 나는 김밥 모양이 찌그러졌다느니, 계란 지단이 짜다느니 잔소리를 좋알거리며 길쭉하게 썰어놓은 햄을 날름날름 집어 먹었다.

바보같이 신나서 김밥을 싸고 있는 이모를 보면서, 나는 속으로 빠르게 계산을 마쳤다. 이모는 마음이 약하고 순한 데다가 원장님에 대해 씻을 수 없는 죄책감에 빠져 있기 때문에 납골당에 가자마자 울기 시작할 것이다. 온몸의 물을 다 뽑아낼 기세로 펑펑 울 것이다. 이모의 폭포수 같은 눈물 뒤로 나는 맨숭한 내 눈을 감출 것이다. 원장님을 위해 흘릴 내 눈물은 없을 것이다. 그분은 나를 사랑한다고 말했지만 속으로는 모두 자기 욕심이었을 뿐이었다. 나는 감사하다고 말하지만 속으로는 미워할 것이다. 그러므로 울지 않을 것이다. 내 유리알 같은 눈알은 이모의 통곡 뒤에 안전하게 숨겨져 아무에게도 들키지 않을 것이다. 나는 감쪽같이 납골당에 다녀와 세상 사람을 속이고 거울 속의 내 입을 틀어막을 것이다.

납골당이라는 이름이 주는 으스스한 분위기 때문에 나는 어두컴컴한 지하 공동묘지의 이끼 긴 바위 서랍 같은 것을 상상하고 있었는데 뜻밖에도 그곳은 밝고 아늑한 곳이었다. 눈이 부시도록 새하얀 장식장 안에 여러 가지 모양의 단지들이 들어 있었고 생전에 고인의 행복했던 시간을 떠올리게 하는 아름다운 사진과 기념품, 예쁜 물건들이 가득했다.

환한 납골당에 놀란 내가 마음의 옷깃을 다시 여미기도 전에 원장님의 환한 얼굴이 나를 덮쳤다. 늙고 병든 원장님의 모습에 오래 익숙해져서 거의 까먹다시피 한 얼굴이었다. 흰 머리 없는 세련된 쇼트커트 머리에 멋진 스카프를 두르고 꽃다발을 안고 있는 예쁜 모습이었다. 어느 기관에서 멋진 상을 받은 날인 것 같았다. 원장님이 이런 모습으로 풀잎보육원을 누비던 시절이 있었다. 활기차게 이것저것 할 일을 지시하고 우리 머리를 건성으로 쓰다듬어주고 보육원을 나서던 그 날씬한 뒷모습을 보며 세상에서 가장 멋진 여성이라고, 나도 커서 저렇게 멋진 사람이 되고 싶다고 생각했었다.

풀잎보육원은 따뜻하게 난방이 되고 풍성한 반찬이 식탁에 오르던 곳이었다. 대학생 자원봉사자들이 사계절 찾아와서 책을 읽어주고 숙제를 도와주었다. 공부를 열심히 해야 잘살 수 있다는 원장님의 닦달로 풀잎보육원 아이들은 모두 공부를 열심히 했다. 명절이나 연말이면 커다란 피자 가게에 갔다. 피자 마스터의 손에서 동그란 야구공 같던 피자 반죽이 허공으로 높이 날아올라 빙글빙글 돌면서 점점 커다랗고 넓적한 피자 도가 되는 모습을 구경했다. 그다음에 햄과 야채와 치즈 같은 것을 우리 손으로 마음대로 얹어서 오븐에 구워 맛있게 먹었다. 해마다 거의 똑같았지만 질리지 않았던 즐거운 행사였다. 그 많은 일들을 훌륭하게 주관하셨던 시절, 원장님의 신난 모습이 사진 속에 있었다.

나는 내가 왜 우는지 스스로도 잘 몰랐다. 숨도 쉬기 힘들 만큼 울음이 터져 나왔다. 내 마음은 안 우는데 몸이 혼자 우는 것 같은 희한한 상태였다. 내 몸 깊은 곳에서 폭약이 터지듯 울음이 터져 나왔고 마음의 냉기로는 도저히 그 폭발을 잠재울 수 없었다. 그냥 나는 저항할 수 없이 울었다.

사랑과 욕심, 감사와 미움처럼 극과 극으로 다른 것이 그 경계조차 알 수 없을 만큼 한 덩어리로 합쳐진다는 것이 믿어지지 않았다. 원래 그렇게 뒤섞여 있는 거라는 결론으로 끝나는 게 분하고 억울했다. 내 인생을 다 바쳐서라도 그것들을 한 겹 한 겹 발라내 각각의 요소로 분리해놓고 싶었다. 온통 뒤섞인 감정들의 무더기 속에 화사한 사랑과 감사는 맨 거죽에 겨우 한 줌뿐, 뒤로는 시커먼 욕심과 날선 미움들뿐이었다고 세상에 목청껏 외치고 싶었다.

하지만 내가 전혀 예상하지 못했던 이 폭발적인 눈물은 원장님과 나 사이에 사랑과 감사가 겨우 한 주먹은 아니었다고 소리 없이 속삭였다. 그것은 내가 생각했던 것보다 훨씬 더 크고 무거웠다. 사랑과 감사가, 욕심과 미움이 각각 얼마큼인지 따지는 건 의미 없다고, 하나하나 발라내서 확인하려면 어쩌면 내 인생을 다 털어 쓰고 도 모자랄 만큼 긴 시간이 걸릴지도 모른다고 눈물이 소리 없이 속 삭였다.

세상에는 끝내 확인할 수 없는 일들이 존재한다. 땅속에 파묻힌 것이 옥수수인지 아코인지 확인할 수 없었던 것처럼, 확인해선 안 되었던 것처럼, 여기까지, 여기까지였다. 눈물은 돌이킬 수 없이 잃 어버린 것을 향한 억울함과 안타까움을 모두 실어 떠나보내라고 흐 르는 투명한 강이었다. 사랑인지 욕심인지, 감사인지 미움인지 집착 하느라 피가 나도록 움켜쥔 두 주먹이 강물 속에서 스르르 풀렸다. 나는 내 손가락 사이로 흘러내려가는 맑은 물을 바라보았다. 이제 는 모두 떠나보내고 그저 울 때였다.

그렇게 통곡의 강물에 몸을 맡기고 서 있자, 조금씩 평화로운 기 쁨이 찾아들었다. 원장님의 납골당에서 울지 않겠다는 건 바보 같 은 생각이었다. 새해 첫날 납골당을 찾은 가족들이 우리 말고도 여 럿 더 있었지만 그 어떤 부모도 형제도 자식도 우리만큼 엄청나게 통곡하지 않았다. 이건 왠지 아름다운 장면이었다. 원장님은 저세상 에서 이 순간을 기뻐하셨을 것이다. 울고 있는 내 마음속에 미움과 사랑과 포기가 각각 얼마큼인지 따지지 않고, 분명히 그러셨을 것 이다. 사람들 앞에서 뽐내기 좋아하셨던 그분을 나는 잘 안다. 뽐낼 것이 없어진 노년에는 화를 잘 내고 어두운 분이 되었지만 뽐낼 것 이 많았던 시절에는 잘 웃고 활기찼다. 그리고 나는 우쭐우쭐 뽐낼 때 가장 아름다웠던 그분을 사랑했다.

짧은 시간에 너무 많은 물기를 빼내서 우리는 어지럼증을 느꼈다. 우리는 벽을 짚고 걸어야 했다. 온몸이 파삭파삭한 마른 종이가 된 기분으로 이모와 나는 서로를 부축하고 휴게실에 앉았다. 둘 다 두꺼비처럼 눈이 붓고 목이 컥컥 메어서 애써 싸 온 김밥엔 손도 대지 못했다. 보온병에 싸 온 따뜻한 된장국만 몇 번 홀짝거리며 하얗게 얼어붙은 겨울 정원을 내다보다가 버스 정류장으로 향했다. 얼굴을 때리는 쨍한 추위가 퉁퉁 부은 얼굴을 가라앉혀주는 것 같아 고마웠다. 버스에 나란히 앉아서 이모가 속삭였다.

"설아, 우리가 제일 많이 울지 않았니?"

"응. 지나가던 사람들이 우리 방을 들여다볼 지경이었다니까."

"원장님도 기뻐하셨을 거야. 그깟 가족이 무슨 대수냐."

"맞아. 우리가 제일 많이 울었으니까."

이모도 나와 똑같은 생각을 했던 모양이다. 우리는 좀 전까지 몸부림치며 통곡한 것이 생각할수록 기특해서 히죽히죽 웃었다.

"이모, 난 아직도 속상해. 원장님이 기부금을 많이 받아서 우리가 잘살 수 있었다고 하지만, 난 그 거짓말이 정말 싫어. 돈을 돌려주고서라도 아닌 거로 할 수 있으면 얼마나 좋을까."

이제는 그 거짓말을 없던 일로 돌이킬 수 없다는 걸 받아들였다. 그 기부금이 사랑이었는지 욕심이었는지 구분할 수 없다는 것도 받아들였다. 그것은 땅속의 아코처럼 확인할 수 없는 영역이었다. 여기까지, 여기까지라고 결심하고 흘려보내야 하는 일이었다. 분노도 억울함도 눈물에 씻겨 내려가 마음이 고요해졌다. 그저 이모에게 마지막으로 푸념을 하고 싶었다. 이모는 그저 다 받아주니까 말이다. 이모는 나를 감싸 안아 기대게 했다.

"그게 말이야, 설아. 이모도 그런 생각을 해봤단다. 그런 가짜 방송을 하지 않고, 그냥 예전에 그 초라하고 작은 풀잎보육원 그대로, 그대로 너를 키웠으면 어땠을까 하고 말이야. 그랬으면 더 가난했을지 몰라도 너에게 그런 큰 상처를 주지 않고 더 좋지 않았을까? 근데 말이야… 그랬으면 말이야….”

"뭔데? 그랬으면 어떻게 됐는데, 이모?"

"그랬으면 이모는 네 곁에 있을 수가 없었어.”

달리는 버스 안에서 잠시 시간이 멎었다. 나는 이모의 낡은 패딩에 코를 파묻고 훌쩍거리며 홀로 우주를 떠돌았다.

"그때 나는 그냥 새해 첫날 아기들을 보러 간 거였어. 네가 그냥 조용히 왔다면 나는 어쩌다 가끔씩 주말에 너를 보러 가다 그냥저냥 끝났을 거야. 나는 먹고살 일을 찾아야 했을 테니까. 네가 그 방송에 나갔기 때문에 갑자기 기부금이 쏟아져 들어왔고 풀잎보육원은 큰 보육원이 되었어. 그리고 나는 아기들을 돌보고 부엌일을 하면서 작은 월급을 받을 수 있게 된 거야. 설아, 네가 입양 가서 없을 때도 나는 풀잎보육원에 있었어. 그냥 그곳이 내 일터였으니까. 그래서 네가 두 번이나 돌아왔을 때 거기서 너를 맞아줄 수 있었던 거야. 원장님이 보육원을 그만두실 땐 애원해서 너를 우리 집으로 아예 데리고 왔어. 이런저런 형편 때문에 나는 위탁모로 일할 자격이 안 된다고 하더라. 원장님이 어떻게 손을 써주신 거지. 설아, 그건 모두 다 그 기부금과 원장님 덕분이었어. 그게 없었다면 우리는 오늘까지 이렇게 같이 있을 수 없었을 거란다."

이모의 나직한 목소리가 내 귓전을 떠돌았다. 나는 그 이야기들을 모두 귀담아듣지는 않았다. 어느 정도는 듣고, 어느 정도는 흘려보냈다. 나를 휘감고 있는 단단한 팔뚝, 내 볼을 쓰다듬는 손바닥, 언제나 내 몸과 마음을 편안하게 해주는 그 딱 알맞은 압력, 그것에 대해서만 생각했다. 그것이 없는 삶이라니. 내 생에서 음식물 쓰레기통이 사라지면 이모 김은숙 씨도 함께 사라진다니. 그 둘이 하나였다니. 세상에 이럴 수가.

나는 나도 모르게 의미 없는 덧셈과 뺄셈을 무한히 반복하곤 했다. 나에게 부모가 있었다면. 나에게 곽은태 선생님처럼 훌륭한 부모가 있었다면. 나에게 기부금이 없었다면. 나에게 그 음식물 쓰레기통이 없었다면. 가능하지도 않은 덧셈뺄셈에 병자처럼 집착해, 날마다 셈이 달랐다. 어떤 날은 어차피 부모도 없는데 아무것도 중요하지 않다고 했다가 어떤 날은 부모가 없으니 다른 건 하나도 밑질 수 없다고 발악했다. 셈이 남은 적은 한 번도 없었다. 어떤 날은 크게 밑지고 어떤 날은 적게 밑졌다.

그 모든 덧셈과 뺄셈에 한 번도 등장한 적 없는 숫자가 바로 이모였다. 한 번도 변한 적 없이 내 곁에 있어서 의미를 고민할 필요가 없었던, 그 존재조차 의심해본 적 없는 한 사람이었다.

그 이모가 내 곁에 있을 수 있었던 건 바로 내가 음식물 쓰레기통에 들어갔다 나왔기 때문이다.

이모는 정말 희한하다. 내가 초등학교에 들어가 한 자릿수 덧셈 뺄셈을 끝낸 뒤로는 이모에게 무엇을 물어봐도 단 한 번도 맞는 답을 말한 적이 없었다. 다른 아이들은 부모님이 숙제를 도와주거나 심지어 대신해주기도 한다는데 이모는 내 질문을 듣기도 전에 벌써 겁먹은 얼굴이라서 물어볼 의욕조차 사라졌다. 공부를 못해서 중학교도 마치지 못했다는 소리가 아주 미더운 이유다. 그런데 그렇게 바보 같은 이모가 가끔씩 나를 깜짝 놀라게 할 때가 있었다. 바로 이럴 때, 아무도 생각하지 못했던 어떤 일의 숨은 이유들을 찾아낼 때, 나는 이 사람이 그 바보 같은 김은숙 씨가 맞는지 의심스러워졌다. 그런 사람을 일컫는 어떤 용어가 있을 것이다. 평소엔 정말 바보 같은데 때때로 깜짝 놀라도록 똑똑한 이야기를 하는 이모 같은 사람을 뭐라고 표현하는지 아는 사람이 있으면 나에게 좀 알려주면 좋겠다.

버스가 새하얀 염화칼슘 가루를 밟으며 내가 아코를 처음 만났던 그 골목 앞 정류장에 멈추었다. 새로운 세계의 문을 열듯 나는 차가운 공기를 밀어젖히며 버스에서 뛰어내렸다. 나는 짜장라면을 먹고 싶다고 이모를 슈퍼마켓으로 잡아끌었다. 집으로 돌아와 물을 팔팔 끓이고 짜장라면 두 개를 넣으려는 순간 초인종이 울렸다. 문 앞에는 시현네 가족이 생일 케이크를 들고 서 있었다.

곽은태 선생님은 멋진 곳에서 생일파티를 하자고 했지만 방금 외출에서 돌아온 우리는 다시 나가고 싶지 않아서, 늘 있는 돼지불고기와 짜장라면으로 파티를 대신하기로 했다. 나는 짜장라면 위에 치즈와 계란프라이 하나를 얹으면 새로운 음식이 탄생한다는 걸 시현에게 보여주었다. 컵라면 용기에서 유해물질이 나오기 때문에 도자기 그릇에 옮겨 먹어야 하는 시현네 가족은 이런 맛을 하나도 몰랐다.

"이모님께 정말 많이 배웁니다. 설이가 저렇게 밝은 얼굴로⋯."

"네? 원래 지내던 곳이니까 편해서 그러겠지요."

"아니에요 이모님, 우리 아들까지 표정이 다른 걸요."

치즈와 계란이 얹힌 짜장라면을 흡입하던 시현이 어리둥절한 표정을 지었다. 그 아이는 자기 얼굴이 평소와 어떻게 다른지 모를 것이다. 자기 자신은 모르는 일을 남들이 더 먼저 알 때가 있으니까 말이다.

"저희가 설이를 데리고 있는다고, 오히려 마음고생만 시켰습니다."

"오히려 저희가 시현이를 이모님께 부탁드려야 할 것 같아요. 이모님은 정말 아이들을 잘 키우셔요."

"무슨 말씀을⋯ 저는 아무것도⋯."

이모네 부엌은 너무 좁아서, 게다가 곽은태 선생님네 가족은 모두 덩치가 큰 사람들이라서 우리는 팔다리가 서로 엉킬 지경이었다. 이모에게는 식사와 디저트의 구분이 없었기 때문에 납골당에 오가는 길 내내 시달린 김밥과 짜장라면과 돼지불고기와 파김치와 케이크가 한 밥상에 모두 올랐다. 라면이 담긴 그릇들은 모두 짝이 맞지 않았고 절반은 사은품이었다. 주말과 평일에 사용하는 그릇

세트가 계절별로 다 따로 있는 시현네 집에서는 벡터에게도 주지 않을 낡은 그릇들이었다. 하지만 이곳에는 이모에게서 풍겨 나오는 편안함이 있었다. 나는 그것에 자부심이 있었다. 시현은 어디서도 이런 진미를 맛본 적이 없을 것이다.

"이모님, 시현이 아빠가 요새 많이 노력해요."

"저희가 설이에게 정말 많이 배우고 반성했습니다. 시현이가 말썽을 부린다고만 생각했는데, 다 제 잘못이었어요."

"이 사람, 요새 아버지학교에 다녀요. 처음엔 다 아는 이야기만 한다고 안 다니겠다고 하더니 요새는 많이 달라졌어요."

"아이를 존중하고 인정해라. 다 아는 이야기였는데, 막상 내 자식한테는 다 거꾸로 하고 있었더라고요."

곽은태 선생님 부부가 이모에게 머리를 조아리는 모습은 어딘지 초현실적으로 보였다. 차라리 눈을 돌리고 싶기도 했다. 완벽한 어떤 존재에 대한 꿈이 깨지는 건 슬픈 일이다. 하지만 이모는 곽은태 선생님 부부에게 선생님이 되어줄 자격이 충분하다. 이모가 나에게 베풀어준 한결같은 사랑은 대부분 초라하고 보잘것없는 것이었지만 겸손함을 내포한 그 따뜻함은 그 자체로 존귀하고 드높아, 언제나 은은한 윤기를 내뿜었다. 전학 가던 첫날 나에게 충격을 주었던 귀부인들의 그 은은한 윤기와 마찬가지로, 내뿜는 당사자는 숨을 쉬는 것처럼 자연스러워 알아차리지도 못하고 심지어 무심하기까지 하지만, 그것을 부러워하는 사람들이 아무리 따라 하려 애써도 잘 되지 않는 아주 이상하고 미묘한 어떤 것이다.

"나 졸업식 날 공연해도 돼요?"

숙연함과 숭고함이 감도는 작은 식탁에 시현의 목소리는 굉장히 난데없게 들렸다.

그릇에 말라붙은 짜장라면의 까만 양념과 뒤섞인 고춧가루와 치즈 부스러기 같은 것들이 새삼스럽게 눈에 들어왔다. 곽은태 선생님은 굳어진 얼굴 근육을 애써 움직여 미소를 지어 보였다. 굵은 목에 또다시 핏줄이 두드러지게 튀어 올라오는 모습을 나는 가만히 지켜보았다.

"졸업식에서 그런 걸 해?"

"나니까."

세상에 이렇게 간단한 이유도 있구나, 나는 감탄했다.

곽은태 선생님의 억지웃음이 점점 힘겨워지고 얼굴과 목덜미 근육이 점점 더 울근불근하는데도 시현은 눈치 따윈 없었다.

"할 거야. 왜냐하면 나니까. 졸업하면 친구들을 다시 볼 수 없을 테니까. 애들이 마지막으로 한 번만 해달라고 난리니까. 선생님들도 마지막으로 꼭 보고 싶다고 하니까. 그러니까."

시현은 재수 없고 싸가지 없고 인정사정없었다. 그런데 그의 부모에게는 안된 일이지만, 이런 순간의 시현이 가장 시현답다고 말할 수 밖에 없다. 그렇게 재수 없고 싸가지 없는데도 미워 보이지 않는 것이, 오히려 알 수 없이 홀딱 반하게 되는 것이 시현의 힘이다. 이모라면 시현의 그 힘을 쉽게 알아차렸을 것이다. 성깔 부릴 때 쪽 찢어지는 저 눈이야말로 시현의 제일 예쁜 점이라고, 저 화살 같은 눈으로 자기 갈 길을 정확하게 찾아간다고 얼토당토않게 갖다 붙이고 흐뭇해했을 것이다. 그리고 이모가 소망한 대로 시현은 화살이 되어 자기 길을 날아갔을 것이다.

"너무 그것만 집착하지 않기로 했잖아. 관심사를 넓게 가지라고."

"아, 무슨….."

"공연 말고도 다른 좋은 거 많잖아. 운동이라든지, 미술 같은 것도 있고."

"아, 뭐래. 졸업식 날 무슨 미술이야."

"꼭 졸업식 말고라도. 이제 진지하게 생각을 해야지."

"왜 딴 얘기 해! 공연한다는데….."

"네가 자꾸 그쪽만 생각하니까. 진짜 중요한 걸 생각하라고."

"알았어. 중학교 가면 열심히 한다니까."

"자꾸 나중에 한다고 미루지 말고."

"아, 좀!"

"아무리 생각해도 졸업식에 댄스 공연은… 네가 고집을 부리는 건 아니겠지?"

"여보, 아직 확정된 건 아니니까. 시현아, 우리 천천히 생각해보자, 응?"

아직 아버지학교에서는 졸업식의 댄스 공연 단원까지 진도를 나가지 않은 것이 분명했다. 곽은태 선생님 부부는 48층 시현네 집에서 보던 모습과 그리 달라지지 않았다. 신경질적으로 변해가는 시현 또한 그리 달라지지 않았다.

"나갔다 올게요."

이런 분위기가 싫어서 나는 외투를 걸치고 일어섰다. 시현도 얼른 나를 따라나섰다. 누가 시키지도 않았는데 우리는 자연스럽게 아코가 묻혀 있는 공원 쪽으로 향했다. 놀랍게도, 나는 벡터가 네발로 긁었던 그곳이 어디인지 정확하게 기억할 수 없었다. 우리는 서로 다른 벤치를 가리키며 여기가 분명하다고 주장했다. 내 생일이었으므로 내가 고른 벤치에 앉았다. 그곳에 아코가 있든 없든, 나는 내 곁에 있는 아코의 온기를 분명히 느꼈다.

"너는 여기 계속 있을 거야? 우리 집에 돌아오지 않고?"

"응. 난 여기가 좋아."

시현이 행복아파트를 둘러보았다. 추위 때문에 더욱 살풍경하게 보이는 낡은 회색 사각 건물들과 48층에서 숲과 강을 굽어 내려보는 자기 집을 저도 모르게 비교했을 것이다. 충분히 이해할 수 있다. 6년 전 처음 이곳에 왔을 때 내 마음에도 실망감이 스쳐 지나갔으니까. 나는 마음속 깊은 곳에 입양 대박의 꿈을 간직한 발랑 까진 꼬맹이였다.

"엄마 아빠가 정말 섭섭해하시겠네. 널 정말로 좋아하시거든."

너는? 너는 어떤데?라고는 묻지 않았다. 물어보았다면 시현은 기껏해야 "뭐 별로" 같은 대답을 했을 것이다.

"너 같은 애는 우리 집에서 살아도 괜찮은데. 우리 엄마 아빠도 공부 잘하는 아이 하나쯤 키워보면 좋잖아."

아닌 척해도 같이 가면 좋겠다는 뜻인 걸 나는 잘 안다.

266

"공부는 잘할 건데, 안 될걸. 다른 문제가 있어."

"다른 문제? 그런 건 없어. 우리 엄마 아빠는 공부만 잘하면 만사 오케이거든."

"너희 집에선 정말로 안 될걸. 한번 보여줄까?"

나는 시현을 데리고 아파트 뒤쪽으로 향했다. 우리 아파트 뒤편에는 오래된 지하실 출입구가 있었다. 사철 어둡고 습해서 꺼뭇꺼뭇한 이끼가 앉은 계단을 따라 내려가면, 단단히 틀어막힌 지하실 출입문 옆으로 버려진 폐자재를 방수 비닐로 아무렇게나 덮어둔 으슥한 무더기가 있었다. 시현은 호기심을 가지고 내 뒤를 따랐다. 나는 폐자재 무더기를 덮은 비닐 포장 모퉁이를 살짝 들추어 안쪽을 보여주었다.

"뭐야?"

"쉿."

층층이 쌓여 있는 오래된 나무판 틈새로 빛나는 두 눈이 보였다. 경계심 많은 어미 고양이는 죽은 듯이 아무 기척도 내지 않았지만 제법 다리에 힘이 붙어 비틀비틀 돌아다니던 아기 고양이들은 고개를 길게 빼고 이쪽을 바라보았다. 나는 주머니에 넣어 온 고양이용 참치캔을 까서 나무 틈새 아래로 살그머니 밀어 넣어주었다.

"예쁘다. 몇 마리야?"

"다섯 마리."

"네가 키우려고?"

"엄마 고양이는 자기가 다 키울 수 없다고 생각하면 제일 약한 새끼들을 두고 떠나. 사람들한테 대신 키워달라고 부탁하는 거지. 내가 잘 키워줄 거야."

우리 엄마도 그랬을 것이다. 어미 고양이가 새끼를 놓고 떠나가 듯이 나를 풀잎보육원 앞 모퉁이에 두고 갔을 것이다. 이모와 원장님은 우리 엄마의 부탁을 들어주었다. 한 사람은 악착같이 기부금을 받고, 한 사람은 하염없이 사랑을 주었다. 이제는 그 일이 기분 나쁘거나 고통스럽게 느껴지지 않았다. 사람에게도 자식을 키우는 건 몹시 힘든 일이라서 곽은태 선생님처럼 훌륭한 사람조차 완전히 길을 잃어버릴 수 있기 때문이다. 우리 엄마가 그분들께 나를 맡긴 건, 비록 스스로 키우지 못했지만, 좋은 결정이었다.

어미 고양이는 낯선 사람에게 은신처가 발각되었다고 생각하면 가차 없이 떠난다. 우리는 어미 고양이의 성미를 건드리지 않기 위해 지하실 앞을 떠났다. 고등어 등짝을 연상시키는 멋진 회색 줄무늬의 어미 고양이는 전성기 때의 나처럼 아이라인이 진하고 노란 눈이 날카롭다. 나에게 몇 번이나 통조림을 얻어먹었지만 경계를 풀지 않고 사납게 하악질을 한다. 어미 고양이가 나에게 어떤 아기를 줄까? 어미를 닮은 회색 줄무늬 아기 고양이가 나에게 오면 좋겠다. 호랑이처럼 멋진 놈으로 자랄 것이다.

"이모님이 키워도 된대?"

"우리 이모는 그런 거 없어. 내 맘대로 하면 돼."

시현의 얼굴에 부러움이 스쳤다. 숲을 감돌아 흐르는 강가의 48층 집에서 시현이 고양이를 키우려면 엄마 아빠와 벡터의 동의까지 얻어야 한다. 시현 아빠는 공부를 열심히 해야 한다는 약속을 받으려 할 것이고, 시현 엄마는 초라한 길고양이 새끼보다는 벡터를 데려 왔던 것처럼 펫숍에서 비싸고 품종 좋은 고양이를 데려오자고 할 것이다. 반면 나는 거리에서 꼬질꼬질한 아코를 안아 들었던 것처 럼 홀로 남은 아기 고양이를 안아 들기만 하면 된다. 이모는 깜짝 놀 라겠지만 엉망이 된 욕실을 정리하고 말없이 꼬깃꼬깃한 쌈짓돈을 내어줄 것이다.

벡터는 유기농 고구마를 먹지만 나의 고양이는 가장 저렴한 사료 를 먹게 될 것이다. 벡터가 30만 원짜리 미용을 받는 동안 나는 우리 이모가 나에게 해주었듯 폭포수 같은 사랑을 퍼부어줄 것이다. 우 리 삶은 그렇게 다르다. 내 고양이보다 벡터가 더 행복하다고는 아 무도 말할 수 없듯이, 나와 시현 또한 마찬가지다.

"만약 고양이를 키워도 된다고 하면, 우리 집에 올 거야?"

'만약 고양이를 키워도 된다면 나는 시현의 집에서 살 것이다'라 는 문장은 잠시 다녔던 영어 학원에서 늘 들었던 지겨운 조건법 시 험 문제를 떠올리게 한다. If는 최고로 골칫덩어리라서 일단 그것이 달리면 문장의 시제는 4차원 시공간처럼 마구 뒤틀리고 아이들의 미간은 고통스럽게 찡그려진다. 삶에서도 마찬가지다. '만일 수학 공부를 열심히 한다면 시현은 강아지를 키울 수 있을 것이다' 같은 문장이 성립되고 강아지의 이름은 벡터가 되며 약속이 깨지는 순간 강아지는 쫓겨난다. 강아지는 수학과 아무 관계가 없다는 걸 아버 지학교가 곽은태 선생님에게 단단히 가르쳐주었을까? 호랑이 같은 눈을 가질 내 고양이에게 나는 결코 그런 이름을 지어주지 않을 것이다.

나는 그런 가시 돋친 조건문들 속으로 다시 돌아가고 싶지 않았다.

"내가 시현이 교육에 도움이 되지 않아도 저를 계속 키우실 건가요?"

곽은태 선생님은 내 질문에 끝내 대답하지 못했다. 멍청이처럼 입을 벌리고 떨리는 시선으로 나를 바라만 보았다. 내가 시현의 교육에 도움이 되지 않아도, 내가 공부를 잘하지 않아도 나를 끝까지 사랑하며 키우겠다고 뜨겁게 말하지 못했다. 그분은 조건법 문장이 아닌 방식으로 아이를 사랑할 줄 몰랐다. 하긴 시현에게도 하지 못한 일을 나에게 바랄 수는 없는 거였다. 아버지학교에서는 그분께 그런 걸 가르쳐야 할 것이다.

곽은태 선생님의 반석 같은 어깨 위에서 엉덩이춤을 추며 자랐을 시현을 한없이 부러워한 시간이 있었다. 그곳에서는 도깨비방망이처럼 뚝딱 두드리기만 하면 무엇이든 이루어지는 줄 알았다. 하지만 부모의 어깨 위도 알고 보니 멀미 나게 흔들리는 곳이었다. 이 세상에 흔들리지 않는 어깨는 없다. 그렇게 당연한 사실을 까맣게 몰랐다. 한때 시현이 악마처럼 사악한 아이라고 생각한 적도 있었지만, 그 아이도 나처럼 격렬한 어지러움에 비명을 내지르고 있었을 뿐이었다. 그 사실을 알고 나서 더 이상 시현을 미워하지 않았다. 오히려 타인의 부러워하는 시선 속에서, 남들은 모르는 어깨 위의 흔들림을 견뎌야 했던 시현이 나보다 더 외로웠을지도 모르겠다.

이모는 설날 새벽에 버려진 아기를 사랑했다. 그 아기가 바로 나였다. 그것이 기적 같은 일이었다는 걸 이제까지 한 번도 생각해보지 않았다. 이모가 나를 사랑하는 건 너무 당연해서 감사하기는커녕 값없고 하찮게 느껴졌고, 다른 아이들이 가진 젊고 세련된 '진짜' 부모들이 부러워 입술을 삐죽거렸다. 어버이날 감사 편지는 항상 원장님께 썼다. 이모의 몫이 아무것도 없는데도 이모는 아무 불만이 없었다. 복잡한 조건법 시제 따위 없이 나는 그렇게 사랑받았다. 별다른 감사조차 없이 당연하게 받아먹었던 그 소박하고 따스한 사랑이 기적인 걸 이제 알았다.

풀잎 위에서 자란 것도 괜찮았다. 그 풀잎을 지키려 애썼던 원장님의 투쟁과 이모의 순박한 사랑, 그리고 참을 수 없이 싫었던 음식물 쓰레기통까지, 그 무엇도 빼거나 더할 수 없이 하나인 것을 이제는 알겠다. 많이 흔들렸지만, 나는 엄마가 나를 내려놓은 그곳에 두 발로 섰다. 그것을 생각하면 자꾸 콧대가 높아졌다. 새해 첫날 나는 언제나 얼굴을 찌푸리고 지냈는데, 이렇게 웃으며 맞이한 새해는 처음인 것 같았다.

"너도 같이할래?"

"뭘?"

"공연."

이런. 이건 또 무슨 소린가. 위대하신 곽시현, 우상초등학교 역사상 처음으로 졸업식 날 아이돌댄스 공연을 하는 건 알겠는데, 그 무대에 나더러 같이 서자고?

"생각 있으면 같이하자고."

시현의 초대는 호의라기보다는 도발이다. 시현은 이런 식으로 밉살스러운 아이다. 시현 곁에서 춤춘다는 것이 어떤 것인지 잘 안다. 그 아이가 무대에서 뿜어내는 어떤 찬란한 광채 같은 것, 모두를 압도하는 그 기세 속에서 시현보다 20센티미터나 작은 키와 짧은 팔다리로 살아남아야 하는 것이다. 공부라면 모를까 시현과 함께 춤추어선 안 된다. 하지만 추위 속에 가만히 서 있으려니 팔다리가 굳어지는 것 같아, 나는 시현에게 몇 가지 춤동작을 보여주었다.

"이렇게?"

시현의 눈에 어떤 표정이 스쳤다. 순수한 비웃음이라고 표현해도 될까? 뭔가를 제법 하는 꼬맹이를 볼 때 지을 법한 악의 없는 얕잡아봄이다. 시현은 춤이라면 자기가 세계 최고라고 생각하기 때문에 내가 제법 하는 게 같잖다는 뜻일 거다. 하지만 두꺼운 패딩 속에 파묻혀 잘 보이지 않는 내 팔다리의 움직임은 꽤 멋지다. 나도 아이돌 음악에 맞춰 곧잘 몸을 흔들곤 했다. 우상초등학교에 전학 간 후로 춤출 만큼 경사스러운 일이 없었을 뿐이다.

온곡초등학교에 함께 다녔던 아이들이 우리를 보고 눈이 커졌다. 시현 같은 아이는 흔히 볼 수 없기 때문이다. 놀란 눈길들 앞에서 나도 모르게 어깨가 으쓱해졌다. 시현과 이렇게 함께 걸으며 춤추는 시간이 올 거라고는 꿈에도 생각하지 못했다. 그 아이가 나에게 온갖 못된 심술을 부리던 날들이 불과 얼마 전이었다. 바늘지옥에 빠진 것 같던 그날들도 지금 돌이켜 생각하면 내가 겪은 일이 아닌 것처럼 아스라하다. 그 일들도 음식물 쓰레기통만큼이나 싫었지만, 어쨌거나 지금 나는 춤추고 있다.

"같이하는 거다?"

이건 도발이다. 나는 안다. 하지만 귓속에서 끊임없이 음악이 샘솟는 것처럼 괜히 흥겨워, 나는 고개를 끄덕이고 말았다.

"한다고?"

"한다고!"

시현의 눈이 또다시 어떤 말을 한다. 너 미쳤구나, 같은 소리일 것이다. 나는 그래, 나 미쳤다, 라고 팔다리로 대답한다. 나는 이런 식으로 밉살스럽게 구는 아이다. 그게 시현을 더욱 도발한다. 추위를 핑계 삼아서 우리의 춤은 더욱 과감해졌다. 우상초등학교의 롤러코스터 같았던 6개월, 처음 들어갈 땐 납작 엎드려 눈에 보이지 않게 버티다 흔적 없이 사라질 수 있기만을 소망했지만, 엄마가 나를 풀잎보육원 앞에 내려놓았던 그 밤의 별자리엔 누구보다 떠들썩하게 초등학교를 졸업할 팔자가 아로새겨져 있었던 모양이다. 흔들리는 풀잎 위에 내 두 발로 섰듯이, 나는 우상초등학교의 사악한 슈퍼스타 시현과 졸업 무대에 설 것이다. 우상초등학교 역사상 처음으로, 졸업식에서 아이돌댄스 공연을 하는 아이가 될 것이다. 나의 무모함에 모두 놀라겠지만, 공연이 끝났을 때 사람들은 시현을 잊을 것이다. 나는 춤출 것이다.

얼어붙은 추위가 더 이상 느껴지지 않는다.

내 귓가엔 음악이 흐르고 있다.

나는 어디에도 설 수 있다.

나는 춤추고 있다.

작가의 말

그날 나는 내 첫 소설 《나의 아름다운 정원》의 독자들과 이야기를 나누고 있었다. 소설이 세상에 나온 지 10년이 넘어, 이제쯤이면 이 소설에 대해 받을 수 있는 모든 질문을 다 받아본 거 아닐까 생각하던 참이었다. 한 독자가 이런 질문을 던졌다.

"선생님, 동구는 행복했을까요?"

이 질문은 나의 교만한 생각을 한 방에 날려버렸을 뿐 아니라 이후로도 오랫동안 마음에서 떠나지 않았다. 나는 수시로 곱씹었다. 나의 동구는, 행복했을까?

소년 동구는 착하고 속 깊은 아이였다. 동구는 자기가 저지르지 않은 잘못을 대신 짊어지는 아이였다. 오래된 갈등으로 돌이킬 수 없이 무너져가는 가정을 구하기 위해, 사랑하는 사람들을 지키기 위해 동구는 자신의 모든 것을 거침없이 내던졌다. 진심을 다한 그 아이의 몸부림에 독자들은 감동했고, 그 책은 오랫동안 사랑받았다.

많은 착한 아이들이 그렇게 살아갈 것이다. 상처받은 가족을 보듬고 어떻게든 위로할 방법이 없을까, 어린 가슴을 쥐어짤 것이다. 가족은 서로 사랑하고 지켜주어야 하는 사람들이니까. 무엇보다 소중한 사람들이니까. 하지만 내가, 그리고 동구가 까맣게 잊고 있었던 사실은, 그 아이가 어리고 약하다는 거였다. 그리고 또 하나, 가족의 소중함보다 더 먼저, 그 아이 자신이 세상 무엇보다 소중한 존재라는 사실이었다. 어쩌면 이렇게 착하고 속이 깊니! 하는 칭찬은 어른들이 아이들의 고통을 계속 외면하고자 할 때 동원하는 교활한 속임수일 수 있음을 뒤늦게 깨달았다. 나는 동구의 희생과 사랑을 칭송했지만 그 아이가 행복한지 아닌지는 단 한 번도 생각해보지 않았다.

뒤늦게 찾아온 미안함은 걷잡을 수 없이 커져갔다.《나의 아름다운 정원》을 읽은 나의 독자들에게, 특히 어린 독자들에게, 나는 무슨 말을 했던 것일까? 가정의 행복을 위해서 아이들은 묵묵히 자기 인생조차 내걸어야 한다고, 동구처럼 그래야 마땅하다고 말해버린 것 아닌가.

그러므로 17년 만에 다시 내놓는 나의 두 번째 성장소설에서, 나

276

는 사납고 버릇없는 아이들을 옹호하고자 했다. 거칠게 폭발하는 아이들, 앙칼지게 대드는 아이들에게 대놓고 잘한다 잘한다 해주고 싶었다. 어른들은 부모의 사랑이니 어른의 지혜니 여러 가지 그럴싸한 소리들을 갖다 대면서 실은 아이들에게 '넌 아직 어리니까 내가 하라는 대로만 해'라는 메시지를 전달하곤 한다. 사나운 아이들은 이런 위선적인 일방향 소통을 거절하기로 결심한 아이들이다. 자기 생각이 있고, 그 주장을 펼칠 용기가 있고, 그것이 받아들여지지 않으면 깽판조차 불사할 결의가 있는 아이들이다. 어른들은 사나운 아이들의 용기와 에너지를 소중히 여겨야 한다. 그리고 침묵하는 착한 아이들이 억누르고 있는 감정과 욕망들을 밝고 안전한 곳으로 꺼내주어야 한다.

어른으로 살아가는 것은 쉽지 않은 일이었다. 특히 엄마 때문에 엄마 때문에 하면서 날뛰고 있는 사춘기 아이를 앞에 두고는 더욱 그랬다. 인내심을 발휘하기 힘든 순간이 오면 나는 소년 동구를 떠올렸다. 기특하고 속 깊은 처신으로 일관했던 동구가 해야 했던 반항, 동구가 해야 했던 폭발을 지금 이 아이가 하고 있는 거라고 생각했다. 그러면 코와 귀로 뿜어져 나오던 뜨거운 증기가 조금은 잠잠하게 가라앉으면서, 어쩐지 안도하게 되고 심지어 으쓱해지기까지 했다.

설이는 입을 열어 우리 모두가 해야만 했던 질문을 던졌다. 무엇이 진짜 부모의 사랑인지, 부모의 사랑이라고 주장하는 그것 속에 보이지 않는 이기심의 커다란 가시가 숨겨져 있는 것은 아닌지 캐물었다. 설이의 집요하고 앙칼진 추궁이 때로는 나 자신의 가슴마저 가차 없이 할퀴었음을 고백한다. 나는 이 소설을 쓰면서 많이 고통스러웠고 여러 번 쓰기를 멈추었다. 하지만 설이는 굴하지 않고 끝까지 할 말을 다 해주었다. 그게 바로 설이다. 어른들의 위선과 가면을 벗기기 위해 손톱과 이빨까지 동원한 설이의 기백과 투쟁에 감사하고, 실은 여리고 상처 많은 그 아이에게 나의 가장 큰 사랑과 응원을 보낸다.

아이들이 침묵하는 세상은 옳지 않다. 아이들이 되바라지게 자기 주장을 내뱉을 때, 그것을 열린 마음으로 진지하게 받아주는 진짜 어른들이 많아져서 세상이 좀 더 시끌시끌한 곳이 되면 좋겠다. 이 소설《설이》로 나는 세상 아이들에게 졌던 마음의 빚을 조금은 갚았다. 그것은 정말 기쁘고 다행스러운 일이다. 세상의 아이들은 모두 소중하고, 우리는 모두 한때 아이였으니까 말이다.

2019년 1월
사직동에서
심윤경

설이

ⓒ 심윤경 2019

초판 1쇄 발행 2019년 1월 28일
초판 12쇄 발행 2023년 12월 11일

지은이 심윤경
펴낸이 이상훈
문학팀 최해경 김다인 하상민
마케팅 김한성 조재성 박신영 김효진 김애린 오민정

펴낸곳 (주)한겨레엔 www.hanibook.co.kr
등록 2006년 1월 4일 제313-2006-00003호
주소 서울시 마포구 창전로 70 (신수동) 화수목빌딩 5층
전화 02) 6383-1602~1603 **팩스** 02) 6383-1610
대표메일 munhak@hanien.co.kr

ISBN 979-11-6040-224-7   03810